A ESSÊNCIA DO MAL

Obras do autor publicadas pela Editora Record

O canto do pássaro
A essência do mal

SEBASTIAN FAULKS

A ESSÊNCIA DO MAL

Tradução de
ANA MARIA MANDIM

EDITORA RECORD
RIO DE JANEIRO • SÃO PAULO

2008

CIP-Brasil. Catalogação-na-fonte
Sindicato Nacional dos Editores de Livros, RJ.

F267e Faulks, Sebastian
A essência do mal / Sebastian Faulks; tradução de Ana Maria Mandim. – Rio de Janeiro: Record, 2008.

Tradução de: Devil may care
ISBN 978-85-01-08338-8

1. Bond, James (Personagem fictício) – Ficção. 2. Novela inglesa. I. Mandim, Ana Maria. II. Título.

08-4136 CDD – 823
CDU – 821.111-3

Título original inglês:
DEVIL MAY CARE

Direitos exclusivos de publicação em língua portuguesa somente para o Brasil adquiridos pela
EDITORA RECORD LTDA.
Rua Argentina 171 – 20921-380 – Rio de Janeiro, RJ – Tel.: 2585-2000
que se reserva a propriedade literária desta tradução

Impresso no Brasil

ISBN 978-85-01-08338-8

PEDIDOS PELO REEMBOLSO POSTAL
Caixa Postal 23.052
Rio de Janeiro, RJ – 20922-970

EDITORA AFILIADA

À memória de
Ian Fleming

e

a Fali Vakeel
que, quando éramos estudantes,
foi o primeiro a me apresentar a Bond

1. O observador observado

Era uma noite úmida em Paris. A chuva tamborilava sem cessar nos telhados de ardósia dos grandes bulevares e nas pequenas mansardas do Quartier Latin. Do lado de fora do Crillon e do George V, os porteiros assobiavam para os táxis na escuridão, depois corriam com guarda-chuvas para segurá-los acima dos hóspedes protegidos por casacos de pele que entravam nos carros. O imenso espaço aberto da place de la Concorde cintilava em negro e prata no dilúvio.

Em Sarcelles, nos distantes subúrbios do norte da cidade, Yusuf Hashim se abrigava sob uma passarela. Não era o gracioso arco da Pont Neuf, onde os enamorados se abraçavam para ficar secos, mas um comprido pedaço de concreto apoiado em colunas, cujas portas baratas de muitas fechaduras se abriam para *appartements* cinzentos de três peças. A passarela tinha uma visão panorâmica de um trecho da barulhenta auto-estrada N1 e estava ligada a uma torre de apartamentos de 18 andares. Batizada pelo arquiteto de L'Arc en Ciel, o Arco-Íris, a torre despertava receio, até mesmo nessa área de má reputação.

Depois de lutar durante seis anos contra os franceses na Argélia, Yusuf Hashim finalmente caíra fora. Teve de fugir para Paris e encontrar um lugar no Arc en Ciel, onde a ele se reuniram, no devido tempo, seus três irmãos. As pessoas diziam que somente os que haviam nascido na torre proibida podiam caminhar por suas passarelas sem olhar em volta, mas Hashim não temia ninguém. Tinha 15 anos de idade e lutava pelo movimento nacionalista argelino, a FLN, Frente de Libertação Nacional, quando tirou pela primeira vez a vida de alguém em um ataque à bomba a uma agência do correio. Ninguém que Hashim conhecia, no norte da África ou em Paris, dava muito valor a uma única vida. A corrida era para os fortes, e o tempo provara que Hashim era tão forte quanto os fortes.

Ele saiu para a chuva, olhando rapidamente à frente e atrás sob a lâmpada de sódio. Seu rosto, de expressão cautelosa, era marrom-acinzentado e marcado pela acne, com um nariz longo e curvo projetando-se dentre sobrancelhas pretas. Bateu levemente no bolso traseiro das calças azuis de *ouvrier*,* onde, dentro de um saco plástico, carregava 25 mil francos novos. Era a maior soma que já tivera nas mãos, e até um homem com sua experiência tinha razão de ficar apreensivo.

Recuando para as sombras, olhou pela quinta ou sexta vez para o relógio. Nunca sabia a quem procurar porque nunca era o mesmo homem duas vezes. Isso era parte da perfeição do esquema: a saída rápida, o infindável suprimento de novos mensageiros. Hashim também tentava manter a segurança quando despachava a mercadoria. Insistia em locais diferentes e pedia contatos novos, mas nem sempre isso era possível. Precauções custam dinheiro, e, embora desesperados, os compradores de Hashim sabiam o valor daquilo que estavam comprando. Nenhum elo da corrente ganhava dinheiro bastante para agir em total segurança: ninguém, isto é, exceto algum controlador

---

* Trabalhador. (*N. da T.*)

final, superpoderoso, a milhares de quilômetros de distância do fedor da escada onde Hashim se encontrava agora.

Encostou na boca um maço azul-claro de Gauloises, apertou os lábios em torno de um único cigarro e puxou-o. Quando acendeu o isqueiro descartável, uma voz falou na escuridão. Hashim deu um salto de volta para a sombra, irritado consigo mesmo por ter permitido que alguém o observasse. A mão desceu para o bolso lateral da calça, onde sentiu o contorno da faca que era sua companheira constante desde a infância nos subúrbios de Argel.

Uma figura pequena, com um comprido casaco militar, entrou no cone da luz de sódio. O chapéu que usava parecia um velho quepe da Legião Estrangeira, e a água escorria da parte alta do quepe. Hashim não conseguiu ver seu rosto. O homem falou em inglês, tranqüilamente, com voz arranhada:

— Nos campos de Flandres — disse —, as papoulas florescem.

Hashim repetiu as sílabas que aprendera apenas pelo som, sem idéia alguma de seu significado:

— Entre cruzes, fileiras e fileiras.

— *Combien?* Quanto? — Até esta única palavra mostrava que o fornecedor não era francês.

— *Vingt-cinq mille.* Vinte e cinco mil.

O mensageiro depositou uma sacola de lona marrom no último degrau ao pé da escada e deu um passo para trás. Tinha ambas as mãos nos bolsos do casaco, e Hashim não duvidava de que uma delas segurava uma arma. Do bolso traseiro das calças azuis, Hashim tirou o dinheiro embrulhado em plástico. Depois, recuou. A coisa era sempre feita assim: nenhum contato físico e distância segura. O homem se inclinou e pegou o dinheiro. Não parou para contá-lo, meramente inclinou a cabeça enquanto colocava o pacote dentro do paletó. Então, foi sua vez de se afastar e esperar o movimento seguinte de Hashim.

Hashim se curvou para o degrau e levantou a sacola. O peso parecia bom, maior que o de costume, mas não tanto que o fizesse suspeitar que a sacola estivesse cheia de areia. Sacudiu-a para cima e para baixo uma vez e sentiu seu conteúdo mover-se silenciosamente, com o satisfatório peso do pó seco empacotado. O negócio estava concluído, e ele esperou que o outro homem se fosse. Essa era a rotina: seria mais seguro se o fornecedor nem sequer visse em que direção o receptador começava a andar, porque a segurança residia na ignorância.

Hesitando em dar o primeiro passo, Hashim encarou o outro homem. Subitamente, tornou-se consciente do barulho em torno deles — o rugido do tráfego, o som da chuva pingando da passarela.

Alguma coisa não estava certa. Hashim começou a se mover ao longo da parede, furtivo, como um lagarto, avançando gradualmente para a liberdade da noite. Em duas passadas o homem estava em cima dele, o braço em torno da garganta de Hashim. Então, a parede sem pintura bateu contra seu rosto, achatando o nariz curvo em uma polpa disforme. Hashim sentiu que era atirado ao solo de concreto, ouviu o ruído de uma trava de segurança sendo solta e sentiu o cano de uma arma pressionado atrás de sua orelha. Com a mão livre e exercitada agilidade, o homem puxou os braços de Hashim para trás do corpo e os algemou. Polícia, pensou Hashim. Mas como poderiam...

Logo estava deitado de costas, o homem arrastou-o até o pé da escada e depois o soergueu. Do bolso do casaco tirou uma cunha de madeira de formato triangular, com cerca de 10 centímetros na parte mais larga. Enfiou-a na boca de Hashim, forçando-a com a parte da mão próxima ao punho e depois golpeando-a com a coronha da arma, ao som de dentes quebrados. Do bolso do casaco tirou um grande alicate.

Inclinou-se sobre Hashim, e seu rosto amarelado ficou momentaneamente visível.

— Isto — disse em mau francês — é o que fazemos com gente que fala.

Enfiou o alicate na boca de Hashim e prendeu-o firmemente em sua língua.

René Mathis jantava com sua amante em um pequeno restaurante perto da place des Vosges. As cortinas limpas presas a uma haste de latão obscureciam a parte inferior da vista pela janela, mas as luzes superiores permitiam que Mathis visse um canto da praça com seus tijolos vermelhos sobre colunatas e a chuva que ainda corria das calhas.

Era sexta-feira, e ele seguia uma rotina encantadora. Depois de sair do trabalho no Deuxième, o Serviço de Inteligência francês, tomou o metrô de St Paul e foi para o pequeno apartamento de sua amante no Marais. Passou pelos açougueiros kosher e as livrarias com escrituras e candelabros de sete braços até chegar a uma gasta *porte-cochère** azul, onde, depois de verificar, por instinto, se não tinha sido seguido, puxou a corda da velha campainha de sino.

Era facílimo para um agente secreto ser um adúltero bem-sucedido, refletiu alegremente enquanto olhava a rua acima e abaixo. Ouviu passos do outro lado da porta. Madame Bouin, a robusta zeladora do prédio, abriu-a e deixou-o passar. Por trás

* Porta de entrada. *(N. da T.)*

dos óculos de lentes grossas, os olhos exprimiam um misto de conspiração e desgosto. Era hora de presenteá-la novamente com uma caixa daqueles chocolates com aroma de violeta, pensou Mathis ao cruzar o saguão e subir até a porta de Sylvie.

Sylvie pegou o casaco molhado e sacudiu-o. Ela havia preparado, como sempre, uma garrafa de Ricard, dois copos, uma jarra de água e um prato de torradas pequenas compradas em pacote com uma camada de *foie gras* enlatado.

Primeiro fizeram amor no quarto dela, uma alcova quente com cortinas estampadas de flores, capas de almofadas florais e papel de parede florido. Sylvie era uma viúva bonita, em seus 40 anos, cabelo tingido de louro, que se conservava em boa forma física. No quarto, era habilidosa e amoldável, uma verdadeira *poule de luxe*, uma prostituta de luxo, como Mathis, às vezes, a chamava, afetuosamente. Em seguida — depois do banheiro e de uma troca de roupas para ela e *apéritif* para ele —, o programa era sair para jantar.

Sempre divertia Mathis que, em seguida ao abandono no quarto, Sylvie gostasse de uma conversa séria, sobre sua família em Clermont-Ferrand, seus filhos e filha, ou sobre o presidente De Gaulle, a quem idolatrava. O jantar estava quase no fim, e Sylvie terminava um pudim de frutas, quando Pierre, o garçom de cabeça comprida, veio à sua mesa com expressão pesarosa.

— Monsieur, sinto muito incomodá-lo. O telefone.

Mathis sempre deixava os números no escritório, mas as pessoas sabiam que as noites de sexta-feira eram sacrossantas, se possível. Limpou a boca, desculpou-se com Sylvie, depois cruzou o apinhado restaurante até o bar de madeira e o pequeno saguão atrás, ao lado da porta assinalada com WC. O fone estava fora do gancho.

— Sim. — Seus olhos passeavam sem cessar sobre o aviso impresso que tratava de bebida em público. *Répression de l'Ivresse Publique. Protection des Mineurs.* Proibida embriaguez em público. Proteção de menores.

Nenhum nome foi trocado durante a conversa, mas Mathis reconheceu a voz do subchefe da seção.

— Assassinato no *banlieue*, na periferia — disse ele.

— Para que serve a polícia? — indagou Mathis.

— Eu sei. Mas existem... alguns aspectos preocupantes.

— Os policiais estão lá?

— Sim. Estão preocupados. Está havendo uma onda desses crimes.

— Eu sei.

— Você vai ter de dar uma olhada.

— Agora?

— É. Estou mandando um carro.

— Diga ao chofer para vir ao metrô St Paul.

Tudo bem, pensou Mathis, enquanto pegava do cabide a capa de chuva úmida e o chapéu, podia ser pior. O telefonema podia ter vindo duas horas antes.

Com o motor ligado, um Citroën preto DS21 aguardava na rue de Rivoli, ao lado da entrada da estação. Os motoristas nunca desligavam o carro porque não queriam ficar esperando que a suspensão hidropneumática enchesse, novamente, o carro de ar frio. Mathis se esparramou no fundo do assento traseiro, enquanto o chofer engatava a marcha e saía cantando os pneus sem se preocupar com o irritante ruído de borracha.

Mathis acendeu um cigarro americano e olhou a rápida sucessão de fachadas de lojas, a Galéries Lafayette, o Monoprix e outros gigantes sem personalidade que ocupavam os suaves viadutos e as avenidas do Haussmann. Depois da Gare du Nord, o motorista virou em ruas menores enquanto subiam o Pigalle. Ali estavam os toldos amarelos e vermelhos dos restaurantes indochineses, as luzes solitárias das lojas de móveis de segunda mão ou a ocasional luz vermelha de um *hôtel de passe* com uma *poule* gorda e de pernas nuas na esquina, embaixo de um guarda-chuva.

Além dos canais e sistemas de tráfego entrecruzado que marcavam os velhos limites da cidade, passaram pela Porte de Clignantcourt e pelo St Denis em direção a um trecho elevado da auto-estrada que se enfiava entre os andares mais altos das torres de apartamentos. Era aqui que Paris confinava aqueles para quem não havia casas na Cidade Luz, apenas um quarto abafado na indistinta cidade escura.

O chofer fez uma curva para sair da N1 e descer para uma estrada menor e, depois de 2 ou 3 minutos de intricada exploração de ruas, freou ao lado do Arc en Ciel.

— Pare — disse Mathis. — Aponte para lá.

Os faróis direcionais do Citroën, movimentados pelo sistema de direção, destacaram a parte inferior de uma escada, onde um único policial estava de vigia.

Mathis olhou para a desolada propriedade. Colados nas paredes, em intervalos ao acaso, havia peças "artísticas" de madeira, algo que parecia vir de uma pintura cubista. A decoração fora planejada, talvez, para dar aos edifícios cor e personalidade, como o arco-íris de que levavam o nome. Quase todas as peças tinham sido arrancadas ou estavam descascadas, e as que restavam faziam as fachadas parecerem grotescas, como uma anciã com os lábios borrados de batom.

Mathis caminhou até onde o policial estava e lhe mostrou um cartão.

— Onde está o corpo?

— No necrotério, senhor.

— Sabemos quem era ele?

O policial tirou do bolso o caderno de anotações.

— Yusuf Hashim. Trinta e sete. *Métis*, *pied-noir*. Não sei.

— Ficha?

— Não, senhor. Mas isso não quer dizer nada. Não há muita gente fichada por aqui, embora a maioria seja de criminosos. Raramente vamos a esses lugares.

— Está dizendo que eles se autopoliciam.

— É um gueto, senhor.

— Como ele morreu?

— Levou um tiro à queima-roupa.

— Vou dar uma olhada lá em cima.

— Muito bem, senhor. — O policial levantou a corda usada para isolar a escada.

Mathis teve de prender a respiração enquanto subia os fedorentos degraus. Andou pela passagem, notando as correntes e fechaduras com que os residentes tentavam reforçar suas frágeis portas. Por trás de uma ou de outra se ouviam os sons do rádio e da televisão ou de vozes em tom alto. Além do cheiro nojento da escada, havia, ocasionalmente, exalações de cuscuz marroquino ou salsichas *merguez*.

Que inferno é a vida dos *métis*, os mestiços, ou *pied-noir*, os franceses que nasceram na Argélia, pensou Mathis. Eram como animais, não ficavam dentro de uma cerca, mas ficavam cercados fora da cidade. Não era trabalho seu consertar as desigualdades do mundo. Seu trabalho era averiguar se Hashim era mais que um cadáver sem importância e, se assim fosse, em que isso dizia respeito ao Deuxième.

O chefe da seção iria exigir um relatório escrito, então o melhor seria, ao menos, familiarizar-se com o Arc en Ciel e ver o que acontecia por lá. Quando voltasse ao escritório, olharia os arquivos em busca de crimes semelhantes, checaria com a Imigração e veria se existia um padrão ou razão para intranqüilidade. Uma seção inteira do Deuxième era dedicada ao resultado das guerras coloniais francesas. Os oito anos de luta pela independência da Argélia dividiram brutalmente não apenas a Argélia, mas a própria França, causando sublevações políticas sucessivas que só tiveram fim com o surpreendente retorno ao poder do líder do país durante a guerra, general De Gaulle. Mathis sorriu por um momento ao lembrar a expressão reverente de Sylvie quando mencionava o nome do grande homem. E, ao mesmo tempo, ainda mais vergonhosa internacionalmente fora a derrota do exército francês na Indochina — ou o que agora se chamava Vietnã. A humilhação na batalha de Dien Bien Phu queimara a alma da França, deixando uma cicatriz rapidamente ocultada.

O único consolo é que os americanos agora pareciam determinados a sofrer a mesma catástrofe, pensou Mathis. Para ele e seus colegas, no entanto, a Argélia e a Indochina significaram milhares de imigrantes, cheios de ódio, violentos e excluídos, muitos deles criminosos e alguns inimigos fervorosos da República.

Mathis, metodicamente, fez um esboço da torre de apartamentos e do ângulo pelo qual o assassino poderia ter-se aproximado da escada. Fez outras observações rudimentares, que pensava serem mais apropriadas aos procedimentos de um policial local.

Acendeu outro cigarro e desceu a escada. Agradeceu ao policial e caminhou pelo chão sujo até o Citroën, com o motor ainda ligado.

— Leve-me ao necrotério.

Quando o grande automóvel virava vagarosamente, seus faróis captaram por um instante uma figura solitária diante de uma porta no andar térreo. Usava um quepe da Legião Estrangeira e, quando o Citroën retomou a auto-estrada, afastou-se rapidamente, como se já tivesse visto tudo de que precisava.

No necrotério, Mathis esperou pelo atendente para obter autorização para entrar. Disse ao impassível chofer que esperasse.

— Sim, senhor — grunhiu o homem e voltou para o carro.

O atendente retornou com um patologista, homem idoso com óculos de aro dourado e bigode negro bem aparado. Ele e Mathis deram um aperto de mão e ele se apresentou como Dumont.

Comparando os números na prancheta do atendente com os que estavam nas gavetas do refrigerador, Dumont finalmente chegou ao que buscava e puxou com as duas mãos a grossa alça de metal.

Era um momento que nunca deixava de provocar um arrepio de emoção. O cadáver já estava acinzentado, e, embora tivesse sido limpo, o rosto era uma massa disforme.

Hashim se parecia a milhares de jovens argelinos que chegaram a um mau fim. E assim mesmo...

— Causa da morte? — perguntou Mathis.

— Uma bala, disparada no céu da boca.

Mas por que o nariz está destruído?

— Deve ter sido espancado primeiro — disse Dumont. — Mas não foi apenas o nariz. Olhe a mão direita dele.

Mathis levantou o punho cerrado de Hashim. Havia um pedaço sangrento de carne que saía dela.

— Mas que...

— É a língua dele — disse Dumont.

Mathis baixou o braço de Hashim.

— Por que mutilá-lo depois de morto? Algum código ou sinal, você acha?

— Eles não fizeram isso quando ele estava morto — disse Dumont. — Estou quase certo de que fizeram isso enquanto ainda vivia. Deve ter sido arrancada com um alicate ou coisa parecida.

— Meu Deus.

— Nunca vi nada igual.

— Não? — perguntou Mathis. — Eu já. Isso me lembra alguma coisa. Vi isso em algum lugar... Algum lugar. Obrigado, doutor. Pode fechar a gaveta. Tenho de ir para o trabalho.

Caminhou de volta pelo corredor, passou pelo saguão do prédio e saiu na chuva.

— Desligue essa porcaria de Piaf — disse quando entrou no carro. — E me leve para o escritório.

O chofer não disse nada, mas desligou o rádio, engrenou a primeira e arrancou com a inevitável estridência. Eram exatamente 2h da manhã.

2. Uma voz do passado

Era a manhã de um domingo ensolarado, e milhares de peregrinos se reuniam na praça de São Pedro para ouvir a mensagem do papa, que aparecia em uma janela alta.

James Bond parou por um momento entre os fiéis. Observou seus rostos crédulos, voltados na direção da sacada distante, e viu uma expressão de alegria iluminá-los quando o velho falou algumas palavras na língua deles. Quase invejou aquela fé simples. Sacudiu a cabeça e se afastou, caminhando entre os pombos.

Nem mesmo a língua latina, supostamente universal, foi capaz de interessar Bond, uma figura melancólica que seguiu adiante e passou pelo atarracado Castelo de Santo Ângelo, cruzando o Tibre em direção à via Zanardelli, onde parou em um bar e pediu um americano — espresso forte que dava para dois goles, em vez de apenas um do *caffè* normal. O lugar estava cheio de gente que tomava o café-da-manhã sem pressa, conversando animadamente, e de garçons que, alegremente, gritavam seus pedidos para o bar. Uma ou duas mulheres de meia-idade tinham trazido seus cachorrinhos de estimação e lhes davam migalhas de folheados por baixo da mesa. Bond ficou de pé no bar para beber o café, deixou algumas moedas no balcão e saiu novamente para a rua, sem rumo certo.

Ainda faltavam duas semanas para se encerrarem os três meses sabáticos impostos pelo pessoal médico em Londres. Em primeiro lugar, tinham sido muito agradáveis. Um velho amigo de M lhe arranjara um chalé em Barbados, onde podia nadar e mergulhar de snorkel durante a maior parte do dia antes de ir jantar no terraço. A comida era preparada e servida por uma mulher gorda, residente na ilha e chamada Charity. Ela fazia maravilhosos peixes grelhados e pratos de arroz, seguidos de sorvetes feitos em casa e pilhas de fatias de manga e mamão papaia. Por insistência médica, Bond não bebia álcool e se deitava antes das dez, com apenas um livro e um barbitúrico forte como companhia.

Manteve um treinamento físico de não mais de 75% de seu potencial. Além de nadar, corria 5 quilômetros por dia, fazia "puxadas" em uma barra de metal fixa na praia e 50 flexões de braços no solo antes da segunda ducha do dia — o bastante para manter a forma, mas pouco além disso.

Também foi admitido no clube local de tênis como membro honorário e, no início da noite, em vez de beber coquetéis, ia ao clube para jogar com Wayland, um jovem impressionantemente rápido da polícia local. Bond, que desde os tempos escolares jogara tênis uma dúzia de vezes e sem grande entusiasmo, sentiu seu espírito competitivo açulado pelo estilo explosivo saque-e-voleio de Wayland. O tênis mostrou não ser um jogo aristocrático e de disputas amigáveis — não do jeito que Wayland jogava. Era uma batalha de vontades, de queimar os pulmões e deslocar o ombro. A falta de prática de Bond era terrível, mas sua coordenação, excepcional, e a vontade de vencer, maior ainda. Foi apenas no qüinquagésimo confronto que conseguiu arrebatar um set do jovem e, à medida que seu jogo melhorava, começou a explorar a fraqueza mental do jogo de Wayland. Tornou-se um confronto que ninguém queria perder, e eles, geralmente, paravam depois do segundo set para um drinque na varanda.

Após quatro semanas, os inconvenientes amigos de M pediram a casa de volta, e Bond, mais ou menos banido da Grã-Bretanha por seu chefe, decidiu ir para o sul da França. O avião aterrissou em Marselha em uma noite quente de maio, e ele achou que, com um clima tão abafado, iria jantar no porto e passar a noite ali, em vez de seguir direto pela costa. Pediu ao chofer do táxi para levá-lo ao lugar onde faziam a melhor *bouillabaisse** e, meia hora depois, encontrava-se embaixo de um toldo cor de laranja, sorvendo um casto *citron pressé*** e olhando para os navios ancorados no porto.

Um homem que viaja sozinho tem tempo de pensar e observar. Um homem, além disso, treinado pela mais rigorosa e secreta organização de seu país e cujos instintos tinham sido afiados por anos de autodisciplina, vê coisas que os outros viajantes mal percebem.

Foi assim que Bond, talvez o mais solitário de todos os comensais que jantavam no cais naquela noite, perguntou-se por que os dois homens no Mercedes 300D preto, conversível, não se encaixavam ali — mesmo ali, num porto cheio de estabelecimentos comerciais e pessoas de todas as nacionalidades.

O carro parou ao lado da doca, onde o mais baixo dos dois homens — que usava uma camisa de linho de mangas curtas e uma espécie de quepe militar francês — saltou do carro e começou a olhar atentamente para os navios. Por fim, subiu pela rampa de um deles e desapareceu a bordo.

---

* Sopa de peixes brancos, vegetais e ervas aromáticas. (*N. da T.*)

** Limonada suíça, em que os limões são batidos com a casca. (*N. da T.*)

Bond viu-se observando o acompanhante do homem, que permaneceu no carro sem capota. Avaliou que ele tinha mais ou menos a sua idade, era de origem possivelmente eslava ou do leste europeu, pelas maçãs do rosto altas e os olhos amendoados. O cabelo cor de palha estava untado e penteado todo para trás, sem repartir. Vestia um terno bege tropical, provavelmente da Airey e Wheeler, camisa azul pálido e gravata vermelha, como as que se vêem nas vitrinas da rua Jermyn. O carro brilhava com uma cintilação profundamente negra, e os assentos de couro cor de vinho Borgonha tinham sido acrescentados ao acabamento da fábrica. O que deteve o olhar de Bond, no entanto, foi o fato de o homem usar apenas uma luva de motorista.

Até quando tirou do bolso uma caixa de prata, pegou um cigarro e o acendeu, o homem conservou a luva. Seria imaginação de Bond, ou a luva parecia notavelmente grande, como se a mão que ocultava fosse maior que a outra?

Mais interessante que qualquer outra peculiaridade física era algo que o homem transmitia — uma espécie de aura. O homem secretava arrogância. A cabeça atirada para trás, a expressão dos lábios e o movimento do pulso quando sacudia cinza sobre o pavimento de pedra exibiam o desprezo por tudo quanto estava à volta. Havia algo mais — um sentimento de zelosa e fervente concentração. Era um homem com uma missão de uma urgência tão absorvente que ele esmagaria qualquer pessoa ou coisa à sua frente. Talvez, pensou Bond, este fosse o motivo de ele parecer tão distante — talvez temesse que se expor às exigências dos outros pudesse corromper a pureza de seu propósito. Mas quantos anos, quanta hostilidade ou quantos reveses tinham sido necessários para forjar tal criatura?

O colega do homem voltou para o carro com uma sacola, o rosto na sombra abaixo de seu estranho quepe. Nas butiques de King's Road, em Chelsea, perto de seu apartamento, Bond vira a nova moda de uniformes militares entre os jovens, que vestiam jaquetas ou túnicas de tecidos coloridos. Mas aquele homem não era nenhum "hippie" ou "filho da paz". Embora de estatura pequena, andava com a agilidade e a velocidade de um precursor ou rastreador do exército. Havia uma brutalidade proposital em seus gestos. Ao entrar no carro, jogou a pequena sacola de lona no banco de trás e deu a partida no motor. Era um homem de ação, um sargento fanaticamente leal ao arrogante oficial a seu lado.

Ele manobrou o grande conversível com um único movimento e pisou fundo no acelerador. Um cachorrinho saiu de um dos cafés latindo para uma gaivota nas docas. Foi pego e esmagado pela roda dianteira do carro. Enquanto o cachorro gania nos estertores da morte, o Mercedes foi embora sem se deter.

Bond viajou apaticamente ao longo da Côte d'Azur. Passou um par de noites no Éden Roc, em Cap d'Antibes, mas cansou-se rapidamente da clientela. Embora seu trabalho com freqüência o tivesse forçado a confraternizar com os ricos — e ele desenvolvera seus próprios hábitos dispendiosos no que dizia respeito a bebidas, carros e mulheres — achava enervante estar sempre na companhia de homens que ganhavam fortunas na Bolsa de Paris sem qualquer esforço, e mulheres cujo frescor era precariamente mantido pelo bisturi do cirurgião e pelos recursos da esteticista do hotel.

Em Monte Carlo, teve um sucesso modesto na mesa de *chemin de fer*, mas perdeu no pôquer. Nenhum dos dois jogos o excitava mais como antes. Será que precisaria de um oponente do calibre de Le Chiffre ou Hugo Drax, perguntou-se, para fazer o jogo valer a pena?

Uma noite, à luz do crepúsculo, sentou-se à mesa de um café em Cannes que se debruçava sobre o Mediterrâneo, ouvindo a conversa de três rãs entre os pinheiros. Essa pequena cidade pesqueira deve ter parecido simplesmente encantadora aos primeiros visitantes ingleses: a leveza do ar, a fragrância da brisa e a simplicidade da vida exibida na comida — peixe grelhado, saladas e vinho gelado. Mas estava transformando-se em uma versão de Blackpool, pensou Bond, com hotéis baratos, multidões, jovens em lambretas barulhentas e motocicletas de duas marchas. Em breve instalariam uma roda-gigante no passeio.

Bond se flagrava pensando dessa forma com demasiada freqüência.

Em seu quarto no hotel, tomou uma ducha vigorosa, primeiro o mais quente que conseguia suportar, depois gelada, deixando que as agulhas de gelo espetassem seus ombros. Ficou nu em frente ao espelho e olhou para o rosto com uma expressão de desgosto que não se esforçou para atenuar.

— Você está cansado — disse para si mesmo em voz alta. — Exausto. Acabado.

Seu torso e braços tinham uma rede de cicatrizes, grandes e pequenas, que traçavam a história de sua vida violenta. Havia um leve deslocamento da espinha para a esquerda, provocado pela queda de um trem na Hungria, e o implante de pele nas costas da mão esquerda. Praticamente cada centímetro quadrado do tronco e dos membros contribuía com a história. Mas ele sabia que o que estava em sua cabeça era o que contava.

Foi isso que M lhe disse:

— Você passou por muita coisa, James. Muito mais que qualquer outro ser humano devia passar. Se fosse um homem comum, mesmo com os dois zeros, eu trocaria você de lugar. Para um trabalho burocrático. Mas como é você, James, vou deixar que essa decisão parta de você. Pegue os três meses sabáticos, pagamento integral, depois venha e me diga o que decidiu.

Bond vestiu uma roupa de baixo limpa, camisa, smoking branco e uma faixa negra em torno da cintura. Ao menos ela servia. Apesar de todas as comidas domésticas preparadas por Charity e as ocasionais delícias dos restaurantes ao longo da Riviera, ele não engordara. O tênis e a abstinência de álcool deviam ter ajudado. Mas e a sua mente... Teria a sua *mente* engordado?

Cansado do sul da França e querendo que os dias passassem mais rápido, Bond foi para Roma e procurou um hotel na Via Veneto do qual Felix Leiter, seu velho colega na CIA, tinha falado com entusiasmo quando telefonou para a Pinkerton's, Agência Nacional de Detetives, onde Felix trabalhava agora. Felix era um bom homem e escolheria o melhor. Bond podia sentar-se na varanda com seu cigarro e um copo de suco de laranja vermelha enquanto observava as estrelas de cinema — as verdadeiras e as que pretendiam ser — desfilarem para cima e para baixo entre os cafés em sua *passeggiata* noturna.

— É um pouco perto demais da embaixada americana para o meu gosto — Leiter o advertira. — Todos aqueles graduados de Yale com camisas fechadas até o pescoço e seus coquetéis. Mas tenho a certeza de que isso agradará a um inglês esnobe como você, James.

No domingo à noite, depois de ir à praça de São Pedro, Bond, trajando uma simples jaqueta de lã, calças cinza-escuro e mocassins pretos, decidiu ir a um restaurante romano tradicional na Via Carrozze, perto da Scalinata di Spagna. Quando cruzava o saguão, uma mulher jovem, que usava um caro terninho Dior, esbarrou nele. Sua carteira caiu ruidosamente no chão, e Bond se abaixou para apanhá-la, observando os tornozelos finos, as meias de náilon e os elegantes sapatos de salto baixo.

— Como sou desastrada — disse ela.

— Foi minha culpa — disse Bond.

— Não, não. Eu não estava olhando para...

— Está bem — disse Bond. — Vou deixar você levar a culpa, mas só se permitir que lhe pague um drinque.

A mulher olhou para o relógio. Tinha cabelos pretos curtos e grandes olhos castanhos.

— Está bem — disse. — Só um. Meu nome é Larissa Rossi.

— Bond. James Bond. — Estendeu a mão, e ela a segurou delicadamente. — Conheci uma Larissa certa vez.

— É mesmo? — O tom de voz dela era neutro.

Atravessavam o piso de mármore do saguão.

— Sim — disse Bond. — Mas ela era loura. Uma loura russa.

Larissa sorriu enquanto entravam no bar.

— E imagino que tenha sido em um ambiente de negócios. Uma tradutora, talvez?

— Não. Era uma sedutora profissional.

— Minha nossa! — Larissa riu, porém pareceu mais divertida que chocada, pensou Bond. Ótimo.

— É uma história que nunca contei — disse ele. — E agora, o que posso lhe oferecer?

— Um martini seco, por favor. Eles fazem um muito bom aqui. Você devia provar.

Bond sorriu tristemente e pediu suco de tomate. O problema quando se está abstêmio é que todos aqueles drinques sem álcool têm um gosto mais ou menos repelente.

Eles levaram os drinques para uma mesa de canto, longe do piano. Bond olhou com inveja quando Larissa mexeu o líquido viscoso com a azeitona no palito. Ela acendeu um Chesterfield e estendeu o maço para ele. Bond sacudiu a cabeça e pegou um de seus próprios cigarros. Seu estoque de Morlands terminara havia muito, mas conseguira achar um comerciante de tabaco no fim da Via Condotti, que lhe fez 500 cigarros turcos de qualidade razoável.

— O que está fazendo em Roma, Larissa?

— Vim com meu marido. Ele é diretor de uma dessas grandes companhias de seguros cujos escritórios você vê na Via Veneto. — A voz dela era interessante: tom baixo, inglês educado, com um toque de alguma coisa mais cosmopolita.

— E seu marido a abandonou nesta noite?

— Eu... Talvez. E o que está fazendo aqui, Sr. Bond?

— James, por favor. Estou de férias. Estou no negócio de exportações.

— Sozinho, nas férias?

— Sim, prefiro assim. Acho que se passeia mais.

Larissa levantou uma sobrancelha e cruzou as pernas. Era uma forma de chamar a atenção para elas, Bond sabia, e não podia culpá-la por isso. Eram longas, flexíveis e elegantes: não o resultado de exercícios ou dietas, pensou Bond, mas de berço, juventude e meias de náilon caras.

Uma hora depois jantavam na Via Carrozze. Um telefonema do hotel aparentemente garantiu a permissão do marido para um encontro inocente, e Bond deu outro telefonema, para acrescentar uma pessoa à reserva que fizera antes.

O restaurante era tradicional, com painéis de madeira nas paredes. Os garçons em suas jaquetas brancas curtas eram todos romanos com alguma idade que haviam passado a vida na profissão que escolheram. Eram rápidos e precisos em seus movimentos, polidos, sem servilismo.

Bond observou Larissa falar enquanto comia ravióli, que brilhava ao óleo de trufa. Ela lhe contou que seu pai era russo, a mãe, inglesa, e que fora educada em Paris e Genebra antes de ir trabalhar em Washington, onde conheceu o marido. Não tinham filhos.

— Então, naturalmente, meu marido viaja bastante — disse ela, tomando um gole de uma taça de Orvieto. — Nossa base é Paris, e viajo com ele a maior parte do tempo. Para os melhores lugares.

— Deixe-me adivinhar — disse Bond. — Roma, Nova York, Cingapura, Hong Kong...

— Não, não suporto Hong Kong. Fico em casa quando ele vai para lá. Sou uma mulher bastante doméstica, realmente.

— Claro que sim — disse Bond.

Trinta e poucos, entediada, ele pensou, judia pelo lado do pai. Tinha uma boca bonita, cujo lábio superior ocasionalmente se projetava com um trejeito quase de zanga. A pele tinha um brilho de mel claro, mas o ar de inocente respeitabilidade era uma fachada. Havia uma rebeldia impenitente em seus olhos. Ela teria de fingir que o que estava acontecendo era uma aberração, que ela "não era daquele tipo", mas isso apenas faria com que fosse mais excitante para os dois.

— Você parece distraído, James.

— Sinto muito. É mesmo? Ponho a culpa disso nos dois L.

— E o que são eles?

— Lavagem cerebral e luto.

— Minha nossa! Conte mais.

Por um momento, James se sentiu tentado a confiar na jovem bonita e animada — contar-lhe sobre a mulher com quem estivera casado por poucas horas, Tracy di Vicenzo, e como os homens de Blofeld a haviam matado, como ele próprio caíra nas garras deles, todo o pesadelo japonês e sua redenção parcial na Jamaica. Mas confidências não eram profissionais. Ele já permitira que seu estado de espírito distante e distraído falasse mais do que deveria.

— Uma outra hora — disse. — Quando nos conhecermos um pouco melhor.

Levou a conversa de volta para Larissa, notando que o fato de ser evasivo o tornara mais interessante aos olhos dela. Relutante a princípio, mas cada vez mais absorvida em si mesma, Larissa retomou a história de sua vida.

Quando voltaram para o hotel, ela parou do lado de fora da porta de entrada e pôs a mão no antebraço de Bond.

— Meu marido teve de passar a noite em Nápoles — disse, olhando para os sapatos e passando a língua pelos lábios, um pouco nervosa. — Ele disse que eu lhe telefonasse amanhã cedo. Você poderia subir para tomar um drinque em nossa suíte, se quisesse.

Bond olhou dentro dos grandes olhos castanhos e viu os lábios se separarem em uma expressão de contida excitação. Então, ouviu-se proferir as três palavras que, em toda a sua vida adulta, nunca, em uma situação como essa, saíram de sua boca.

— Não, muito obrigado.

— Quê? — Ela pareceu não ter ouvido direito.

— Não, obrigado, Larissa — disse Bond. — É melhor assim. Eu...

— Sem explicações — disse ela. Ficou na ponta dos pés e beijou-o no rosto. — Obrigada por uma noite encantadora.

Ele a observou caminhar até o balcão da recepção, apanhar as chaves e ir para o elevador. Quando entrava, hesitou, virou-se e acenou para ele.

Que garota, pensou Bond. Acendeu um cigarro e fumou na calçada.

Talvez esse fosse o sinal que estivera esperando. Alguns anos atrás, não teria esperado nem pelo café no restaurante antes de levá-la para seu quarto no hotel. Apesar de algumas vezes ter ficado cansado do jogo e até se sentido repelido por ele, estava certo de que seria uma compulsão por toda a vida.

Mas nesta noite... Agora sabia que uma época havia terminado e o que teria de dizer a M quando voltasse para Londres. Estava tudo acabado. Resignara-se a uma vida de reuniões interdepartamentais e ao exame de telegramas depositados em sua mesa, com apenas uma secretária compartilhada, Loelia Ponsonby — agora felizmente de volta após dar à luz dois garotos saudáveis —, para desviar, ocasionalmente, seus olhos da papelada.

Depois do negócio com Scaramanga, na Jamaica, Bond passou 18 meses — parecia mais — empurrando papel de um lado para o outro de sua mesa, até que M o despachou em um “vai ou racha” sabático, depois do qual, sozinho, decidiria se voltaria ao serviço ativo. Sem Loelia, a vida burocrática tinha sido horrível, na verdade: matronas com cara de rato ocuparam a mesa uma após a outra, série só interrompida por uma deleitável e supereficiente loura chamada Holly Campbell, que fora rapidamente promovida por M.

Bond, pensativamente, jogou a guimba do cigarro na rua e entrou no hotel. Ao pegar a chave, o recepcionista lhe entregou um recado. Dizia simplesmente: "Telefone para a Universal. Urgente."

Saiu novamente e foi até uma cabine telefônica. Universal... Sentia um prazer secreto no fato de, após várias experiências, o Serviço ter voltado a adotar seu antigo codinome. Nenhuma palavra tinha um efeito tão curioso sobre ele. Houve um pesado eco e uma espera ao telefone, depois um zumbido longo e baixo — sinal de que a chamada fora transferida.

Finalmente, ouviu a voz — distorcida, distante, mas inconfundível — do homem que mais respeitava no mundo.

— Bond?

— Senhor?

— A festa acabou.

— O quê?

— Precisamos que volte. Pegue o primeiro vôo amanhã.

— Senhor, pensei...

— Um de nossos departamentos de vendas está registrando atividade excepcional.

— Onde?

— A filial parisiense. Embora as importações do Oriente Médio também estejam subindo.

— E o meu período sabático? Ele só termina em...

— Para o inferno com o seu período sabático. Poderemos falar sobre isso no escritório. Entendeu?

— Sim, senhor. Até amanhã.

— Obrigado. E traga para mim aqueles chocolates pequenos embrulhados em papel azul e prata, está bem?

3. A mão de macaco

May, o "tesouro" escocês que limpava o apartamento de Bond em Chelsea, tentava freneticamente completar os preparativos para a chegada do morador, quando ouviu o táxi do aeroporto deixá-lo na rua tranqüila, em frente à porta de entrada.

— Não poderia ter avisado um pouquinho antes, Sr. Bond? — indagou ela, enquanto ele entrava e deixava cair suas malas de couro de crocodilo no vestíbulo. — A cama não foi arejada como deve ser, estamos sem sua geléia favorita, e o rapaz que veio montar a estante no quarto de hóspedes deixou uma bagunça terrível.

— Desculpe, May. O dever me chamou. E bem tarde da noite.

— Quer que eu faça algo para o senhor almoçar?

— Não, obrigado. Vou tomar uma ducha rápida. Tenho de ir ao escritório depois.

— Bem, pelo menos há toalhas limpas penduradas. Terei café pronto quando o senhor sair do banho.

— Obrigado. Forte, por favor.

— E suco de laranja?

— Laranjas frescas?

— Mas é claro, Sr. Bond.

— May, você é uma maravilha. Estarei pronto em 10 minutos. Por favor, telefone para trazerem o carro.

Enquanto se vestia após a ducha — camisa clara, terno de lã fina azul e gravata preta de tricô —, foi quase como se estivesse voltando a usar uniforme, pensou. Fizera a barba antes de sair do hotel em Roma, às 6h da manhã, e cortara o cabelo na semana anterior. Podia não ser exatamente o seu velho eu, mas estava apresentável, ao menos.

Na sala de estar, folheou rapidamente a maior parte da correspondência acumulada e conseguiu jogar metade dela direto na cesta de lixo. Sorveu o café escaldante de May e tirou um cigarro Balkan-Sobranie de uma caixa na mesa de café.

— E, então, May — disse —, conte-me o que aconteceu enquanto estive fora.

May pensou por um momento.

— Aquele sujeito idoso voltou da viagem de barco à vela que fez sozinho ao redor do mundo.

— Chichester.

— É. Esse é o nome dele. Mas não me pergunte por que fez isso. E ele é aposentado também.

— Acho que os homens sentem necessidade de se pôr à prova — disse Bond. — Até mesmo os mais velhos. Que mais?

— Aqueles cantores pop foram presos por porte de drogas.

— Os Beatles?

— Não, aqueles com o cabelo abaixo dos ombros que fazem uma zoeira. Rolling Stones, não é?

— E qual foi a droga? Maconha?

— Não adianta me perguntar, Sr. Bond. Eram drogas, só sei isso.

— Sei. Há muita por aí. — Bond apagou o cigarro no cinzeiro. — Quando eu sair, poderia ligar para Morland e pedir que mandem outra caixa destas o mais rápido possível? Posso ter de viajar de novo em breve.

— Viajar? — disse May. — Pensei que o senhor fosse...

— Eu também, May — disse Bond. — Eu também. Será que ouvi o barulho do carro lá fora?

Bond levou 10 minutos para dirigir a "Locomotiva", o Bentley Continental que mandara adaptar às próprias especificações, até Sloane Square. Londres parecia ter enlouquecido ligeiramente durante o tempo em que ele estivera fora. Todas as faixas de cruzamento da King's Road estavam apinhadas de jovens de cabelos compridos que atravessavam vagarosamente, ou ficavam parados de pé, ou conversavam e, de maneira notável, sentavam-se de pernas cruzadas na avenida. Com a capota do conversível abaixada, Bond podia sentir o cheiro de maconha queimada que associara antes apenas aos mercados árabes ao ar livre das sórdidas cidades marroquinas. Puxou o afogador momentaneamente e ouviu o ronco prolongado dos canos de descarga gêmeos de 5 centímetros cada.

Finalmente, chegou a Sloane Street e continuou pelo Hyde Park, onde o velocímetro atingiu quase 100 km/h quando o compressor Arnott zombou do peso do carro customizado. Bond fez uma curva fechada à direita e sentiu o carro rabear levemente quando endireitou o volante. Ele estava fora de forma, mas isso não era nada grave. Isso é mais real, pensou — uma manhã de verão em Londres, o vento em seu rosto e um encontro urgente com o chefe.

Mais rápido do que pretendia chegou ao Regent's Park e, em seguida, ao centro de operações do Serviço. Atirou as chaves do carro para o surpreendido porteiro e tomou o elevador para o oitavo andar. Em seu posto, do lado de fora da porta de

M, estava sentada a Srta. Moneypenny, um Cérbero feito sob medida para qualquer portão subterrâneo que o esperasse.

— James — disse ela, fracassando em conter o êxtase em sua voz. — Que maravilha ver você. Como foram as férias?

— Período sabático, Moneypenny. Existe uma diferença. Foi tudo bem. Um pouco longo demais para o meu gosto. E como está minha porteira favorita?

— Melhor que nunca, obrigada, James.

Era verdade. A Srta. Moneypenny usava um terninho sério em tecido *pied-de-poule* com blusa branca e broche de camafeu azul junto ao pescoço, mas a pele estava rosada de excitação juvenil.

Bond inclinou a cabeça em direção à porta.

— E o velho?

A Srta. Moneypenny soltou um muxoxo.

— Um pouco maluco, para ser honesta, James. Ele está fazendo... — Fez um sinal com o dedo, convidando-o a se aproximar. Quando ele inclinou a cabeça, ela sussurrou em seu ouvido. Bond sentiu os lábios contra a pele.

— Ioga! — explodiu Bond. — Mas o que...

Moneypenny riu enquanto levava o dedo aos lábios.

— O mundo inteiro ficou completamente louco na minha ausência?

— Acalme-se, James, e me conte o que há nessa bonita sacola vermelha que está levando.

— Chocolates — disse Bond. — M me pediu para trazer alguns de Roma. — Ele lhe mostrou a caixa de Perugian Baci em seu característico papel de embrulho azul e prata.

— Sabe o que *baci* significa em italiano, James? Quer dizer "beijos".

— Suponho que sejam para a mulher dele.

— James, seu hipócr...

— Ssh...

Antes que ela pudesse protestar mais, a pesada porta de nogueira abriu-se silenciosamente e Bond viu M na soleira, a cabeça inclinada para um lado.

— Entre, 007 — disse ele. — É bom tê-lo de volta.

— Obrigado, senhor. — Bond o seguiu, parando apenas para mandar um último beijo provocador para a Srta. Moneypenny antes de fechar a porta.

Bond sentou-se na cadeira defronte à mesa de M. Após uma demorada seqüência de palitos de fósforo usados e abandonados, M finalmente conseguiu acender o cachimbo a seu gosto. A conversa formal sobre o período sabático de Bond estava encerrada, e o velho marinheiro relanceou o olhar pela janela, como se em algum lugar do Regent's Park houvesse um navio inimigo. Então, virou a cabeça para encarar Bond.

— Há uma coisa em que preciso de sua ajuda, 007. Os detalhes estão um pouco confusos no momento, mas sinto que é algo grande. Muito grande, na verdade. Já ouviu falar do Dr. Julius Gorner?

— Não está me mandando para outro médico, está, senhor? — perguntou Bond. — Achei que tivesse ficado satisfeito com...

— Não, não... É um acadêmico. Da Sorbonne, acho. Mas o Dr. Gorner também tem títulos das universidades de Oxford e de Vilnius, na Lituânia, que é uma das mais antigas da Europa Oriental. Em Oxford, obteve o grau de primeira classe em Estudos Sociais, que, para mim e para você, Bond, quer dizer política, filosofia e economia; depois, inesperadamente, mudou para química no doutorado.

— Um pau para toda obra — disse James.

M tossiu.

— Temo que seja mais um mestre para toda obra. Essa coisa acadêmica é apenas o pano de fundo, e dizem que ele obteve os títulos com muita facilidade. Gorner alistou-se voluntariamente para lutar na guerra quando ainda era menor de idade e se destacou por combater para os dois lados: para os nazistas a princípio e, depois, para os russos, na batalha de Stalingrado. Isso aconteceu com muito poucas pessoas nos Estados bálticos, como você sabe, dependendo do país que ocupava o deles no momento e os obrigava a lutar. O estranho com Gorner é que ele parece ter trocado de lado por vontade própria, segundo o que lhe parecia o provável vencedor.

— Um mercenário — disse Bond. Seu interesse fora espicaçado.

— Sim. Mas sua verdadeira paixão são os negócios. Estudou um ano na Harvard Business School, mas saiu porque achou que a escola não o estimulava o bastante. Abriu um pequeno negócio farmacêutico na Estônia e, depois, uma fábrica perto de Paris. Você poderia pensar que seria o contrário: o escritório em Paris e a mão-de-obra barata na Estônia. Mas com o Dr. Gorner nada é exatamente como se espera.

— Que tipo de produtos farmacêuticos? — indagou Bond.

— Analgésicos. Narcóticos, você sabe. Com o tempo, os laboratórios esperam desenvolver medicamentos neurológicos para o mal de Parkinson, para a esclerose múltipla e assim por diante. Mas, naturalmente, Gorner estava disputando com gigantes como Pfizer, Johnson & Johnson e outros. Alguns existem desde o século passado. Mas isso não deteve o nosso Dr. Gorner. Uma mistura de espionagem industrial, corte de custos e técnicas de venda intimidadoras lhe deram uma grande presença no mercado. Então, um dia, ele descobriu a papoula.

— A papoula? — James se perguntou se a ioga não teria arruinado os processos mentais de M. Talvez estivesse ficando de cabeça para baixo, embora fosse difícil imaginá-lo em um *dhoti*, o traje masculino típico da Índia.

— A fonte do grupo de drogas opiáceas, muito usadas nos hospitais como anestésicos. Todos os nossos soldados de infantaria carregam morfina em suas mochilas. Se metade de sua perna é arrancada por uma granada, você precisa de algo forte e de ação rápida. No início, a heroína era comercializada legalmente pela companhia alemã Bayer como remédio para tosse. Recentemente, é claro, quando as pessoas começaram a entender os problemas do vício, a legislação sobre essas coisas ficou mais dura. Existe um comércio legal de derivados de ópio destinado ao uso médico, e existe um ilegal.

— E em qual o nosso homem está envolvido?

— Com o primeiro, certamente. Mas suspeito de que com o segundo também, em escala crescente. Mas precisamos saber mais, muito mais.

— É aí que eu entro?

— Sim. — M levantou-se e andou até a janela. — De certa maneira, o que quero de você é um simples exercício de levantamento de dados. Encontre Gorner. Fale com ele. Descubra o que mexe com ele.

— Parece muito psicológico — disse Bond.

— Certamente. — M parecia pouco à vontade.

— Foi para isso que me fez vir agora? Pensei que voltar ou não à ativa seria de minha escolha.

— Bem, sim, James, é.

Bond não gostava quando M o chamava de "James" em vez de "Bond" ou "007". O tom pessoal sempre precedia notícias decepcionantes.

— Quero que você faça mais alguns testes com os médicos e depois tenha uma conversa com R.

— O médico de doidos?

— O assessor de capacitação psicológica — corrigiu-o M. — Contratei há pouco tempo um terapeuta assistente para o departamento dele. Você fará um curso de técnicas de respiração e relaxamento.

— Pelo amor de Deus, senhor, eu...

— Todos os duplos zeros estão fazendo o curso — disse M rispidamente. — 009 relatou enormes benefícios.

— É claro que sim — disse Bond.

— Isso me faz lembrar que indiquei um novo duplo zero. Para ficar no lugar de 004, que, como você sabe, infelizmente...

— Sim. Debaixo de um trem na Alemanha Oriental, foi o que eu soube. E quando é que o novo homem começa?

— Qualquer dia. — M tossiu novamente. — Mesmo assim, todos estão fazendo o curso, e não vou abrir exceção para você.

Bond acendeu um cigarro. Era inútil discutir com M quando ele cismava com alguma coisa.

— Existe algo mais que eu deva saber sobre esse Dr. Gorner?

— Sim — disse M. — Ele pode se transformar em uma grande ameaça à segurança nacional. Foi por isso que o Serviço foi chamado. O governo está assustado com a quantidade de drogas ilegais que entram neste país. Já existem 750 mil viciados em heroína nos Estados Unidos. Vamos pelo mesmo caminho. O problema é que não são mais apenas vagabundos e por aí afora. São nossos melhores jovens que estão em risco. As drogas estão ficando respeitáveis. Apareceu um líder no *Times*, justo no *Times*, que pediu tolerância no caso desses infelizes cantores pop. Se as drogas se implantam fortemente na cultura de uma nação, ela rapidamente se torna um país de terceiro mundo. Olhe para o Laos, para a Tailândia, para o Camboja. Não são exatamente superpotências, não é?

— Isso me faz lembrar Kristatos e aquela operação italiana — disse Bond.

— Aquilo foi uma insignificância em comparação a isto — disse M. — Contrabando de fim de semana. Igual àquele trabalhinho no México pouco antes de você conhecer Goldfinger.

— E onde encontro Gorner?

— O homem aparece em todos os lugares. Um de seus hobbies é a aviação. Ele tem dois aviões particulares. Passa muito tempo em Paris, mas acho que você não terá muita dificuldade para reconhecê-lo.

— E por quê? — indagou Bond.

— A mão esquerda dele — disse M, sentando-se novamente e olhando Bond direto nos olhos. — É uma pata de macaco.

— O quê?

— Uma deformidade congênita extremamente rara. Existe uma doença conhecida como *main de singe*, ou mão de macaco, que acontece quando o polegar fica em linha reta em relação aos outros dedos e é chamado de "não-opositor". Como está no mesmo plano que os outros dedos, o polegar não pode agarrar coisas. É como segurar um lápis entre dois dedos. — M mostrou o que queria dizer. — Pode ser feito, mas não muito bem. O desenvolvimento do polegar em oposição aos outros dedos foi uma importante mutação do *Homo sapiens* em relação a seus ancestrais. Mas o que Gorner tem é algo mais: toda a mão é de macaco. Com pêlo até o pulso e além dele.

Alguma coisa se agitou na memória de Bond.

— Então, ela seria maior que a mão direita — disse.

— Presumivelmente. É muito rara, embora não singular, acredito.

— Ele viaja com um ajudante que usa um quepe da Legião Estrangeira?

— Não faço idéia — disse M.

— Acho que posso ter cruzado com ele. Em Marselha.

— Nas docas?

— Sim.

M suspirou.

— Isso parece conveniente demais.

— Ele tem mais ou menos a minha idade, estrutura física forte, cabelo liso e claro, cheio de óleo e um pouco comprido no pescoço, feições eslávicas...

— Pare por aí — disse M, empurrando uma fotografia sobre a mesa. — É esse o homem?

— Sim — disse Bond. — É ele.

— Parece que é o seu destino — disse M, com um sorriso frio.

— Não acredito em destino — disse Bond.

— É hora de acreditar — disse M. — O melhor desertor com que o SIS contou foi um coronel da inteligência militar russa, Penkovsky. Um dos nossos o surpreendeu em um café de Ancara parecendo deprimido. Foi tudo. Apenas uma expressão no olhar. Começaram dali. Foi o destino.

— E a observação — disse Bond apagando o cigarro. — Isso significa que estou completamente operacional de novo? — perguntou.

— Eu tinha pensado em um retorno gradual — respondeu M. — Você faz o reconhecimento. Faz o curso com R. Depois veremos.

Um pensamento desagradável ocorreu a Bond.

— Você não mencionou nada disso ao 009, não é? Ou para esse novo homem, 004? Eu não vou gastar sola de sapato para outro agente, vou?

M mexeu-se, desconfortável, na cadeira.

— Ouça, 007. Esse Dr. Gorner é potencialmente o homem mais perigoso que o Serviço já encontrou. Não o estou colocando na pista de um velho traficante viciado, mas de um homem que parece decidido a tirar a vida de milhões e, assim, minar a influência do Ocidente. Posso usar qualquer número de agentes para detê-lo. Eu me reservo esse direito.

Bond sentiu que os olhos cinzentos do chefe o perfuravam. Ele estava sendo sincero, tudo bem. M tossiu novamente.

— Há uma conexão russa também — disse —, e o governo está particularmente ansioso em relação a isso. A Guerra Fria pode ser travada de diversas maneiras. Preciso de um relatório em minha mesa dentro de seis dias.

Não fazia sentido levar a discussão adiante.

— O Deuxième está nisso? — perguntou Bond.

— Sim. Entre em contato com Mathis assim que chegar a Paris. A Srta. Moneypenny já reservou passagens e hotel.

— Obrigado, senhor. — Bond levantou-se para sair.

— Ouça, James. Você tomará cuidado, não é? Sei que drogas não soam como armas ou diamantes. Mas tenho um mau pressentimento em relação a esse homem. Muito mau. Ele já tem muito sangue nas mãos.

Bond fez um sinal de assentimento, saiu e fechou a porta.

A Srta. Moneypenny olhou para ele de sua mesa. Levantou um envelope marrom fechado.

— Seu sortudo — disse. — Paris na primavera. Encontrei um lindo hotel para você. Oh, você esqueceu de entregar os chocolates de M.

Bond depositou a sacola vermelha na mesa dela.

— Fique com eles — disse.

— Você é um doce, James. Obrigada. Seu vôo é às 18h. Você tem o tempo exato para a primeira sessão de exercícios de respiração profunda e relaxamento. Marquei hora às 14h30. No segundo andar.

— Espere até eu voltar de Paris — disse Bond, enquanto se encaminhava para o elevador. — Então, vou lhe dar motivo para respiração pesada.

— "Respiração profunda" foi a expressão, James. Há uma diferença.

— Ou, se você insistir nessas distinções, terei de ser mais firme. Uma boa surra, talvez. Assim, não conseguirá sentar-se durante uma semana.

— Realmente, James, isso é pura conversa sua.

As portas do elevador se fecharam antes que Bond pudesse pensar em uma resposta. Enquanto descia os andares do edifício, lembrou-se da expressão intrigada de Larissa na entrada do hotel em Roma. Pura conversa. Talvez Moneypenny tivesse razão.

*

Bond passou 25 minutos com um homem chamado Julian Burton, que usava uma camisa branca sem colarinho e o instruiu a respirar com a boca do estômago.

— Pense em uma jarra que você está tentando encher de água. Essa é a sua respiração. Leve-a direto para a base de sua espinha e de seus rins. Sinta a jarra encher-se. Agora, feche os olhos e pense em uma paisagem agradável. Talvez uma praia ou um lindo riacho em uma floresta. Um lugar particularmente especial. Simplesmente afaste todas as preocupações do dia e concentre-se naquele lindo e pacífico lugar. Agora, continue a respirar. Inspire profundamente, direto para a região lombar baixa. Afaste todos os outros pensamentos, fique apenas naquele seu lugar especial.

O "lugar especial" para o qual os pensamentos de Bond continuavam a voltar não era um refúgio silvestre, mas a pele do pescoço e da garganta de Larissa, que ele notara no bar do hotel. Talvez ainda existisse vida no velho cão... No fim da "sessão", Bond prometeu a Julian que faria os exercícios de respiração profunda todos os dias. Depois, desceu correndo as escadas, em vez de tomar o elevador, até a mesa da recepção. Era tarde demais para alcançar sua completa forma física operacional, mas qualquer pequena ajuda contava.

Podia sentir a velha vitalidade voltando ao pensar no Dr. Julius Gorner. Nunca desgostara de ninguém tão profundamente à primeira vista. Havia também alguma coisa particularmente desonesta em tentar atacar um país usando a ingenuidade de seus jovens, em lugar de armas e soldados.

Descobriu que estava ansioso para impressionar M. Depois de tudo que fizera, pensou, dirigindo o Bentley ao sul de Bayswater Road e para o Hyde Park, certamente não precisava provar mais nada. Talvez tivesse sido a menção dos outros dois duplos zeros que o fizera ficar inseguro. Naturalmente, sempre haveria outros com licença para matar — na verdade, o período médio de tempo no Serviço antes de se esbarrar com um acidente fatal obrigava a que o recrutamento e o treinamento fossem processos contínuos —, mas Bond sempre acreditou ser o único — o agente escolhido. Talvez M tivesse evitado, deliberadamente, uma demonstração de confiança total para forçar Bond a se concentrar. Quanto mais pensava nisso, mais seguro ficava de que aquele era o objetivo da velha raposa.

De volta ao apartamento, viu que May já havia lavado e passado as roupas que ele usara na Itália. Era hora do chá, mas ela sabia que não devia aborrecê-lo com aquela beberagem de velhas senhoras. Em vez disso, bateu à porta do quarto de Bond levando uma bandeja de prata, com sifão de soda, balde de gelo, um copo brilhante e uma garrafa cheia de Johnnie Walker Black Label.

— À sua saúde, Sr. Bond — disse, colocando a bandeja em cima do gaveteiro. — Dê esses cigarros para mim, deixe que embrulhe para o senhor.

Bond ainda não completara os três meses de abstinência, mas, se aos olhos de M estava apto a voltar ao trabalho, então... Pôs apenas dois dedos de uísque no copo, juntou um pedaço de gelo e a mesma quantidade de soda.

— À sua saúde, May — disse, e engoliu tudo de um trago só.

Depois de deixar Hammersmith e entrar na Avenida Great West, Bond notou uma motocicleta pelo espelho retrovisor e, instintivamente, pisou no freio. Esses guardas motorizados pareciam estar em todos os lugares, e seu carro, egocêntrico e chamativo, era um ímã natural. A moto, entretanto, pareceu reduzir a velocidade ao mesmo tempo. Sem sinalizar, Bond virou abruptamente para a esquerda na rótula e tomou a estrada para Twickenham, longe do principal fluxo de tráfego que deixava a capital na hora do rush. Bond reduziu a marcha e pisou no acelerador para avançar o primeiro sinal vermelho antes de checar o espelho novamente. A moto ainda estava lá.

Bond sentiu uma mistura de irritação e estímulo. Era ofensivo ser perseguido dessa forma amadorística quando estava a caminho de lidar com um problema tão grande e perigoso como o representado pelo Dr. Julius Gorner. Logo antes de Chiswick Bridge, virou o volante para a direita. Desta vez ele avaliara bem o curso, e os pneus aderiram à estrada. Bond checou os espelhos uma vez mais e sentiu o primeiro tremor de ansiedade. Não apenas uma, mas duas motocicletas o seguiam agora — grandes BMWs — e nenhum carro podia ser mais rápido que uma moto. Os motociclistas baixaram as cabeças e fizeram um movimento circular com os punhos. O rugido dos escapamentos gêmeos bávaros encheu a tranqüila rua Kew.

Em poucos instantes, as motos estavam uma de cada lado do Bentley de Bond. Agora, tinha de levá-las a sério. Desejou estar no Aston Martin, com o compartimento embaixo do banco para um Colt .45. Não sabia com certeza se a sua Walther PPK teria potência para fazer o trabalho a essa distância, mas não havia alternativa. Antes que sacasse o revólver do coldre, ouviu um barulho alto quando o vidro da janela do passageiro foi estilhaçado por uma bala. Pelo espaço aberto, Bond atirou uma vez, depois pisou fundo no freio. Frear era uma coisa que os carros faziam mais rápido que as motos, e, com isso, Bond conseguiu dar uma olhada rapidíssima no segundo motociclista, que atirou nele e errou por pouco. Bond se inclinou sobre o banco do passageiro e, pela janela quebrada, atirou com a mão esquerda, e viu o piloto tombar para a frente, atingido em cheio no ombro esquerdo. A barulhenta moto alemã escorregou por baixo de seu corpo, lançando um chuveiro de faíscas na pavimentação.

O primeiro motoqueiro estava lado a lado com ele, e Bond viu aproximar-se o fim da rua, que desembocava em um cruzamento com uma curva de 90 graus à direita. Estimou em 80km/h mais ou menos a velocidade de ambos agora, e precisava reduzir a marcha para completar a manobra que tinha em mente. Viu o piloto erguer a mão esquerda para atirar, ficando vulnerável por um momento, com apenas uma mão no guidom e sem controle da embreagem.

Bond meteu o pé no freio, virou o volante para a direita, depois puxou o freio de mão. Não era uma alavanca comum sob o painel, mas um modelo exclusivo posicionado atrás do câmbio. Com um torturante grito dos pneus e um cheiro de queimado, o grande carro sacudiu-se violentamente e depois lançou a grande carroceria redonda em cheio na roda da frente da BMW. Bond sentiu o impacto da moto quando ela bateu e, depois, desabou, mandando o piloto de pernas para o ar para o cruzamento à frente. Quando o homem caiu de costas, sua pistola disparou, impotente.

Bond olhou para o relógio para ver se chegaria a tempo de pegar o vôo, pôs o carro em primeira novamente e tomou a direção norte, calmamente, pelas ruas de Kew, onde as pessoas que tomavam trens e ônibus para o trabalho voltavam às suas casas. Refazendo o caminho para a Great West Road, percebeu que a frase favorita de René Mathis lhe viera à mente. *Ça recommence*, pensou. Vai começar de novo.

4. Vamos jogar?

O quarto de hotel de James era uma típica reserva de Moneypenny: Margem Direita, discreto e levemente sem imaginação. Bond passou rapidamente pelo quarto, pelo banheiro e pela pequena sala de estar à procura de microfones. O Serviço mudava seus hotéis com tanta freqüência que era improvável alguém saber para onde ele estava indo, mas as motos mostraram que ao menos alguém estava em sua cola. Pessoalmente, inclinava-se a esquecer as BMWs como serviço inacabado de uma operação anterior. Esse Julius Gorner podia ser perigoso, mas certamente não era vidente. E, Deus sabe, havia muita gente que, fazia anos, queria vê-lo morto. Até mesmo as operações mais bem-sucedidas deixavam ressentimento.

Pelo que podia ver, o quarto estava limpo. Fechou as persianas, arrancou um fio de cabelo e o esticou entre a porta do banheiro e o batente. Depois, abriu o compartimento oculto no fundo da maleta, tirou alguma munição, recarregou a Walther e colocou-a no coldre de ombro, assegurando-se de que não fazia nenhum volume por baixo do paletó do terno. Fechou a maleta e borrifou um fino talco cinzento sobre a fechadura com segredo. Depois, deixou o hotel e seguiu para a rua St Roch para ter uma briga com o sistema telefônico francês.

Ocorreu-lhe, enquanto rodava a beira chanfrada da moeda contra a ponta dos dedos, que não comia nada desde o café-da-manhã em Roma. Mas a mudança de uma hora no fuso horário tinha sido contra ele, então em Paris eram quase nove, e Mathis, ao que parecia, não estava disponível. Jantava fora com sua infeliz amante francesa, pensou Bond, forçado a deixar recado com uma irritada telefonista do Deuxième.

Bond já comera sozinho em restaurantes demasiadas vezes nos últimos meses, e estava começando a chover. Decidiu voltar para o quarto do hotel, pedir uma omelete e dormir cedo.

O porteiro entregou-lhe a chave com seu pesado ornamento de latão e uma franja escarlate. Bond caminhou pelo corredor de mármore, apertou o botão para chamar o elevador, mudou de idéia e subiu correndo os três lances de escada. Concentrado em seus pensamentos, entrou na suave penumbra do quarto número 325 na Margem Direita, acendeu o interruptor e atirou a chave sobre a cama, onde ela saltou alegremente. Foi até a mesinha-de-cabeceira, tirou o telefone do gancho e discou zero. Enquanto fazia isso, virou-se para olhar o quarto e viu a mais esplêndida imagem.

Sentada na desconfortável poltrona dourada sob o espelho imitação de Luís XV, as longas pernas timidamente cruzadas e as mãos dobradas na frente dos seios, estava uma das mais imperturbáveis jovens que jamais vira. Tinha longos cabelos escuros, presos para trás com uma fita vermelha em um meio rabo-de-cavalo, caídos sobre os ombros do tailleur. Por baixo, usava blusa branca, meias de náilon pretas e sapatos pretos de salto baixo. Seus lábios estavam pintados de vermelho e abertos em um sorriso de desculpas.

— Sinto muito tê-lo alarmado, Sr. Bond — disse. — Tinha de ter certeza de que o veria. Não queria lhe dar a chance de me rejeitar novamente. — Inclinou-se para a luz.

— Larissa — disse Bond. O revólver estava em sua mão.

— Minhas desculpas não são suficientes. Não é assim que me comporto normalmente, mas estava desesperada para vê-lo.

— Seu cabelo. Está mais comprido.

— Sim. Eu usava uma peruca em Roma. É assim que sou realmente.

— E seu marido...

— Não sou casada, Sr. Bond. E se decidisse algum dia dar esse passo, duvido que fosse com alguém que trabalhasse com seguros. Agora tenho de lhe contar uma coisa bastante vergonhosa. Meu nome não é Larissa.

— Estou desapontado. Tinha planos para Larissa.

— Pode ser que, desta vez, o senhor fique por aqui tempo suficiente para eu lhe dar meu cartão.

Bond fez que sim com a cabeça, observando cuidadosamente a garota enquanto ela se levantava. Deu uma olhada para ver se não havia ninguém atrás das cortinas. Pegou o cartão oferecido, depois abriu a porta do banheiro com o pé, apontou a arma para dentro e se certificou de que também estava limpo.

A garota não dizia nada, simplesmente observava, como se aquilo não fosse mais que o seu mau comportamento merecia.

Só então Bond baixou o olhar para o cartão.

— Srta. Scarlett Papava. Gerente de investimentos. Diamond and Standard Bank. 14 *bis* rue du Faubourg St Honoré.

— Talvez eu possa explicar.

— Acho que deveria. — Agora que recuperara a compostura, Bond sentia uma irresistível curiosidade e um pouco de admiração. Essa garota tinha nervos de aço. — Antes que você faça isso — disse —, vou pedir um drinque ao serviço de quarto. Do que gostaria?

— Nada, obrigada. A menos... Um copo d'água, por favor.

Bond pediu duas grandes doses de uísque e uma garrafa de água mineral Vittel. Se ela não mudasse de idéia, ele beberia o segundo copo.

— Está bem — disse, pondo o fone no gancho. — Você tem 3 minutos.

A Srta. Scarlett Papava, antes Sra. Larissa Rossi, suspirou pesadamente, acendeu um Chesterfield e se sentou novamente na poltrona dura. Pelo menos a escolha do cigarro tinha sido genuína, pensou Bond.

— Faz pouco tempo que fiquei sabendo quem o senhor é — disse Scarlett.

— Há quanto tempo você é financista? — indagou Bond.

— Seis anos. Pode checar no banco. A sede fica em Cheapside.

Bond fez um sinal de assentimento com a cabeça. Instintivamente, sentiu que a maior parte da história que "Larissa" lhe contara sobre o pai russo e sua educação tinha sido verdade. Mas a forma como ela o enganou sobre o marido era ofensiva, e ele sentiu a leve insegurança que sempre sentia quando suspeitava estar em companhia de um colega agente.

— O senhor parece cético — disse Scarlett. — Pode fazer todas as checagens que quiser.

— O que estava fazendo em Roma?

— Por favor, Sr. Bond. O senhor está gastando meus 3 minutos com suas perguntas.

— Continue.

— Fui a Roma para encontrá-lo. Preciso de sua ajuda. Para resgatar minha irmã. Ela está trabalhando contra a vontade para um homem muito desagradável. Ele, de fato, a mantém prisioneira.

— Não sou investigador particular — disse Bond de forma cortante. — Não resgato donzelas em apuros. Sugiro que entre em contato com a Pinkerton's, ou seu equivalente francês. Provavelmente se chama "Cherchez La Femme", procurem a mulher.

Scarlett sorriu timidamente.

— Na verdade — disse —, já fiz isso.

Houve uma batida à porta. Era o camareiro com o uísque. Serviu as duas doses e recuou.

— Deixe a garrafa — disse Bond, colocando uma nota dobrada na bandeja.

— *Merci, Monsieur.*

— Fez o quê? — perguntou Bond quando o funcionário se foi.

— Telefonei para a Pinkerton's — disse Scarlett. — Finalmente, me vi falando com um homem chamado Felix Leiter.

Bond balançou a cabeça, entediado. Devia ter adivinhado.

— O Sr. Leiter disse que não podia fazer o trabalho pessoalmente. Ele só sai da América em circunstâncias excepcionais, mas conhecia alguém que poderia fazê-lo. Mencionou seu nome. Disse que o senhor estava em uma semi-aposentadoria, um prolongado período sabático remunerado, ou coisa assim. Disse que, pelo que conhece do senhor, o senhor estaria louco por alguma ação. Ele disse: "Esse é exatamente um assunto para James. Mencione a mulher, e o guaxinim subirá na árvore". — Scarlett encolheu os ombros. — Nao sei o que quis dizer com isso. De qualquer modo, o Sr. Leiter disse que não sabia com certeza onde o senhor estava, mas a última coisa que soube é que o senhor estava a caminho de Roma. Ele me recomendou um hotel. Dei alguns telefonemas.

— Como você é talentosa.

— Obrigada. Devo lhe dizer que demorou a chegar. Gastei uma fortuna telefonando para o hotel todos os dias.

— Não de seu trabalho, espero.

— Claro que não. Do meu apartamento, na rue de Saints Pères. Devo insistir, Sr. Bond, que esse problema não tem nada a ver com meu trabalho. É inteiramente particular.

— Mas é claro — disse Bond.

Era costume do SIS infiltrar seus agentes no staff da embaixada sob o disfarce de encarregados de negócios ou responsáveis por passaportes ou algo assim. Bond não gostava de diplomatas — homens de mãos macias mandados ao exterior para mentir para governos estrangeiros —, e menos ainda de agentes travestidos de diplomatas. Poucos durariam mais de 30 segundos em uma luta. Mas não só a embaixada podia servir de cobertura para essa gente. Outras profissões eram usadas, e a de financista, com a exigência de informações atualizadas e viagens internacionais, também era muito boa. Bond nunca conhecera uma agente britânica, mas era bem característico do SIS achar que devia "acompanhar os tempos".

— Sei que deve desconfiar de mim — disse Scarlett. — E está muito certo, acho. Mas vou ganhar sua confiança. Vou provar que falo a verdade, prometo.

Bond não disse nada. Tomou o uísque e serviu-se de outro copo.

— O fato — disse Scarlett com hesitação — é que acho que posso ajudá-lo a encontrar Julius Gorner. Posso lhe dizer onde ele estará no sábado de manhã. No Club Sporting de Tennis, no Bois de Boulogne.

— Acho que já teve seus 3 minutos — disse Bond.

Scarlett cruzou as pernas do jeito que Bond observara no bar em Roma. A presença da garota o afetava de diversas maneiras. Ela parecia ter ficado mais jovem. Julgou que Larissa Rossi tinha 32 anos, mas Scarlett Papava não parecia ter mais de 28.

Ela o observava atentamente, como se calculasse seu próximo movimento.

— Está bem — disse. — Não vou fingir. Sei que veio para investigar Gorner.

— Como?

— Minha irmã me contou. Ela telefonou. Queria que eu o avisasse para ficar longe dele.

Bond acendeu um cigarro.

— E sua irmã só pode ter sabido disso...

Scarlett assentiu.

— Por uma fonte autorizada.

Bond respirou profundamente. Aquilo explicava as motocicletas. O fato de Gorner saber que alguém estava interessado nele não era tão surpreendente — não se operasse na escala que M sugeriu. Essas pessoas se baseavam em informações boas. Era irritante, mas não fatal para sua missão.

— E sua irmã sabia que eu estava vindo a Paris?

— Sim. Ela telefonou hoje de manhã.

— E ela sabia o hotel?

— Não. Eu o esperei no aeroporto, depois o segui em um táxi. Desculpe. Quanto a entrar no quarto... Os empregados de hotel em Paris estão acostumados a mulheres desacompanhadas subindo nos elevadores. Desde que se esteja bem vestida. Perguntei o número do seu quarto e dei algum dinheiro a um garoto do serviço de quarto que encontrei no corredor para que ele abrisse a porta. Disse que havia perdido a chave. Foi tudo ridiculamente fácil.

— Então, Moneypenny fez uma reserva para mim em um *hôtel de passe*. Preciso conversar com ela sobre isso.

Scarlett ficou vermelha.

— Me desculpe por isso ter sido tão desonesto. Mas eu tinha de ver você e não podia correr o risco de você me dar um gelo de novo. Sabia que, se telefonasse, você se recusaria a me ver. Naturalmente, o que eu pretendia era pegar você de manhã em Roma e contar tudo. Mas fiquei um pouco aborrecida com a sua... frieza. Então, a recepção me informou que você havia partido de manhã cedo.

— E agora você tem uma segunda chance. Estou oficialmente ocupado em seguir um homem que você queria que eu conhecesse por motivos particulares seus.

Scarlett sorriu.

— Você acredita em destino?

Bond não disse nada. Sacudiu os pés para tirar os mocassins pretos e jogou-se na cama. Pôs o revólver ao lado do telefone e pensou durante muito tempo. Estava se divertindo. Dona de casa solitária, financista atarefada, dama da noite... Scarlett era inegavelmente intrigante. Era notável o seu comportamento, sentada ali, os lábios vermelhos abertos em um sorriso irônico em relação ao próprio papel. E o marido, Sr. Rossi, trabalhando com seguros... Que figura improvável parecia agora. Mas tinha de reconhecer, ela fora brilhante em Roma, aquele ar de tédio de dona de casa frustrada. Provavelmente, achou pouco seguro falar na irmã no restaurante e esperava levá-lo até o quarto. Ou teria outro motivo, mais pessoal?

Não importa. Nesses momentos, ele confiava no instinto e na experiência. Fossem quais fossem as complicações da história dela, os sinais que a garota enviava eram bons. Perigosos, talvez, mas interessantes.

— Está bem, Scarlett — disse —, farei o seguinte. Hoje é quinta-feira. Amanhã me encontrarei com um velho amigo. Apenas nós dois, caso você esteja pensando em aparecer por coincidência. Dependendo do que ele disser, irei com você ao clube de tênis no sábado de manhã. Vou telefonar amanhã para você, neste número, às 18h. — Ele levantou o cartão dela. — Então, você fará as apresentações e...

— Não, não posso apresentá-los. Gorner não deve me ver. Isso colocaria Poppy em perigo. Eu o apontarei para você.

— Está bem. Mas você deve ficar no clube. Quero você lá. Até o momento em que eu sair.

— Como garantia?

— Garantias são o seu negócio, não são? — Bond olhou para ela sardonicamente. — Negócio fechado?

— Sim. Negócio fechado. — Scarlett estendeu a mão.

Bond a tomou.

— Larissa me beijou no rosto — disse.

— *Autre temps* — disse Scarlett com uma risada baixa —, *autres moeurs.**

Ele a observou caminhar pelo corredor até o elevador, a saia mantendo o caimento elegante ao longo das coxas.

---

* Outro tempo, outros costumes. (*N. da T.*)

Desta vez não houve aceno do elevador, mas, quando as portas se fechavam, ela falou alto:

— Como está o seu tênis? Espero que bem!

René Mathis parecia ansioso para encontrá-lo cedo no dia seguinte.

— As noites de sexta, James — disse —, tantas pontas soltas para juntar no escritório. Pago o almoço para você. Vá ao Chez André, na rue du Cherche Midi. Não é a minha vizinhança normal, de jeito nenhum. Melhor assim.

Bond chegou 5 minutos antes da hora, como era seu costume, e ocupou um lugar longe da janela e de onde poderia observar o aposento. Ficou satisfeito ao ver Mathis chegar, meio afobado, queixando-se do tráfego.

— Apenas um bistrô, James. Nada de especial. Escolha o prato do dia. A maior parte dos fregueses é de editores e professores, pessoas assim. Ninguém que não queira ver, asseguro-lhe.

Mathis falava inglês fluente, com leve sotaque. Pediu dois Ricard antes que Bond pudesse impedi-lo.

— O que sabe sobre Julius Gorner? — disse Bond.

— Não muito — disse Mathis. — E você?

Bond contou o que sabia enquanto Mathis ouvia, balançando a cabeça atentamente. Bond sabia que, com freqüência, Mathis fingia ignorar mais do que realmente ignorava. Era um hábito, mas não significava que não podia confiar nele.

— Parece que alguém precisa chegar perto desse homem — disse Mathis quando Bond terminou. — Pessoas que trabalham para ele raramente deixam muitos vestígios de suas atividades. Você tem de olhar bem de perto.

— Tenho um jeito — disse Bond —, mas é pouco seguro.

— Meu caro James — riu Mathis —, que outro tipo de entrada pode existir em nossa linha de trabalho?

O garçom trouxe uma terrina com pepinos e uma cesta de pães.

— Você precisa largar um hábito de toda a vida e tomar um pouco de vinho — disse Mathis. — Não se pode comer *terrine* sem vinho.

Ele pediu uma garrafa de Château Bataille 1958 e, após colocar um centímetro em seu próprio copo, encheu o de Bond.

— É uma quinta safra — disse. — Vem de uns poucos metros a oeste de Latour, mas é uma fração do preço. Experimente.

Bond levou a taça com circunspecção até os lábios. O aroma era rico, embora difícil de definir.

— Lápis? — indagou Mathis. — Tabaco? Amoras? Uma sugestão de rosbife?

Mantendo um dedo levantado, Bond deixou que o vinho escorresse gentilmente sobre sua língua.

— Nada mau — disse.

— Nada mau! Bataille é um milagre. Um dos grandes segredos do Bordeaux.

Até o garçom tirar os pratos com o que restava do coelho *à l'anciene*, substituindo-o por uma tábua de queijos, Mathis e Bond estavam na segunda garrafa do vinho, e Bond tendia a concordar com Mathis.

— Ouviu falar de uma mulher chamada Scarlett Papava? — perguntou Bond.

— Céus, ela parece ser russa — respondeu Mathis.

— Acho que o pai é, ou era — disse Bond. — Você me faria um favor? Veja se algum de seus colegas a identificou como SIS? Ou pior?

— SMERSH? KGB?

— Duvido — disse Bond —, mas temos de ter cuidado com a conexão russa.

— Isso é urgente?

— Preciso saber lá pelas cinco e meia. — Bond passou o cartão de Scarlett por cima da mesa. Ele decorara os números. — Leve isto.

— Meu Deus, você não muda, James. Vou ver o que posso fazer. Telefone para minha secretária. Deixarei uma mensagem. Um código simples. Verde, amarelo ou vermelho. Agora, que tal um pouco de vinho?

Depois do almoço, Bond comprou algumas roupas de tênis e uma raquete Dunlop Maxply em um estojo, em uma loja de artigos esportivos no bulevar St-Germain, depois tomou um táxi de volta ao hotel. Entrou no quarto cautelosamente desta vez, com a pistola sacada, embora oculta no bolso do casaco. Checou o pó e o fio de cabelo que havia recolocado no lugar depois que a empregada limpou o quarto. Ninguém mexera neles. Depois, leu um artigo da *Newsweek* sobre tráfico de drogas que Loelia Ponsonby incluíra entre seus papéis informativos. Às 5h30 saiu e encontrou um telefone na rue Daunou. Incomodou Loelia quando ela tomava uma xícara de chá no escritório e lhe disse para fazer o pessoal da garagem ir até o aeroporto e substituir as janelas do carro.

— Imagino que não tenha sido imperícia ao volante novamente, não, James?

— Não se preocupe com isso. Aproveite o chá, Lil.

— Já lhe disse para não me chamar assim, é...

Tarde demais. Bond já discava para o Deuxième.

— *Le bureau de Monsieur Mathis, s'il vous plaît.*

— *Un moment, Monsieur.*

Houve uma série de chiados e retinidos na linha, então a mesma voz feminina brusca do dia anterior.

— *Oui.*

Que galinha velha ressentida, pensou Bond. O que ela precisa é de uma boa...

— *Qu'est-ce qu'il y a?* — ela falou de forma grosseira.

— *Il y a un message pour Monsieur Bond? James Bond?*

— *Attendez. Oui. Qu'un mot.*

— *Et?*

— *Comment, Monsieur?*

— *Le mot. C'est quoi?*

— *C'est "vert".*

— *Merci, Madame** — disse Bond. — E dê meus mais profundos pêsames ao seu maldito marido —, acrescentou enquanto recolocava o fone no gancho.

Alguma coisa no nome da rua lhe era familiar. Rua Daunou. Sim, ele se lembrava. Harry's Bar. "Pergunte por Sank Roo Doe-Noo", era o que o anúncio no *Herald Tribune* dizia aos leitores. Bond deu uma olhada no relógio. Tinha tempo para um uísque e uma Vittel na calma atmosfera de clube masculino do Harry's antes de telefonar para Scarlett. Sentado na poltrona de couro, fumando o último do segundo maço do dia, Bond teve de admitir que estava começando a divertir-se. A missão, a garota, o vinho com Mathis e, agora, o sinal verde...

Jogou uma nota para pagar a conta absurdamente alta e voltou à cabine telefônica. Foi transferido para o escritório de Scarlett sem demora.

---

* Escritório do Sr. Mathis, por favor./ Um momento, senhor./ Sim./ O que há aí?/ Há um recado para o Sr. Bond? James Bond?/ Espere. Sim. Só uma palavra./ E?/ Como, senhor?/ A palavra. Qual é? / É verde./ Obrigado, madame. (*N. da T.*)

— Scarlett? É James Bond. Você vai amanhã?

— Sim. E você?

— A que horas devemos chegar?

— Por volta das 10h. Posso pegar você no hotel às 9h? Assim terá tempo para alguns minutos de aquecimento.

— Está bem. — Ele hesitou.

Ela notou imediatamente.

— Alguma coisa mais?

Ele esteve a ponto de convidá-la para jantar.

— Não — disse. — Nada mais. Apenas lembre-se: você está em teste.

— Entendo. *À demain.*

O telefone foi desligado.

Bond dormiu como uma criança no tranqüilo casulo de seu quarto de hotel. Um jantar de ovos mexidos do serviço de quarto, três grandes doses de uísque e um banho quente tornaram o barbitúrico desnecessário.

Pela manhã, exercitou-se esforçadamente, obrigando-se a 60 flexões abdominais e uma variedade de exercícios de alongamento para as pernas e as costas que Wayland lhe ensinara em Barbados. A camareira trouxe o café-da-manhã enquanto Bond relaxava do exercício, e ele o tomou enrolado em uma toalha, sentado em frente à janela. O café estava bom, mas nunca conseguira entusiasmar-se com croissants. Pelo menos havia alguma coisa parecida com geléia.

Depois de uma ducha, Bond vestiu uma camisa de algodão de mangas curtas, calças cinza-escuro e um blazer. Não estava certo do tipo de roupa apropriada para o Club Sporting de Tennis, mas, por sua experiência, tais lugares na França tentavam, em geral, deixar deslocados os ingleses, com sua exibição de listras e vistosas gravatas "de clube". Pôs as roupas de tênis em uma pequena bolsa de viagem e desceu para a porta da frente do hotel.

A um minuto para as 9h, um Sunbeam Alpine branco parou a seu lado com um guincho. A capota estava abaixada e, no assento do motorista, de óculos escuros e um desnorteante vestido curto de linho vermelho, encontrava-se Scarlett Papava.

— Entre, James. Pode empurrar o banco pra trás, se preferir.

Antes que ele tivesse tempo de ajeitar-se, ela engrenou, e o pequeno carro saiu à toda em direção à place de la Concorde.

Bond sorriu.

— Estamos com pressa?

— Acho que sim — disse Scarlett. — Se conseguirmos colocá-lo em um jogo com o Dr. Gorner, você terá de estar em sua melhor forma. Sugiro que faça um pouco de aquecimento antes. Ele é muito competitivo.

Scarlett entrou nos Champs-Élysées e afundou o pé direito.

— Você tem de saber lidar com esses sujeitos — disse. — Com esses motoristas franceses, quero dizer. Jogue o jogo deles. Não adianta ser tímido.

— E por que preferiu o Alpine, não o Tiger? — perguntou Bond.

— Meu pai achou este para mim. Segunda mão. O Tiger é maior, não é?

— Tem uma máquina V8 — disse Bond —, mas o chassi Sunbeam não dá conta de todo esse torque. De qualquer maneira, você não precisa dele. Não do jeito que dirige.

Na Étoile, onde 15 correntes de tráfego se fundem e lutam para sobreviver, Scarlett não deu folga, e alguns apavorantes segundos depois, em meio a uma barragem de buzinas, seguiram seu caminho, descendo a avenida Neuilly. Um pequeno sorriso de triunfo brincou nos lábios de Scarlett quando o vento soprou para trás seu cabelo escuro.

O Club Sporting se escondia em uma avenida discreta, coberta de areia, no Bois. Bond e Scarlett cruzaram o estacionamento pelos gramados rumorejantes onde vaporizadores de água ocultos brincavam, subiram as escadas e entraram em um clube enorme e moderno.

— Espere aqui — disse Scarlett. — Volto em um minuto.

Bond observou as pernas esguias, nuas até o meio das coxas, enquanto ela se afastava, com um leve movimento dos quadris, em direção ao escritório da secretária. Era o andar de uma garota confiante, pensou, atlética e segura de si.

Ele olhou as notícias no quadro: torneios do clube, classificações, fotos, vitórias, competições de juniores e seniores. Os nomes dos membros incluíam os de algumas das famílias mais conhecidas de Paris. No topo da segunda classificação, viu o nome "J. Gorner". Se a primeira e a segunda equipes, homens de seus vinte anos e nível quase profissional, eram o escalão superior, isso devia significar que Gorner era um jogador formidável. Seu equivalente em golfe, um jogo que Bond conhecia melhor, seria um jogador de sete ou oito handicaps. Feroz o bastante.

— James! — ouviu chamarem seu nome e viu Scarlett fazendo sinal para que se aproximasse.

— O atendente diz que o Dr. Gorner estará aqui em alguns minutos, mas não tem jogo agendado. Você está com sorte.

— Como conseguiu isso?

Scarlett pareceu momentaneamente envergonhada.

— Sei por Poppy que Gorner gosta de apostar. Tomei a liberdade de dizer ao atendente que você era um excelente atleta que proporcionaria ao Dr. Gorner um bom jogo e que também gostava de apostar. Posso tê-lo levado a acreditar que você não é bom o bastante para vencer, mas é um cavalheiro completo, que paga suas dívidas.

— Acho que ele deve estar com água na boca diante da possibilidade — disse Bond.

— Bem, acho que eles têm dificuldade em conseguir membros do clube para jogar com Gorner.

— Não consigo imaginar por quê — disse Bond. — E quanto é que estou apostando?

— Apenas 100 libras — disse Scarlett inocentemente. — Agora vou tratar de me misturar por aí.

— Você está dizendo isso — disse Bond. — Mas não vá sair do clube.

— Não perderia isso por nada. Vou ficar assistindo. De uma distância discreta. Olhe. Não é o carro dele que está chegando?

Através das portas de vidro, Bond viu um Mercedes preto 300D, dirigido por um homem de quepe. Viu o carro frear ao pé dos degraus, e o motorista jogar as chaves para um homem do estacionamento e dar a volta para abrir a porta do passageiro.

Dali saiu o homem da foto de M, o mesmo que vira em Marselha. Usava uma camisa de flanela branca de mangas compridas e calças cinza, com uma única luva branca na desproporcional mão esquerda. Bond virou-se para estudar o quadro de notícias quando o homem passou por ele rumo ao escritório. Scarlett desaparecera.

Bond olhou para cima, para uma fila de telas de televisão na parede que mostravam os jogos que aconteciam nas quadras externas com uma faixa móvel que exibia o placar por um *link* ao lado da quadra, atualizado pelos jogadores quando trocavam de lado. Bond sabia que essa tecnologia era rara fora de um estúdio de televisão e devia ter custado ao clube — ou, de qualquer maneira, a seus membros — uma grande soma.

Além desses jogos, havia um complexo de instalações internas construído em um andar subterrâneo imediatamente abaixo das quadras externas. O andamento dos jogos nessas quadras podia ser acompanhado das galerias cobertas que as circundavam.

Um minuto depois, Bond ouviu passos aproximando-se. Era o homem de quepe.

— Com licença — disse em inglês. — Sr. Bond? Meu nome é Chagrin.

Bond virou-se para encará-lo. Tinha a pele amarelada, olhos apertados com as pálpebras epicânticas do Oriente e feições sem expressão, inertes. Havia alguma coisa meio morta ou, ao menos, não completamente viva nele, pensou Bond. Vira essa carne sem vida antes em uma vítima de apoplexia. Era uma combinação estranha com o comportamento ativo do homem.

— Acho que senhor joga com Dr. Gorner — o sotaque de Chagrin parecia chinês ou tailandês.

— Se ele está procurando jogo — disse Bond, despreocupadamente.

— Oh, sim. Ele procurando. Eu apresento senhor.

Chagrin seguiu à frente pela escada em espiral que levava à extensa área de observação, bares e restaurante.

Gorner olhava pelas placas de vidro da janela para as quadras mais próximas.

Virou-se. Estendeu a mão direita, sem a luva.

— Que enorme prazer em conhecê-lo, Sr. Bond. E, então, jogamos?

5. Não é críquete*

O vestiário ficava no andar de baixo e incluía uma grande sauna seca, quatro saunas a vapor e colônias e loções pós-barba suficientes para abastecer o Trumper's da Mayfair durante um ano. Bond, acostumado ao clube em Barbados (chuveiros simples individuais, bar de madeira com cerveja gelada) ou aos acanhados quartos dos fundos do Queen's Club, em Londres, observou que nenhuma quantidade de colônias caras era suficiente para disfarçar o ranço de suor das meias.

Gorner trocou-se em um cubículo isolado e emergiu em shorts Lacoste novos, que deixavam ver pernas musculosas e bronzeadas. Ficou com a camisa de flanela de mangas compridas e a luva branca em sua grande mão esquerda. No ombro direito, carregava uma sacola com meia dúzia de raquetes Wilson novas.

Sem falar, como se esperasse que Bond meramente o seguisse, Gorner subiu os degraus e saiu para a área de jogos, que consistia em uma dúzia de quadras de grama imaculada e o mesmo número de quadras de chão batido com cobertura de terra vermelha de textura fina como pó. O clube tinha orgulho desse piso, que, segundo se dizia, possibilitava um jogo rápido, mas excepcionalmente regular, e era benévolo com as

* *Not cricket*, expressão inglesa que significa "contrário aos padrões de justiça, espírito esportivo e retidão". (*N. da T.*)

articulações de joelhos e tornozelos. Cada quadra tinha uma cadeira elevada para o juiz, quatro bancos menores de madeira para os jogadores, um suprimento de toalhas brancas limpas e uma geladeira pequena, com água e refrigerantes e caixas novas de bolas de tênis Slazenger. Funcionários do clube em uniforme listrado verde e chocolate movimentavam-se atarefadamente entre as quadras para garantir que os membros do clube ficassem felizes com seus confortos.

— A quadra quatro está livre, Dr. Gorner — disse um dos empregados, caminhando na direção deles. Falava em inglês. — Ou a número 16, se o senhor preferir grama nesta manhã.

— Não, ficarei com a quadra dois.

— Sua quadra de sempre? — O homem pareceu ansioso. — Está ocupada, no momento, senhor.

Gorner olhou para o empregado como um veterinário olharia para um cavalo doente e velho em que estivesse a ponto de ministrar uma injeção letal. Repetiu, lentamente:

— Ficarei com a quadra dois.

A voz de baixo-barítono conservava uma leve densidade báltica nas vogais, pequeno senão na culta pronúncia inglesa.

— Ah... Sim, sim. Naturalmente. Pedirei aos cavalheiros que passem para a quadra 4 imediatamente.

— Você vai ver que a quadra dois tem um piso melhor — disse Gorner para Bond. — E o sol não incomoda.

— Como quiser — disse Bond. Fazia uma manhã bonita e o sol estava alto.

Gorner pegou uma caixa nova de bolas de tênis do refrigerador, jogou três para Bond e ficou com três. Sem consultar Bond, escolheu o lado mais afastado da quadra, embora Bond não visse nenhuma vantagem óbvia na escolha. Bateram bola por alguns minutos, e Bond concentrou-se em buscar um ritmo bom, fácil, acertando uma direita bem em frente a si com um bom e longo swing e desfechando um backhand com a finalização adequada do movimento. Também ficou de olho no jogo de Gorner para ver se havia alguma fraqueza evidente. Muitos jogadores escondiam seus backhands no aquecimento, mas Bond bateu várias bolas longas para aquele lado a fim de não dar chance a Gorner. Gorner devolveu cada uma das bolas para a linha de base de Bond sem dificuldade. A direita de Gorner, no entanto, não era realmente um bom golpe. Ele bateu na bola para baixo, mandando-a com um pesado movimento de lado, de forma que ela girou e passou assobiando logo acima da rede. Ou Gorner não conseguia bater a direita com topspin, pensou Bond, ou estava escondendo o jogo. Enquanto isso, Bond sabia que não devia permitir que o difícil golpe o inquietasse.

— Pronto — disse Gorner. Era menos uma pergunta que uma afirmação.

Caminhou até a rede e começou a medi-la, cuidadosamente, com o metro de metal que pendia de uma das extremidades dela.

— O senhor pode achar que estou perdendo meu tempo com isto, Sr. Bond, mas eu o convido a refletir. Em nosso nível, quase todos os golpes passam poucos centímetros acima da rede, e pode ser que uma vez a cada game a bola bata, realmente, na rede. Acrescente os "lets" dos saques e o número sobe. Em uma partida bem disputada são feitos talvez 200 pontos, e a típica margem de vitória é de menos de dez pontos. Mas daqueles 200 pontos, talvez 30, incluindo os saques, são afetados pela rede. Mais que o triplo necessário para vencer a partida! Não se deve deixar nada ao acaso.

— Estou impressionado com a sua lógica — disse Bond, balançando a raquete algumas vezes para relaxar o ombro.

Gorner ajustou a rede, apertando levemente a corrente presa à fita central vertical enganchada em uma barra em um buraco no chão. Depois, golpeou a rede três vezes com a raquete. Não havia manivela, notou Bond, para elevar ou baixar a rede no poste. A própria rede descia pelo poste e desaparecia sob uma pequena placa de metal no chão — que, presumivelmente, ocultava uma roda onde era esticada antes pelos empregados. Isso permitia ajustes finos na fita e na corrente.

— Bom — disse Gorner. — Pode girar?

Bond lançou a raquete girando para o alto.

— Jogo forte ou fraco? — perguntou.

— *Skin* — disse Gorner. Inclinou-se e inspecionou a raquete de Bond. — Deu *skin*. Eu saco.

Bond caminhou de volta para o ponto de recepção, perguntando-se o que era "*skin*", incapaz de suprimir o pensamento de que o termo de gíria poderia aplicar-se igualmente a forte ou fraco.

Embora tivessem trocado algumas jogadas, aquela foi a primeira oportunidade que Bond teve de ver Gorner jogar a sério.

— Olho na bola — murmurou para si mesmo.

Foi mais fácil dizer que fazer. Com a raquete na frente, Gorner jogou a bola de tênis para o alto uma, duas, três vezes e, depois, começou a girar como um cachorro se acomodando para dormir. Quando completou um círculo de 360 graus, jogou a bola para o alto com a mão esquerda e manteve o braço, com sua grande luva branca, estendido até o último segundo — quando a raquete golpeou e mandou a bola assoviando na direção da linha central. Bond ficou tão irritado com todo o procedimento que mal se mexeu.

— Quinze a zero — disse Gorner, movimentando-se, rapidamente, para a área de vantagem.

Forçando-se a concentrar-se e a não observar o complicado movimento em círculo, Bond enterrou as pontas dos pés na terra batida. Seu backhand foi cortado por Gorner, que se movimentou agilmente até a rede e voleou para o canto mais afastado da quadra.

— Trinta a zero.

Bond fez apenas um ponto no primeiro game. Gorner tirou uma garrafa de água Evian do refrigerador e despejou um pouco em um copo, tomando apenas um pequeno gole. Fez um gesto com a mão esquerda na direção do refrigerador como se convidasse Bond a servir-se também. Quando fez isso, o punho abotoado de sua camisa separou-se por um momento da luva branca. Quando voltou à quadra, Gorner, brincalhonamente, bateu mais duas vezes na rede, como se aquilo lhe trouxesse sorte.

Tentando tirar do pensamento o pulso coberto de pêlos de Gorner, Bond caminhou de volta para sacar. O primeiro serviço de um jogador é sempre importante para estabelecer o clima da partida. Bond, que tinha um primeiro serviço forte, decidiu conter-se um pouco e concentrar-se na precisão. Fez Gorner correr bastante para os dois lados, mas, sempre que se aproximava para o voleio, era habilidosamente respondido com um lob que fazia a bola subir e descrever um arco alto. Perdendo por 30–40, sacou duas vezes logo acima da rede e viu a bola voltar para seu próprio campo. Dupla falta: forma covarde de perder o serviço.

Estava sendo difícil para Bond encontrar um jeito de quebrar o ritmo de Gorner. Lembrou-se que, com Wayland, em Barbados, conseguia às vezes reduzir o ritmo do jogo, confundi-lo e fazer o jovem errar em sua ânsia de atacar. Gorner não cometia tais erros. Não era fácil fazer um voleio para contra-atacar a direita rápida e forte de Gorner: Bond tinha de ficar com a raquete na frente e golpear a bola para anular o efeito — não que Gorner lhe desse muita chance de fazer um voleio, pois sempre que via Bond avançar, soltava outro lob que fazia a bola descrever um arco alto e cair, com irritante regularidade, logo aquém da linha de base, deixando uma marca clara na superfície avermelhada.

Quando Bond sacava, Gorner dizia rapidamente "fora" e não fazia esforço para alcançar a bola, que batia na rede que separava as quadras e voltava. Justo no momento em que Bond estava para bater na bola em seu segundo saque, Gorner gritou "espere" e recuou rapidamente, a fim de afastar uma bola sub-reptícia do caminho.

— Vi um homem quebrar o tornozelo ao pisar em uma bola na semana passada. Continue. — A essa altura, o ritmo de jogo de Bond fora interrompido, e ele se contentou em dar o segundo saque e colocar a bola em jogo.

Tenazmente, Bond concentrou-se em seus saques nos games até conseguir chegar, ainda em desvantagem perante Gorner, a 3–5. Era sua última chance de se recuperar antes que o set acabasse. Decidiu ficar atrás e fazer Gorner correr de um lado para o outro, esperando provocar um erro. Pela primeira vez, Gorner começou a parecer falível. Por duas vezes Bond deu resposta à forte direita de Gorner e, pela primeira vez na partida, chegou ao break point, à 30–40. Gorner sacou com muito efeito, mas Bond mandou de volta uma bola cruzada e entrou no rally. Deu um golpe profundo, bem perto da linha de base, e Gorner levantou a bola com um backhand para o meio da quadra. Era a chance de Bond. Ele se aproximou, manteve o olho na bola e largou uma indefensável direita com topspin sobre a linha.

— Fora — disse Gorner. — Iguais.

Gorner já iniciara, novamente, os preparativos para o saque antes que Bond tivesse tempo de protestar. Gorner venceu o game e o set: 6–3. Quando trocaram de lado e Bond foi para trás para sacar pelo primeiro game do segundo set, caminhou até onde achava que seu golpe de direita havia entrado. Viu uma clara marca de impacto uns bons 8 centímetros do lado de dentro da linha de base.

Bond controlou-se. Quando começou a preparar o saque, Gorner ficou saltitando em seu campo, rodando a raquete, fingindo que ia avançar e, depois, recuando. Era uma velha tática, pensou Bond, mas nada fácil de retaliar. Forçou-se a olhar para a bola e lançou um forte primeiro saque rasante.

— Fora — disse Gorner.

— Acho que não — disse Bond. — Posso lhe mostrar a marca onde ela bateu. — Caminhou até a rede e apontou.

— Marca antiga — disse Gorner.

— Não. Vi meu saque bater lá. Deixei uma margem de erro de propósito. Meu saque caiu uns 15 centímetros dentro.

— Meu caro Sr. Bond, se a sua idéia do velho espírito esportivo inglês é questionar um homem em seu próprio clube, então, por favor, fique à vontade e repita o saque. — Gorner bateu na sola do sapato com sua raquete para remover partículas soltas de poeira. — Continue.

O primeiro saque de Bond foi longo demais. Mandou o segundo, forte e cortante, com slice, e ficou desapontado ao ver que a bola bateu na rede e saiu pela linha lateral da quadra.

— Dupla falta — disse Gorner. — Justiça poética, não acha?

Bond começou a ficar com raiva. No primeiro serviço, mandou seu melhor saque, longo e angulado, para o backhand do oponente.

— Fora — veio o grito pronto e confiante.

Quando Bond se preparava para o segundo saque, Gorner disse:

— Cuidado! Atrás de você.

— O quê?

— Pensei que havia uma bola logo atrás de você.

— Prefiro que me deixe cuidar dessas coisas.

— Compreendo, Sr. Bond. Mas eu jamais me perdoaria se um convidado meu se machucasse. Por favor, continue. Segundo serviço.

Mais que a maioria dos outros jogos, o tênis é jogado na mente. A raiva é inútil, a menos que possa ser canalizada e mantida sob controle — como chave para a concentração.

Bond sabia que tinha de mudar o jogo contra Gorner. Para começar, parecia não estar tendo sorte alguma. Havia batido na rede um número incomum de vezes em seus saques, e poucas vezes a bola caíra no campo do adversário, enquanto Gorner, apesar de seu saque pouco criativo, não tocara na rede uma vez sequer. E mais: não adiantava Bond lançar a bola bem perto da linha de base. Todas as bolas dali por diante teriam de aterrissar pelo menos 60 centímetros dentro da quadra. Com isso em mente, começou, cada vez mais, a fazer jogadas curtas, ou drop-shots, pois ninguém pode contestar que uma bola que caia poucos metros depois da rede esteja em jogo. Por si mesmos, no entanto, os drop-shots raramente marcam pontos no tênis jogado em clubes, e o jogador que usa o dropshot tem de ficar, de imediato, em total estado de alerta. Bond aprendera essa lição a um alto preço com o veloz Wayland. Gorner não era tão rápido, e Bond estava pronto para todas as suas tentativas de lob e respostas curtas, chegando a lançar vários voleios bem-sucedidos por cima do homem que, finalmente, conseguia desequilibrar.

Gorner agora fazia não apenas um círculo, mas dois, antes de sacar. Quando atirava a bola para o alto, conservava a mão enluvada de branco o máximo que ousava em frente à bola de tênis antes de golpeá-la. Passou a ficar imóvel enquanto esperava para receber. Interrompia o jogo depois de quase todo ponto de saque de Bond com um movimento para afastar uma bola que, convenientemente, batera na rede atrás dele e voltara, ou "caíra" de seu bolso. Mas essas manobras só faziam com que Bond se concentrasse ainda mais, até que, no oitavo game do set, finalmente conseguiu, pela primeira vez na partida, com um voleio de direita, bater direto para baixo, pouco além do centro da quadra — longe de qualquer linha — e quebrar o serviço de Gorner.

Bond mandou dois primeiros saques irrespondíveis e foi a 30–0, e, depois, acertou na rede um fácil voleio de backhand. No quarto ponto, a bola mandada por Gorner passou por cima dele. 30-iguais. Sacando do lado direito, Bond tinha a chance de mandar um swing longo ou uma paralela. Não fez nenhum dos dois. Sacou no corpo de Gorner para não lhe dar espaço. Gorner, surpreso com a mudança de linha, jogou a bola para o alto e Bond colheu o voleio vitorioso com alívio.

Estava 40–30: set point para Bond. Quando começou a sacar pelo set, Gorner disse:

— Com licença, Sr. Bond. O senhor me perdoa? Um apelo da natureza. Estarei de volta em menos de 1 minuto.

Correu da quadra para o prédio do clube.

Bond, irritado, passou a mão pelo cabelo úmido. O homem não tinha vergonha. E o problema com as pessoas que não têm vergonha é que elas são curiosamente invulneráveis.

Sentado na cadeira do juiz, Bond tirou uma garrafa de Pschitt da geladeira e tomou dois goles. Estava jogando o melhor que sabia, mas desconfiava que Gorner ainda pudesse ter outros meios de evitar a possibilidade de perder. Era, claramente, um homem que não descartava nenhum recurso.

Gorner voltou rapidamente do clube.

— Por favor, me perdoe, Sr. Bond. Onde estávamos? Eu sacava?

— Não. Eu sacava. Está 40–30. 5–3.

— Como poderia me esquecer? Então, este é o set point? — Havia em sua voz uma nota de ingenuidade, embora autoritária, como se quisesse dizer que assuntos como escores eram pouco importantes.

Bond não disse nada. Havia trabalhado tanto em cima do backhand de Gorner que era hora de tentar alguma coisa nova. Fazendo pontaria cuidadosa, golpeou forte no centro. Gorner antecipou bem, mas o saque de Bond atingiu a linha — uma fita escorregadia — e lançou a bola no peito de Gorner, que a mandou para o pé da rede. Foi o primeiro lance de sorte de Bond durante toda a manhã, e não adiantava Gorner ficar dizendo "fora", porque só a própria fita poderia ter causado o difícil impulso.

Quando se sentaram nas cadeiras, Gorner disse:

— O senhor é um verdadeiro lutador, não é, Sr. Bond?

— Isso o aborrece?

— Ao contrário. — Gorner ficou a um lado e fez alguns exercícios de alongamento. — Gostaria de propor que aumentássemos um pouco a aposta.

Ele não olhava para Bond enquanto falava, ocupando-se em olhar para as cordas de sua raquete.

— Está bem — disse Bond. — A aposta é de cem libras, não é?

— Acho que sim. Então... Digamos, cem mil?

Gorner ainda não olhava para Bond. Curvava-se sobre sua sacola para extrair dali uma nova raquete e testava a tensão de suas cordas batendo com a moldura de outra raquete contra elas. Finalmente, disse:

— Estou falando em francos, naturalmente, Sr. Bond.

— Velhos, presumivelmente — disse Bond.

— Oh, não. Novos. Os mais novos que pudermos encontrar.

Bond calculou rapidamente. Dava mais de 7 mil libras, uma soma ridiculamente alta, muito maior do que poderia pagar, mas, na estranha luta em que parecia envolvido agora, sentia que não podia mostrar fraqueza.

— Está bem, Dr. Gorner — disse. — O senhor saca.

— Ah, o bom e velho espírito esportivo inglês — disse Gorner, lentamente, em seu estranho sotaque. — Suponho que recusar minha aposta "não seria críquete". — Cuspiu as palavras com tanto ódio que demorou um pouco para perceber a piada. — Não seria críquete — repetiu, rindo sarcasticamente, enquanto voltava para sacar. — Não seria críquete de maneira alguma. Há, há. Só tênis.

A soma apostada e todos os movimentos com a raquete e a sacola e o alongamento se uniam para significar uma só coisa, pensou Bond: uma ameaça. Você não pode me derrotar, Gorner estava dizendo, é bobagem tentar. Seja sensato, seja realista, deixe-me vencer e será melhor para você no longo prazo.

Os meios de que se valia para se fazer entender eram sutis, Bond tinha de admitir. Infelizmente para Gorner, no entanto, a ameaça apenas tornou Bond mais resoluto.

Nos seis primeiros games, ambos mantiveram o serviço. Com o escore 3–3, Gorner sacou novamente e foi para 15–40. Bond sabia que o momento era crucial. Mandou um backhand profundo de volta — mas não profundo o bastante para mandar a bola fora — e depois recuou para a linha de base. Gorner lançou uma forte direita para o centro da quadra. Na maioria desses golpes, a bola parava e subia pelo efeito do backspin, embora, ocasionalmente, o efeito não "pegasse" e meramente apressasse a bola. Esta era uma das "apressadas", e Bond quase se partiu em dois para conseguir devolver a bola. Gorner aproveitou o retorno fraco e levou a bola bem para trás, no canto, mas Bond mandou um lob em diagonal e obrigou seu adversário a recuar. Bond não correu para a rede, mantendo-se atrás, e o rally continuou durante 16 golpes de um lado para o outro. Bond sentia os pulmões queimarem e os olhos doerem com a concentração. Continuou a pressionar o backhand de Gorner, mandando as direitas o mais perto da linha que ousava. Quando ouviu Gorner arquejar e respirar profundamente, buscando recuperar o fôlego, subitamente mandou uma bola curta. Gorner correu para a bola, mas não chegou a tempo. Game para Bond.

— Má sorte — disse Bond, desnecessariamente.

Gorner não disse nada. Levantou a raquete e arrebentou-a contra o poste da rede, despedaçando a moldura de madeira. Atirou-a para um lado da quadra e puxou outra da sacola.

O show de raiva pareceu galvanizá-lo, e ele cortou o saque de Bond sem nenhum resquício do controle que ameaçara ambos os jogadores nas cautelosas jogadas dos games anteriores.

Com uma combinação de slice, lob e uma competitiva line-call, conseguiu, finalmente, recuperar o saque que perdera. Quatro iguais. Bond xingou-se, silenciosamente, enquanto se preparava para receber.

Pela primeira vez que Bond conseguia lembrar, Gorner bateu na rede em seu primeiro saque. A bola foi para fora, e Bond respondeu o segundo saque com sucesso com uma direita cruzada. Estimulado, desfechou um agressivo backhand aos pés de Gorner e fez 0–30. Subitamente, o aperto no peito de Bond e o peso de suas pernas pareceram ir embora. Sentiu-se confiante e mandou um saque baixo e direto que passou 3 centímetros acima da rede e lhe deu três break points.

Gorner fez três círculos em seu primeiro saque, finalmente lançando a bola para o alto com um flash da luva branca e sacou com um gemido. A bola atingiu o alto da rede e voltou. Ele se controlou e mandou o segundo saque direto, que bateu bem no alto da rede, correu ao longo dela por quase um metro e caiu de volta, inofensivamente, do lado dele.

— Isso é inacreditável! — explodiu Gorner. Correu para a rede e martelou-a com a raquete.

— Acalme-se. O senhor vai fazer o secretário vir aqui — disse Bond. — 5–4. Saque meu, acho.

Bond bebeu um copo cheio de Evian na troca de lados. A partida estava quase no fim e ele não se incomodava de ficar com muito líquido no estômago.

Enquanto esperava que Gorner completasse seus rituais de transição, Bond lançou a bola para cima e planejou seu saque no início do game. Velocidade de ¾ para o meio, na área de deuce, retorno longo para o backhand na área de vantagem. Depois, se 30–0, as variantes: slice amplo para a direita e, depois, direto para o meio, na área de vantagem.

Gorner terminou de secar-se e recuou, vagarosamente, para receber. Quando Bond preparou o saque, Gorner avançou até quase a linha de saque, depois recuou. Conseguiu dar uma resposta decente ao backhand, mas Bond colocou o voleio longe, a uns seguros 60 centímetros dentro da linha lateral.

Gorner avançou para a rede.

— Eu me pergunto se o senhor não gostaria de aumentar nossa aposta, Sr. Bond. Estava pensando em dobrá-la.

O próprio Bond não tinha o dinheiro e nem a autorização do Serviço para tomar liberdades com o dinheiro deles, mas sentiu que, nos dois últimos games, as probabilidades haviam, inexplicavelmente, ficado a seu favor.

— Se o senhor insiste — disse Bond. — Quinze–zero.

Bateu na rede no primeiro saque, mas acertou um longo segundo com topspin. O retorno de Gorner foi curto e Bond pôde pressioná-lo a cometer um erro no backhand.

Seguindo seu plano, lançou o segundo saque longo e surpreendeu a resposta de Gorner com um voleio curto, ganhando três match points.

Agora, a linha do meio, pensou. Jogou a bola para o alto, um pouco mais baixo que o normal, e um pouco além à sua frente e, depois, acertou-a com toda a força, direto no centro. A bola bateu no canto da área de saque e escapou com uma curva da raquete descontrolada de Gorner para alojar-se na trama da rede divisória atrás dele. Ficou ali, cinzento-esbranquiçada, suja de vermelho.

Bond foi até a rede e estendeu a mão. Gorner veio encontrá-lo e olhou-o dentro dos olhos.

O alívio e a alegria da vitória se evaporaram quando Bond sentiu o ódio intenso e violento dos olhos que o atravessavam.

— Estou aguardando uma nova partida — disse Gorner. — Em futuro bem próximo. Não acho que terá tanta sorte da segunda vez.

Foi juntar seus pertences sem mais uma palavra.

6. Uma garota e tanto

Quando emergiu da ducha, Bond não viu sinal de Gorner no vestiário, mas em cima de sua raquete havia um envelope branco estufado de notas. No envelope, estava escrito: *À bientôt*. Até breve.

Bond localizou Scarlett em um dos bares no térreo, sentada em um banco em frente à janela, tomando, inocentemente, um refrigerante.

— Gostou do jogo, James?

— Foi um bom exercício. Acho que perdi alguns quilos. Não tantos quanto Gorner.

— Mas você venceu?

— Sim.

— E vai me levar para almoçar para celebrar?

Bond pôs o cabelo ainda úmido da ducha para trás e sorriu da expressão séria da garota.

— Primeiro, vamos beber alguma coisa — disse.

Bond juntou-se a Scarlett à janela, trazendo um *citron pressé* fresco para ela, um litro de Vittel e uma garrafa de cerveja para ele.

Scarlett cruzou as pernas e virou-se para Bond.

— Tudo pareceu dar certo para você no final.

— Você estava assistindo?

— De uma distância segura. Não queria que Gorner ou Chagrin me vissem.

Bond fez um meneio de assentimento com a cabeça.

— O fato é que você pareceu não ter nenhuma sorte até os três últimos games — disse Scarlett com um sorriso enigmático.

— Isso pode acontecer em qualquer esporte — disse Bond. — Golfe, tênis...

— Bem, para mim pareceu mais que uma simples coincidência — disse Scarlett. — Então, fiz algumas investigações.

— Fez o quê?

— Todas as vezes que você jogava a bola na rede, ela pulava para fora. As jogadas de Gorner nunca batiam na rede. Suspeitei daquilo.

Sem querer, Bond inclinou-se para ela, curioso.

— E?

— Notei que a sua quadra era a única que não tinha uma manivela no poste da rede para apertá-la, e a corda simplesmente descia e desaparecia de vista.

— Sim, suponho que lá exista uma abertura no chão que dá para uma roda.

Scarlett riu.

— Calma, James. Calculei que sua localização na parte coberta seria diretamente embaixo do poste da rede e fui dar uma olhada. Imaginei que encontraria um quarto de depósito pequeno em um dos lados das quadras cobertas. Achei o caminho para o quarto e olhei pelo vidro da porta. E lá estava o Sr. Chagrin, assistindo televisão.

— Televisão?

— Sim, em circuito fechado, como o do saguão de entrada. Mas, nesse quarto, existe um monitor em um console que permite a você seguir qualquer um dos jogos que acontecem nas quadras de cima. Você sabe, como a sala do diretor de um estúdio de televisão. E Chagrin estava assistindo ao seu jogo.

— E?

— Havia uma manivela de latão ligada a uma roda na parede de concreto. Parecia haver ali alguma coisa muito parecida com uma corda de rede pendurada. Dependendo de quem estivesse sacando, Chagrin girava a manivela para um lado ou para o outro, para baixar ou levantar a rede. Muito simples: apenas uma corda de rede mais comprida que o normal.

— Então foi por isso que Gorner insistiu em ficar na quadra dois.

— Chagrin esperava até ver que você estava de costas — disse Scarlett. — Esticava tanto a corda quando você estava sacando, que qualquer bola sua que batesse na rede pulava para fora.

— E Gorner ficava batendo com a raquete na rede entre os games. Possivelmente, algum tipo de sinal. E aí, o que você fez?

— Corri para cima e procurei até encontrar alguém que eu conhecia. Um jovem chamado Max, que trabalha para o Rothschild's. Ele me convidou para sair algumas vezes, e eu sabia que gostaria de ajudar. Obviamente, todos os funcionários sabem dessa pequena armação de Gorner. Então, eu não podia ir à secretaria ou algo parecido. Mas consegui que Max fosse ao quarto de depósito e dissesse a Chagrin que sabia o que ele estava fazendo e que, se não parasse de mexer na rede, ele, Max, iria até a quadra e contaria para você na frente do Gorner.

— Em que ponto do jogo isso aconteceu? — disse Bond.

— Não tenho certeza. Quando Max pôs Chagrin para fora e me disse que estava tudo resolvido, o terceiro set já devia estar bem avançado.

— E aí, o que você fez?

Scarlett pareceu levemente envergonhada.

— Tomei o lugar de Chagrin e tornei as coisas um pouco mais justas.

Bond sorriu.

— Isso deve ter sido quando ele despedaçou a raquete. Achou impossível ter sacado com dupla falta.

— Temo que sim. Mas só subi a rede um pouquinho. Nada parecido com o que Chagrin estava fazendo.

— E para mim?

— Deixei a rede na altura correta. Então, todas aquelas adoráveis jogadas em que marcou pontos foram autênticas.

Bond sorriu.

— Você é uma garota e tanto, hein, Scarlett?

— Então, estou convidada para almoçar?

— Acho que é... o destino — disse Bond.

— Bom — disse Scarlett pulando de seu banco. — Primeiro, vou lhe mostrar a Saint Chapelle. Cultura antes da comilança. Acho que nunca foi lá, não é?

— Sempre fui muito ocupado para ficar olhando coisas curiosas — disse Bond.

— Vou pegar o carro — disse Scarlett. — Vejo você nas escadas.

Havia uma pequena fila de turistas de fim de semana do lado de fora de Saint Chapelle, mas, após 10 minutos, Bond e Scarlett estavam do lado de dentro. O primeiro andar não tinha nada de notável e era ocupado em grande parte por uma barraca de suvenires.

— Não está impressionado, não é? — disse Scarlett.

— Parece um bazar.

— Meu pai me contou que, do lado de fora da Igreja do Santo Sepulcro, em Jerusalém, lhe ofereceram um ovo do galo que cantou.

— O galo que...

— Quando Pedro negou Cristo pela terceira vez.

— Improvável.

— Por uma série de razões.

— E o que este lugar tem de especial? — disse Bond.

— Isso — disse Scarlett. — Siga-me.

Ela caminhou em direção a uma escada de pedra e começou a subir. Bond seguiu-a, olhando para os músculos das pernas e coxas esguias à sombra do vestido curto de linho.

A capela em cima cintilava com o fulgor de vitrais.

— Foi um milagre de engenharia — disse Scarlett. — Conseguiram construí-la sem esteios para suportar os vitrais, do contrário você os veria e eles atrapalhariam as imagens no vidro.

Scarlett levou alguns minutos andando em torno, e Bond observava os reflexos das luzes coloridas dos vitrais no chão de pedra e na delgada figura da garota que tanto os admirava. O entusiasmo dela parecia bastante sincero. Ou era a melhor atriz que ele já conhecera ou era mesmo o que parecia ser.

Ela voltou e segurou levemente o braço de Bond.

— Esta foi a sua dose de cultura por hoje, James. Agora, pode me levar ao *La Cigale Verte*. A distância é de apenas 5 minutos a pé. Podemos deixar o carro aqui e andar pela beira do rio.

O restaurante que ela havia escolhido na Île St Louis tinha um grande terraço que dava para o rio Sena, com apenas uma passagem entre as mesas e o rio.

— Temo que tenha sido muito presunçoso da minha parte — disse Scarlett quando o maître os cumprimentou. — Quando vi para que lado o jogo ia, telefonei para reservar uma mesa. O restaurante fica muito cheio no fim de semana.

O maître d', que parecia incapaz de tirar os olhos de Scarlett, conduziu-os a uma mesa de onde se avistava o rio, logo ao lado, e, além, a Margem Esquerda.

— Você gosta de frutos do mar? — disse Scarlett. — Eles têm uma seleção espetacular aqui. Lagostas, caranguejos, coisas pequenas, achatadas e espinhentas, que se parecem com Chagrin... E fazem uma maionese deliciosa. A melhor de Paris. Posso pedir para você também? Confiaria em mim?

— Confiar em você? Por que não? Depois, falaremos de negócios — disse Bond.

— Claro que sim.

Bond se sentia feliz com o jogo e também estava com fome. O garçom trouxe uma garrafa de Don Pérignon e algumas azeitonas. As bolhas geladas desceram bem pela garganta seca de Bond.

— Agora, Scarlett, quero saber tudo sobre o Dr. Julius Gorner.

— A primeira vez que ouvi falar nele foi pelo meu pai, Alexandr — disse Scarlett, puxando um lagostim de sua casca pelo rabo. — Meu avô veio para a Inglaterra durante a Revolução. Tinha propriedades em São Petersburgo e uma casa em Moscou. Meu avô era engenheiro prático, conseguiu tirar algum dinheiro da família da Rússia e comprou uma casa perto de Cambridge. Meu pai tinha apenas 7 anos quando a família fugiu e mal se lembra da Rússia. Ficou bilíngüe com o inglês e freqüentou escolas muito boas, tornando-se, finalmente, professor de uma faculdade em Cambridge, onde ensinava economia. Durante a guerra, trabalhou para a Inteligência do Exército Britânico, e, depois disso, ofereceram-lhe um posto mais alto em Oxford, onde conheceu Gorner, que foi para lá como estudante mais velho.

— Então, seu pai foi professor de Gorner?

— Sim, mas, segundo ele, Gorner era um estudante pouco receptivo e odiava admitir que existia alguma coisa que ainda não soubesse.

— Mas ele era inteligente?

— Meu pai disse que, com um pouco de humildade, poderia ter sido o melhor economista de Oxford. O problema foi que ele culpou meu pai quando as coisas começaram a dar errado.

— O que aconteceu?

— Segundo meu pai, os modos de Gorner afastavam as pessoas.

— Então ele já era assim naquela época.

— Tinha esse sotaque báltico ou lituano e, naturalmente, a mão... Mas esse não era o problema, as pessoas tinham pena dele. O problema é que ele era desonesto. Trapaceava nos exames, embora, de acordo com meu pai, não precisasse disso. Desprezava os estudantes mais jovens porque era um pouco mais velho e havia lutado na guerra.

— Para os dois lados, pelo que sei — disse Bond.

— Talvez quisesse ficar do lado vencedor — disse Scarlett. — E, sem dúvida, viu coisas em Stalingrado, ou Volvogrado, como tentam chamá-la novamente agora, que o fizeram sentir-se mais velho, ou mais experiente... Mas poucos estudantes britânicos teriam suspendido os estudos para ir à guerra.

Scarlett foi interrompida pelo garçom, que viera retirar os restos dos frutos do mar.

— Você vai comer linguado frito agora — disse Scarlett. — Posso pedir vinho?

— Por favor, faça isso. Gorner está pagando — disse Bond, dando um tapinha no grosso envelope no bolso de dentro do casaco.

Scarlett acendeu um cigarro, puxou os pés para cima da almofada vermelha da cadeira e pôs os braços em volta das pernas. Quando o sol desapareceu atrás de um edifício alto, empurrou os óculos escuros para o alto da cabeça e, pensou Bond, subitamente pareceu mais jovem. Os olhos castanho-escuros fixaram-se nos dele.

— Gorner tornou-se obcecado pelo fato de as pessoas não gostarem dele e punha a culpa de tudo na xenofobia. Ele via Oxford como um clube da elite inglesa em que não o deixavam entrar. Imagino que um ou dois do tipo atlético possivelmente o provocavam, mas meu pai me garantiu que a maioria dos estudantes era perfeitamente educada e gentil. Acho que foi essa experiência que endureceu sua alma, e ele resolveu vingar-se do que via como esnobismo dos ingleses. Ficou obcecado pela cultura inglesa e por toda essa coisa, muito tediosa, de críquete e espírito esportivo e hora do chá. Achava tudo isso uma fraude gigantesca. Levava essas coisas muito mais a sério que qualquer inglês. Transformou a política externa britânica e o império em um fetiche; para resumir uma longa história, odiava a Inglaterra porque achava que ela rira dele e decidiu dedicar sua vida a destruí-la.

— Talvez já tivesse esses sentimentos — disse Bond.

— O que quer dizer?

— Quando mudou de lado na guerra. Talvez, quando ficou claro que os nazistas não poderiam derrotar os ingleses, achou que seria melhor apostar nos russos.

— Isso é muito inteligente da sua parte, James. Não sabia que era um psicólogo tão bom.

— O garçom quer que você prove o vinho.

Scarlett inalou rapidamente o Bâtard Montrachet.

— *Très bien*. Onde eu estava?

— Bajulando.

— Ah, sim. Bem, meu pai soube que Gorner estava infeliz e tentou se aproximar dele. Ele era apenas um tutor que Gorner via ocasionalmente, não tinha responsabilidade pelo bem-estar dele, mas meu pai é um homem sensível. Papai o convidou para jantar em nossa casa. Poppy e eu estávamos presentes, mas éramos garotinhas, e eu não me lembro. Papai se solidarizou com o fato de Gorner ser estrangeiro e contou-lhe que nosso próprio avô tinha achado muito duro quando viera da Rússia, mas que os ingleses tinham boa reputação entre os imigrantes. Metade da faculdade de ciências em Cambridge era de judeus *emigrés*, pelo amor de Deus. Então, meu pai cometeu um grande erro. Perguntou a Gorner sobre a mão.

Bond baixou o garfo e a faca.

— O que ele disse?

— Meu pai disse que conheceu uma pessoa em Cambridge, antes da guerra, na Sidney Sussex College, não sei por que me lembro disso, que tinha a mesma coisa. Papai tentava apenas consolar Gorner, fazer com que soubesse que não era o único com essa peculiaridade, mas acho que aquilo era uma coisa da qual Gorner nunca falara antes. Acho que tinha muita vergonha de sua mão. Sentia-se como se ele e sua família não tivessem evoluído da forma apropriada.

Bond fez um meneio de assentimento e encheu os copos.

— De qualquer modo — disse Scarlett —, o resultado foi que meu pai, longe de virar amigo, companheiro exilado de Gorner, tornou-se alguém que Gorner achava pior ainda que os ingleses: uma espécie de traidor bem-sucedido, um vira-casaca que se tornaria um de seus inimigos. Daquele dia em diante, passou a usar luva na mão e acrescentou um novo ódio flamejante à sua lista. Em primeiro lugar na lista, junto com a Inglaterra e sua cultura, estavam Alexandr Papava e sua família.

— Acho que me juntei à lista hoje de manhã — disse Bond.

Scarlett tocou o copo de Bond com o seu.

— Aos inimigos de Julius Gorner. Muitos anos depois, no entanto, ele cruzou com Poppy. E foi quando viu sua chance.

Enquanto o garçom trazia uma tábua de queijos e pão fresco, James olhou para o rio Sena, abaixo, onde os barcos de passeio paravam para os passageiros saírem. O barco de turismo mais popular, observou, era uma barcaça a vapor do Mississippi — chamada *Huckleberry Finn* — com um cartaz no casco que dizia que ela fora emprestada para a cidade de Paris por apenas um mês.

Bond voltou os olhos para a mesa.

— É melhor me contar sobre Poppy.

— Poppy... — Scarlett cortou uma fatia de Camembert e colocou-a no prato de James. — Experimente esse. Poppy... Bem, Poppy não é muito parecida comigo... Ela é um pouco mais jovem e... Nunca levou os estudos a sério.

— Ao contrário de você — disse Bond.

— Certo.

— E onde você foi para a escola?

— Roedean. Não ria. Não é engraçado. Então, fui para Oxford, para Somerville.

— Onde, sem dúvida, ganhou um grau de primeira classe, como Gorner.

Scarlett ficou um pouco vermelha.

— Meu pai dizia que se gabar de resultados de exames é o cúmulo da vulgaridade. Poppy não foi para a universidade. Ela se mudou para Londres e foi morar com um pessoal bastante agitado. Ia a um monte de festas. Por algum motivo que não compreendo, decidiu ser aeromoça. Acho que simplesmente lhe parecia atraente. Viajar de jato era uma novidade. E acho que estava se rebelando contra sua família acadêmica. Minha mãe era especialista no Hospital Radcliffe e também tinha grandes expectativas em relação a nós. Bem, Poppy trabalhou para a BOAC durante três anos. Apaixonou-se por um dos pilotos. Ele era casado, ficava dizendo que ia deixar a mulher, mas não deixava. Poppy era muito infeliz. Durante uma escala no Marrocos, experimentou drogas. Só um pouco. Logo, estava consumindo mais. Em parte por divertimento, imagino, mas também porque se sentia infeliz. Então, em determinado momento, o amante dela veio ver Gorner em Paris porque estava cheio das rotas da BOAC e vira um anúncio que Gorner pusera no jornal. Ele precisava de um piloto para seus jatos particulares. Quando estava checando as referências dele, Gorner ouvir falar em Poppy e, naturalmente, reconheceu o nome. Então, atacou. Disse ao piloto que não estava interessado nele, mas ofereceu a Poppy um dinheirão para que fosse trabalhar com ele. E um monte de vôos, vantagens e folgas. Roupas. Sapatos.

— Algo mais? — disse Bond.

— Sim. Uma outra coisa. — Scarlett mordeu o lábio. — Ele lhe ofereceu drogas.

— E isso foi uma isca para ela?

— Sem dúvida. — Havia lágrimas nas pálpebras inferiores dos olhos de Scarlett. — Ele tinha condições de prometer um suprimento ilimitado de qualquer droga que ela quisesse, e de boa qualidade, nada misturado com veneno ou coisa semelhante, como a que se pode comprar na rua. E acho que pareceu a Poppy um meio de controlar o vício e ter sempre dinheiro para ele, embora, na verdade, as drogas fossem de graça. — Scarlett enxugou os olhos com um lenço. — Ela era uma garota tão delicada. Sempre foi.

O garçom trouxe abacaxi fresco e creme.

Com o espresso escuro que se seguiu, Bond acendeu um cigarro e ofereceu um a Scarlett.

— E, então, Scarlett, se eu encontrá-la, ela vai querer vir? Ou é uma escrava voluntária?

— Não a vejo faz dois anos. Então, não sei com certeza. De vez em quando consigo falar com ela pelo telefone. A última vez foi há alguns dias. Ela estava em Teerã e conseguira chegar ao correio.

— Teerã?

— Sim, Gorner tem participação em grandes negócios lá. Pode ser fachada. Não sei. Mas Poppy me disse que estava esforçando-se para largar as drogas. É muito difícil. Mas acho que ela viria com você, se a encontrasse. Então, poderíamos interná-la em uma clínica. O problema é que Gorner não vai deixá-la ir embora. Ele a está matando devagar, e está adorando cada momento.

Bond praguejou sucintamente. Depois, disse:

— Não chore, Scarlett. Eu a encontrarei.

Após mais um café, Scarlett levou Bond de volta para o hotel, mantendo o Sunbeam bem abaixo da velocidade em que viera pelo Bois.

— Você telefonará para mim se houver novidades, não é?

— Claro — disse Bond. — Se estiver perto de um telefone.

Ela se inclinou em seu assento e beijou-o na bochecha. Pusera os óculos escuros para esconder os olhos inchados. A mão de Bond permaneceu um segundo sobre o vestido de linho vermelho. Alguma coisa na garota o atingira abaixo de suas defesas, e se sentia profundamente inseguro.

Esteve tentado a virar-se e acenar da porta do hotel, como a Sra. Larissa Rossi acenara do elevador em Roma, mas forçou-se a seguir direto pela porta, para a penumbra do saguão.

— Sr. Bond — disse o recepcionista. — Telegrama para o senhor.

Em seu quarto, Bond abriu o telegrama. Estava marcado PROBOND no início e PRISMA no fim, para mostrar que passara por M.

URGENTE VOCÊ IR PISTACHIO O MAIS CEDO POSSÍVEL FICAR O MAIS PRÓXIMO DO FORNECEDOR PONTO ESCRITÓRIO EUA INFORMA LINK VENDAS DE CAVIAR IMINENTE PONTO REPRESENTANTE LOCAL ESPERA POR VOCÊ PONTO.

Começou a fazer as malas imediatamente e pediu à recepção para ligar para o aeroporto. "Pistachio", nos últimos códigos, era Pérsia, e "caviar", União Soviética. O escritório dos EUA era a CIA e, se eles estavam nervosos com Gorner, podia ser que a conexão russa de que M falara em Londres estava mais avançada do que ele havia pensado.

Gorner e os russos, pensou Bond. Um casamento feito no inferno.

7. “Confie em mim, James”

> O início de uma viagem na Pérsia se assemelha a uma equação algébrica: ela pode ou não se resolver.
>
> ROBERT BYRON, *The Road to Oxiana*

Quando o avião começou a descer, Bond olhou pela janela e acendeu o cigarro. Longe, à esquerda, via o cume dos montes Elburz e, além deles, uma desbotada mancha azul, possivelmente as águas do sul do mar Cáspio. O trabalho nunca o trouxera ao Oriente Médio e, por isso, se sentia agradecido. Via as terras entre Chipre e Índia como o centro do mundo do roubo. Visitara o Egito quando criança, jovem demais para lembrar-se, e uma vez passou alguns dias de folga em Beirute, mas achou o país pouco mais que um covil de contrabandistas — de diamantes da Serra Leoa, armas da Arábia e ouro de Alepo. É verdade que as mulheres libanesas foram muito mais modernas em suas atitudes do que esperava, mas ficara contente ao voltar para Londres.

Bebeu o resto do uísque do copo enquanto o avião se inclinava e tomava posição para a aterrissagem. Não houve tempo para ele receber alguma informação sobre a Pérsia, e seu apoio e guia seria o chefe do posto local, Darius Alizadeh. Ouviu o barulho do trem de pouso saindo do ventre do avião e o gemido hidráulico quando os flaps do freio deslizaram da beirada das asas. Depois, abaixo do avião, Bond pôde ver o que já vira uma centena de vezes antes em outros continentes: os postes de fiação telefônica, os pequenos carros na estrada que circundava o aeroporto, os edifícios baixos dos terminais e, finalmente, a súbita faixa de concreto com sinalizadores laterais pretos quando o avião quicou duas vezes no solo em uma aterrissagem perfeita enquanto o piloto acionava a reversão dos motores.

Assim que saiu do avião, Bond sentiu o calor intenso do país desértico. Não havia aparelhos de ar-condicionado dentro dos prédios de desembarque e ele já estava suando quando o funcionário da alfândega marcou suas malas com giz. Quando passava pela alfândega americana, usava passaporte diplomático britânico, número 0094567, mas sempre odiou a idéia de ter seu nome mostrado na ida e na volta no quartel-general da CIA, em Langley, para ele ser liberado. O mais leve indício de sua presença — sequer de que existia — diminuía sua segurança. Em Teerã, o passaporte que exibiu para o oficial sério e bigodudo na cabine de vidro o identificava como David Somerset, diretor de empresa. Era um pseudônimo que Darko Kerim lhe dera em Istambul, e ele o usava em memória de Darko, o amigo leal que morrera ajudando-o a escapar da SMERSH.

Do lado de fora do edifício, depois de trocar algum dinheiro na loja de câmbio, Bond entrou em um táxi e deu ao motorista o endereço de seu hotel, no norte da cidade. A entrada em Teerã foi tediosa. Havia chaminés soltando fumaça preta, arranha-céus retangulares sem nenhum atrativo, casas cubóides, grandes rodovias de macadame com árvores ao longo delas — nada que a distinguisse de qualquer outra cidade moderna, se descontadas as estranhas pilhas de limão à margem da estrada.

O táxi passou pela Universidade de Teerã, na avenida Xá Reza, pela praça Ferdowsi, onde o famoso poeta, esculpido em bronze, apontava para o céu enquanto declamava seus versos. Depois virou à esquerda e começou a seguir para o norte, na direção do extremo mais rico da cidade. A partir desse ponto havia menos carroças puxadas por animais e pintadas alegremente de cal e azul-safira, e menos carros com as posses da família amarradas ao teto. Era como se, nessa latitude, a cidade se controlasse em seu desejo de ser mais ocidental.

Bond ofereceu um cigarro ao chofer, que, após duas ou três recusas que Bond considerou hesitantes, foi aceito com gratidão. O homem tentou conversar com ele sobre futebol — "Bobby Moore, Bobby Charlton" pareciam ser as únicas palavras em inglês que ele conhecia —, mas Bond só pensava em um nome: Julius Gorner.

Entregou ao chofer o conteúdo da mão cheia de rials persas e entrou no hotel, que, misericordiosamente, tinha ar-condicionado. Seu quarto ficava no 12º andar, com uma enorme janela de cada lado, uma voltada para o sul, para a cidade agitada, coberta por uma mistura de fumaça e neblina, e a outra voltada para o norte, para as montanhas, uma das quais se destacava, elevando-se acima do resto ("o poderoso monte Demavend, que media 5.800 metros"), como lhe informou o guia da cidade traduzido para o inglês que estava sobre a mesa. Havia manchas de neve em seu cimo e nas ravinas de árvores altas na face sul.

Depois que fez as verificações habituais da segurança do quarto, Bond ficou embaixo da forte ducha quente, mantendo os olhos abertos no vapor picante até doerem. Em seguida, virou para água fria até sentir que havia lavado todos os vestígios da viagem. Embrulhado em uma toalha, ligou para o serviço de quarto e pediu ovos mexidos, café, uma garrafa de água mineral e outra do melhor uísque que o hotel tivesse.

Assim que baixou o fone, o telefone emitiu um sinal urgente.

— Sim?

— É Darius Alizadeh. Fez boa viagem?

— Monótona — disse Bond.

Alizadeh deu uma grande risada.

— Gosto das coisas monótonas — disse —, mas só em aviões. Desculpe-me por não ter ido buscá-lo no aeroporto. É o único lugar em que tento não ser visto em público. Vou mandar um carro apanhá-lo em meia hora, se estiver bem para você. Depois, vou lhe dar o melhor jantar de Teerã. Espero que não esteja muito cansado. Primeiro virá à minha casa para comer caviar fresco do Cáspio, desta manhã. Isso lhe agrada?

Tinha uma voz calorosa, de barítono, com um sotaque praticamente imperceptível.

— Meia hora — disse Bond. — Estarei pronto.

Ligou para cancelar os ovos, mas disse para trazerem rapidamente o uísque. Vestiu uma camisa branca de mangas curtas, calças brancas e largas de algodão e mocassins pretos com biqueiras reforçadas de metal. Verificou se a jaqueta tropical, comprada às pressas naquela manhã, no aeroporto de Paris, não mostrava indícios da Walther PPK presa debaixo dela.

Do lado de fora do hotel, um Mercedes azul esperava por ele.

— Sou Farshad, chofer do Sr. Alizadeh — disse um homem pequeno com um grande sorriso branco, que segurava a porta de trás aberta para Bond. — Meu nome significa "feliz" em persa.

— Bom para você, Feliz — disse Bond. — Para onde vamos? — O carro saiu da alameda do hotel e pegou a estrada.

— Vamos para Shemiran, melhor parte de Teerã. Muito bonita. Você gosta dela.

— Estou certo que sim — disse Bond, quando Farshad mudou de direção, abruptamente, e passou entre dois caminhões que se aproximavam. — Se conseguirmos chegar vivos.

— Oh, sim! — Farshad riu. — Vamos pela avenida Pahlavi. Tem 19 quilômetros de extensão, é a avenida mais comprida do Oriente Médio!

— Certamente parece a mais movimentada — disse Bond, enquanto, avançando e desviando-se, o carro atravessava um cruzamento furiosamente disputado, onde o sinal de trânsito parecia não oferecer mais que sugestões. Após 20 minutos em que ambos pareceram escapar da morte um número semelhante de vezes, o carro dobrou à esquerda e subiu por uma estrada tranqüila, marginada de figueiras, antes de dobrar em uma entrada asfaltada que subia serpenteando por gramados verdes até uma casa branca com uma colunata no pórtico.

Bond subiu os degraus da porta da frente, que se abriu quando ele se aproximou.

— É um prazer conhecê-lo. Em minhas horas mais sombrias, temia que o destino jamais trouxesse James Bond à minha terra natal. Estou ciente do perigo que corre, mas me alegro por minha boa sorte. Entre.

Darius Alizadeh estendeu a mão e apertou a de Bond. Era um aperto firme e seco que falava de franqueza e amizade — não o aperto de mão rápido, hesitante e escorregadio que Bond encontrara em Beirute e no Cairo. Darius tinha mais de 1,80m, uma grande cabeça e feições morenas, em que os olhos castanhos profundos faiscavam de camaradagem conspirativa. Seu espesso cabelo negro era penteado para trás, descobrindo a testa, entremeado de um desinibido cinza nas têmporas e nos lados da cabeça. Usava um terno branco com a gola levantada ao estilo indiano e uma camisa azul aberta no pescoço que parecia vir das vitrinas das lojas da Via Condotti, em Roma.

Levou Bond por um longo corredor com piso de madeira e depois por uma grande escadaria. Saíram por portas francesas e entraram no jardim de trás da casa. Cruzaram o terraço e ficaram embaixo de um toldo verde. Próxima a um pequeno lago havia uma mesa servida com candelabros e numerosas garrafas. Darius fez um gesto para Bond sentar-se em uma cadeira baixa, acolchoada.

— Relaxe — disse. — Desfrute o jardim. É boa essa tranqüilidade, finalmente, não é? Normalmente, tomo uma cerveja antes dos coquetéis, apenas para limpar a poeira da cidade. A cerveja é bem ruim, americana importada, mas lhe dará algo para fazer enquanto preparo um drinque adequado. E está muito, muito gelada.

Tocou uma pequena sineta de latão que estava sobre a mesa, e um jovem em um tradicional traje persa emergiu da escuridão do terraço.

— Babak — disse Darius. Bateu palmas. — Temos um convidado. Vamos nos mexer.

Segundos depois, Bond tinha uma cerveja geladíssima na mão esquerda. Atrás dele, uma fileira de ciprestes altos dava privacidade ao jardim de Darius, e defronte havia um monte de rosas, a maior parte negras e amarelas, pelo menos até onde Bond podia perceber à luz das luzes do gramado. Em torno do lago retangular havia ladrilhos de mosaicos de intrincados padrões.

— Os jardins significam muito para nós aqui — disse Darius, seguindo os olhos de Bond. — Para nós, a água é quase um deus em um país tão seco. Ouça. Poderá escutar nossa pequena cascata no fim do gramado. Eu mesmo a desenhei e a encomendei a um especialista de Isfahan cujo avô trabalhou em uma das mesquitas. Gostaria de um martíni seco, vodca e tônica, ou uísque escocês e soda?

Bond optou pelo martíni e observou Darius chacoalhar os ingredientes em uma coqueteleira de prata. Fez um gesto de aprovação por cima da borda do copo: o gelo esfriara ferozmente a bebida sem aguá-la.

— Agora — disse Darius —, é melhor me dizer como posso ajudá-lo.

Quando Babak retornou com caviar em uma bandeja de prata, Bond contava a Darius o que sabia de Julius Gorner. Confiou em Darius desde o primeiro momento, e seu instinto nessas coisas raramente falhava. Também sabia que Darius era chefe do escritório de Teerã há 20 anos e era bem visto por M.

Darius pegou com a colher uma grande quantidade de caviar — o equivalente em tamanho a uma pequena ameixa —, colocou-a em um dos delicados pratos e espremeu sumo de lima-da-pérsia sobre o caviar. Com rápidos movimentos das mãos e usando um pedaço pequeno de pão árabe, transferiu todo o conteúdo do prato para a boca, bebendo em seguida um grande gole de vodca gelada.

— Terrivelmente russo da minha parte, eu sei — sorriu —, mas é assim que gosto mais dele. Nada mau esse Beluga, hein? — Aproximou o nariz da bandeja. — Deve ter cheiro de mar, nunca de peixe.

Acendeu um cigarro e recostou-se na cadeira.

— Já ouvi falar desse Gorner, James. Claro que sim. Mas, primeiro, talvez você deva saber uma ou duas coisas sobre mim. Meu pai era da tribo de Qashqai, amplamente vista como o mais traiçoeiro, sanguinário e cruel povo da Pérsia. Quando o Xá Reza Pahlavi tramava com os americanos seu retorno ao país, nunca pensou em tentar conquistá-los para seu lado. — Darius jogou a cabeça para trás e riu. — Os curdos, os árabes, os reformadores, os balúquis, até os mulás, sim, mas nunca os terríveis qashqais. Meu pai, por outro lado, vinha de uma família de diplomatas de Teerã com laços antigos de lealdade com o Ocidente. Ele mesmo foi educado em Oxford, e eu estudei em Oxford, que, para o caso de você estar se perguntando, é a causa de eu falar como um cavalheiro inglês. Conheço todos os lados deste país. Posso me perder com os homens da tribo no deserto ou conversar socialmente com os franceses em sua embaixada no fim desta avenida, embora, francamente, prefira a primeira situação. Vi muitas nacionalidades entrarem e saírem da Pérsia — ou Irã, como Xá Reza, o pai do atual Xá, quer que a chamemos. Turcos, russos, franceses, alemães, americanos, britânicos. Estamos no ponto de encontro entre o Oriente e o Ocidente. Somos o único país entre a Rússia e um porto de águas quentes. Claro, eles têm o mar Negro, mas não podem passar pelos turcos, que são os vigilantes do Bósforo e de Dardanelos. Bom Deus, poderia imaginar guardiões mais contenciosos?

Darius inclinou-se e serviu-se de mais caviar, que despachou do mesmo jeito que antes.

— Meu ponto de vista é este, James. Estamos acostumados a sofrer interferência. Algumas vezes nos sentimos como uma puta pobre e velha da rue St Denis. Qualquer um pode nos ter por um preço. Durante a guerra, os Aliados acharam que estávamos muito amigos dos alemães, então nos invadiram, e o Xá foi expulso. Depois, acharam que o Sr. Mossadegh, nosso excelente e independente primeiro-ministro, estava dando muita abertura para os russos. Também não confiavam nele, porque era freqüentemente fotografado em público vestindo algo que parecia um pijama. Então, os americanos mandaram um cavalheiro chamado Kermit Roosevelt para ajudar a montar um golpe e trazer o Xá de volta do exílio e ao trono. Confesso que dei uma pequena ajuda ao Sr. Roosevelt. Não nos incomodamos muito com essas coisas, desde que nos deixem cuidar de nossas vidas em paz. Teerã é um ninho de espiões. Sempre foi e sempre será. Um britânico inteligente sugeriu que russos e americanos simplesmente dividissem apartamentos para reduzir o custo da espionagem mútua. Mas existe algo que sempre faz o alarme disparar: é quando um estrangeiro chega e quer demais. As pessoas são bem-vindas para tentar ganhar dinheiro aqui, embora seja difícil fazer isso legalmente, fora o petróleo. Também aceitamos algum grau de interferência política se houver alguma coisa para nós nisso: proteção, influência, armas, dólares. Mas não os dois ao mesmo tempo. E tudo que ouvi acerca desse Gorner me deixou extremamente preocupado. E, como espero ter sugerido, não me assusto com facilidade.

Darius preparou outro jarro de martíni.

— Coma mais um pouco de caviar, James. Em 10 minutos chamarei Farshad para nos levar ao melhor restaurante de Teerã. Fica no sul da cidade, perto do mercado. Ninguém me reconhecerá lá. Muita gente em Teerã sabe que trabalho para seu patrão. Seu chefe tem uma teoria de que mais pessoas com informações mais úteis virão até mim se souberem quem eu sou, e talvez ele esteja certo. A desvantagem é que não posso ser visto em público com você. Seria perigoso para você. Mas lá ninguém sabe quem eu sou. E a comida, James... — Darius abriu bem os braços. — Melhor que a comida da sua mãe. Tão boa quanto um poema de Hafez.

— Nunca imaginei que você fosse tão poético, Darius — disse Bond com um sorriso. — Meus colegas, em geral, são homens de olhos frios que carregam armas.

— Não acredito em você nem por 1 minuto, James. Mas jardins e poesias estão próximos da alma persa. E poemas *sobre* jardins, então, ainda mais próximos. "Vi um jardim puro como o paraíso", disse o poeta Nezami. "Uma miríade de cores se misturava ali / uma miríade de aromas saturava milhas de ar perfumado / A rosa se deita no abraço do jacinto / O jasmim..."

— O carro está esperando, senhor — Babak se materializou na escuridão.

— Dane-se, Babak! Você não tem alma. Já lhe disse que não me interrompa quando eu estiver recitando um poema. Está pronto, James? Devemos ir e batalhar com os loucos da auto-estrada? Está com fome?

— Sim, estou. — Bond declinara da comida do avião e, exceto o caviar, não comera nada, salvo um croissant borrachudo no aeroporto de Paris.

Farshad esperava na frente da casa com o Mercedes, e, em poucos minutos, se dirigiam para o sul, em meio à cacofonia da avenida Pahlavi, costurando no tráfego, como se Farshad acreditasse que aquela seria sua última chance de comer.

Depois que cruzaram a avenida Molavi, Bond desistiu de tentar orientar-se e se rendeu à conversa de Darius.

— Kermit Roosevelt — dizia Darius — era um homem bastante absurdo, para ser honesto. Eu costumava jogar tênis com ele, às vezes, e quando ele fazia uma jogada ruim, costumava criticar a si mesmo, dizendo "Ooh, Roosevelt!" Isso era algo descabido, porque, supostamente, ele devia ser conhecido como "Sr. Green", ou algo do tipo. Nunca vi um homem beber tanto no trabalho. Fazia você pensar que ele estava nervoso ou outra coisa. Caixas de uísque e soda costumavam chegar ao pequeno lugar onde ele e um amigo estavam escondidos. Quando chegou o grande dia de pôr o Xá de volta no trono, Roosevelt descobriu que era o fim de semana muçulmano, uma sexta-feira. Depois, naturalmente, era o fim de semana cristão. Então, todos tomaram mais um drinque e esperaram até segunda-feira. Quando finalmente puseram os tanques nas ruas, os capangas do mercado, que tinham sido pagos para levar gente para a rua, descobriram que o Xá não assinara os *firmans*, documentos compulsórios em que afastava Mossadegh e se autonomeava para o posto. Então, enquanto o Shahanshah, o rei dos reis, esperava escondido na costa do Cáspio, os tanques e a multidão estavam nas ruas, e a papelada, em um escritório em Teerã! — Darius deu sua grande e profunda risada. — Mas chegamos lá, finalmente.

Ele se inclinou e deu uma ordem curta em persa a Farshad, que virou, rapidamente, com um guincho de pneus em uma estrada lateral e acelerou.

— Minhas desculpas, James. Falei demais. Tenho tanto para lhe contar sobre este país maravilhoso. Acho importante que saiba o máximo que puder antes de confrontar esse Gorner e sua gente. Prevenido, como diz o provérbio inglês, é preparado.

— Não precisa desculpar-se. Mas por que as táticas de Grand Prix?

— Em minha verbosidade, falhei em notar um carro americano preto, um Oldsmobile, acredito, que estava atrás de nós. Justamente quando lhe falava sobre o Xá, percebi que estávamos sendo seguidos. Pedi a Farshad que o despistasse.

— E ele, certamente, ficou feliz em obedecer.

— Feliz por nome, feliz por natureza. Ele adora uma caçada. Estamos fora do mapa agora, James. Estrangeiros não vêm tanto para o sul. Lá adiante fica o que chamam de Nova Cidade. Cheia de bordéis, bares e casas de jogos. Por aquele caminho, lá embaixo, fica uma cidade de cortiços, gente realmente pobre que vem do interior. Árabes e refugiados do Afeganistão. Vivem na miséria.

— Você não se importa muito com os árabes, não é? — indagou Bond.

— Não depreciamos estrangeiros em nosso país, nem mesmo os refugiados — respondeu Darius. — Os persas, como sabe, são arianos, e não semíticos, como os árabes. Quanto aos próprios árabes, bem... Eles não têm cultura, James. Tudo que têm em seus países, iraquianos, sauditas, árabes do golfo, são coisas que roubaram ou copiaram de nós. Mas basta. Chegamos.

Darius insistiu que Bond o precedesse por uma porta que parecia a entrada de uma loja de tapetes, com uma lâmpada vermelha sobre a viga superior de madeira. Logo na entrada, do lado de dentro, um velho estava sentado em um banco baixo, fumando um cachimbo de água.

Bond hesitou, mas a etiqueta persa aparentemente o obrigava a preceder seu anfitrião.

— Confie em mim, James — disse Darius, pondo a mão no ombro de Bond.

Exatamente quando baixou a cabeça para passar pela porta, Bond notou com o rabo dos olhos que um Oldsmobile preto havia parado do lado oposto da rua e imediatamente apagado os faróis.

8. Bem-vindo ao Clube Paraíso

Bond se viu em um grande aposento no subsolo, iluminado por velas de cera encaixadas em suportes de ferro presos à parede. Foram conduzidos a uma mesa que já estava servida com tigelas de pistache, amoras e nozes, uma garrafa de Chivas Regal e duas jarras de água gelada. Não havia menus. Serenamente, um grupo de quatro músicos tocava instrumentos de corda em uma plataforma baixa e atapetada, e as outras mesas, uma dúzia ou pouco mais, estavam todas ocupadas.

Darius deixou escapar um suspiro de contentamento quando pôs uísque no copo. Uma garçonete chegou com uma bandeja cheia de pratinhos com vários tipos de torradas, iogurtes, saladas e ervas frescas. Em seguida, uma sopeira fumegante foi colocada entre Bond e Darius.

— Cabeça e pés de ovelha. — Darius traduziu as palavras ditas pela garçonete quando pôs uma concha da sopa na terrina de Bond.

A sopa tinha um aroma surpreendentemente puro e delicado.

— James, você precisa provar um pouco de *torshi* — disse Darius, estendendo-lhe uma pequena tigela de picles. — Isso. Bom, não é?

— Extremamente — disse Bond, tentando não parecer surpreendido.

— E a garçonete? Não é linda?

— Fascinante — disse Bond com ar apreciativo. E não exagerava.

— Alguns visitantes esperam encontrar nossas mulheres persas cobertas da cabeça aos pés. Graças a Deus, o Xá Reza acabou com tudo isso. Ele quer um país moderno, que funcione nos moldes ocidentais, e não era possível ter metade da população arrastando-se por aí como freiras de luto. Você ficaria espantado, mas algumas mulheres das famílias mais tradicionais relutaram em abrir mão do símbolo de sua escravidão. Os policiais receberam ordens de arrancar-lhes os véus na rua. Foi ridículo. Naturalmente, o xador era um fenômeno apenas urbano. As mulheres do campo tinham suas próprias roupas e não cobriam o rosto de forma alguma. As mulheres persas de hoje estão muito... Qual é a palavra que leio nos jornais de Londres hoje em dia? "Liberadas!" Depois do jantar, vou lhe mostrar o que quero dizer. À sua saúde.

Darius ergueu o copo, e Bond, o dele, retribuindo o brinde. Lembrou-se novamente de seu longo período sabático e das dúvidas sobre o futuro que o haviam preocupado em Roma. Parecia que acontecera muito tempo atrás. A companhia de Darius Alizadeh era suficiente para extinguir qualquer sentimento de incerteza. Meramente sentar-se a seu lado criava uma sensação de estar plugado a uma fonte de energia de alta voltagem. O Serviço devia pagar modestamente a Darius por seus serviços em Teerã, pensou Bond — embora a casa sugerisse riqueza de família ou, no mínimo, bons negócios no mercado de ações, o que, talvez, tornasse o salário pouco importante. De qualquer modo, Bond viu Darius como uma alma gêmea, alguém preparado para arriscar a vida não apenas por dinheiro, mas pela emoção do jogo.

Pensar em Roma lhe trouxe à mente a Sra. Larissa Rossi, quando a conheceu. Bond nunca permitia que sentimentos pessoais influenciassem seu trabalho, mas seria tolice negar que a urgência de sua missão para M e para seu país se tornava mais intensa com a lembrança das lágrimas que vira Larissa derramar quando falou do tratamento que Gorner dava à irmã.

A garçonete de cabelos negros se inclinou sobre a mesa uma vez mais. Desta vez, pôs ali uma panela de ferro fumegante ainda estalando do fogo, contendo camarões fritos com ervas e tamarindo. Depois, um prato raso de cerâmica sobre o qual estavam dispostas camadas concêntricas — laranja, verde, branco e vermelho — como um vulcão multicolorido a ponto de entrar em erupção. Parecia espantoso que algo tão exótico e brilhante tivesse sido conjurado da escuridão dos fundos desse aposento subterrâneo.

— *Javaher polow* — disse Darius. — Arroz com pedras preciosas. As camadas são de casca de laranja, açafrão, bérberis e... esqueci o que mais. De qualquer maneira, o gosto é quase tão bom quanto a aparência. *Nush-e Jan!*

— O mesmo para você — disse Bond. — E, então, Darius, existe alguma coisa mais que eu deva saber sobre Gorner? Por exemplo, onde encontrá-lo.

Darius ficou sério por um momento.

— Não precisará procurar, James. Ele o encontrará. Tem mais espiões aqui que a Savak. Não me surpreenderia se o carro que estava em nossa cola fosse do pessoal dele. Ele tem escritório em Teerã, conectado ao negócio farmacêutico. Fica perto da praça Ferdowsi. Estou certo de que tem alguma coisa no Cáspio também. Mas é muito difícil aproximar-se dele lá. Parece um casco de navio, nada mais que isso. Fica em Noshahr, um resort fino. É uma Shemiran-sur-Mer, para onde as pessoas mais ricas de Teerã viajam durante o verão para escapar do calor e da fumaça. O Xá tem um palácio lá. Mas também existem docas comerciais e é lá que achamos que Gorner tem alguma atividade secreta. Quanto à base principal dele, fica em algum lugar do deserto.

— Sabemos onde? — disse Bond.

Darius sacudiu a cabeça.

— Ninguém sabe. É um homem muito difícil de rastrear. Acho que tem, no mínimo, dois aviões pequenos e um helicóptero. A Savak, se não sabe, é...

— Conheço a reputação dela — disse Bond. — A polícia secreta do Xá, treinada pelo Mossad e pela CIA, com a crueldade israelense e a hipocrisia americana.

— De fato. Não é uma coisa da qual nos orgulhemos, James, mas... De qualquer maneira, o Mossad despachou um esquadrão de homens para Bam, na extremidade sul do deserto, com a ordem simples de procurar a partir dali e enviar fotos ou detalhes de qualquer esconderijo ou atividade incomum.

— E?

— Nada voltou.

— Nada? Nem os homens?

— Nada. Bem, para ser preciso, veio um pacote de volta, endereçado ao quartel-general da Savak em Teerã, remetido de Bam. Continha duas línguas e uma mão.

— Delicioso — disse Bond.

— Característico — disse Darius.

A garçonete inclinou-se sobre a mesa baixa para retirar os pratos. Estava descalça, com um longo vestido azul de linho, decorado com pequenas moedas douradas e madrepérola. Tinha um modesto decote em cima, cavado o bastante para dar a Bond uma visão bem próxima de sua pele dourada quando se curvou junto a ele. Ela sorriu naturalmente, sem embaraço, quando se ergueu.

Minutos depois, trouxe uma garrafa de vinho francês com tigelas de pimentas, berinjelas e tomates, tudo recheado. Em seguida, uma bandeja oval com seis codornas agridoces recheadas de pétalas de rosas.

— Espero que goste desse prato, James — disse Darius. — O jeito de cozinhá-lo é um dos segredos mais bem-guardados de Teerã. Os pássaros não têm ossos, pode cortá-los com o garfo. O único prato que rivaliza com esse é o cordeiro recém-nascido recheado de pistache. Mas é comida demais, até mesmo para nós dois juntos... — Ele abriu bem os braços.

— O que sabe do auxiliar de Gorner? — indagou Bond, quando o gosto quente da codorniz assada explodiu em sua boca. — O homem com chapéu de legionário.

— Não muito — disse Darius. — Ele se chama Chagrin, embora eu duvide que seja seu nome verdadeiro. Creio que é norte-vietnamita. Veterano da guerra na selva. Deus sabe onde Gorner o encontrou. Teerã, provavelmente. Atraímos, de fato, um bocado de gente diferente. Desajustados, vagabundos. Conheci uma dupla de americanos chamados Red e Jake. Eu os encontrava em bares, cabarés e era como conversar com um taxista do Brooklyn. Então, ouvi-os falar um dialeto persa, digamos kermanshah ou khorramshahr, e eram perfeitos. Aprenderam com os pais, que emigraram para Nova York. Passavam uma semana ou duas na cidade, com uísque e mulheres, depois desapareciam no deserto. Eu nunca soube se eram da CIA ou o quê. Essa é uma das coisas que amo em Teerã. É um pouco como Casablanca em 1942. O país em si não está em guerra, mas você ainda tem guerrilheiros, franco-atiradores, informantes, agentes, polícia secreta. Você tem de se cuidar, mas conhece tipos bem interessantes.

— Você conhece o pessoal da CIA? — disse Bond.

— Conheço um — disse Darius. — Um cara chamado J. D. Silver. Eles o chamam de "Carmen". "Carmen" Silver. Não me pergunte por quê.

— Trabalha com ele?

Darius sacudiu mansamente a cabeça.

— Não, não, não. Pelo que aprendi, existem dois tipos de homens da CIA: os que vieram do OSS* e, antes disso, os fuzileiros navais, ou por aí. Homens como você e eu, James. Ou Big Will George, Jimmy Ruscoe, Arthur Henry. Soldados, patriotas, aventureiros.

— Ou Felix Leiter — disse Bond.

— Sim — disse Darius. — Nunca o conheci, mas ouvi dizer que é dos bons. E, depois, há o novo tipo.

— Quem são?

— Tecnocratas. Homens pálidos e magros de camisa abotoada até o pescoço. Carmen Silver é um desses. Não estou certo de que tenha pensamento próprio.

— Não estará fazendo apenas o que seus chefes em Langley mandam?

— Provavelmente. Mas você sabe tão bem quanto eu, James, que até um agente secreto tem escolha. Na verdade, especialmente um agente secreto tem uma escolha. Se você trabalha em um banco e segue a linha do lucro no curto prazo, o pior

---

* Office of Strategic Services (OSS), Escritório de Serviços Estratégicos, agência de inteligência dos EUA, criada na Segunda Guerra Mundial. (*N. da T.*)

que lhe pode acontecer é ser um dente pequeno da engrenagem de uma máquina burra. Mas, se falhar ao usar seu critério como agente licenciado armado em solo estrangeiro...

Bond sorriu.

— Você é um bocado sentimental, Darius.

— Não, James. Não acredito em sentimento, acredito em classe. É fácil para um médico pediatra, por exemplo, ter o que chamam de "sentimento". Salve a vida da criança, muito bem, você é um sujeito bom. Mas ponha um homem como você, Bond, em um lugar como este, com apenas aquela Walther sob o braço e...

— Você...

— Vi o contorno, imaginei o que era. — Darius encolheu os ombros. — O que quero dizer é que, quanto mais se vive na sombra, fora dos registros oficiais, mais se necessita de uma bússola. Com revólveres apontados para sua cabeça em menos de um segundo, é preciso tomar decisões muito mais complicadas que as daquele pediatra. Para ele, é operar ou não. Ele tem tempo para pensar no assunto. Mas não se tem tempo para escolher entre dez tonalidades de cinza. E eu posso dizer que você, James, tem a classe, o senso da verdade com você. Meu pai tinha uma frase para isso. Costumava dizer que o homem que tem as qualidades necessárias para o sucesso é "um cidadão da eternidade".

— Pode dizer o que quiser, mas os americanos estão conosco desde Pearl Harbor — disse Bond. — Eu trabalho sozinho, mas é bom saber que estão lá.

— Certamente — disse Darius. — Como um cachorro grande e jovem, confiável.

Depois que a garçonete voltou uma vez mais à mesa e foi para a cozinha com os pratos, Darius disse:

— Gosta dela, não é, James? Posso pedir-lhe que venha conosco até o cabaré, se você quiser.

— Estou em suas mãos esta noite, Darius. Faça o que vier naturalmente.

Bond estava pensando em como Darius, com toda sua conversa e seu bom humor, nunca parava de observar, no carro ou no restaurante.

A garota voltou com uma garrafa de *araq*, licor de anis acre que acompanhava um prato de fatias de cantalupos e peras, servidas com mel e bolos de pistache. Seguiu-se o café, doce e espesso. Então, Darius falou baixinho com a garçonete.

— Zohreh ficaria feliz em nos acompanhar, James — disse. — Eu disse a ela que a traremos de volta em duas horas.

— Zohreh?

— Sim, lindo nome, não? Significa Vênus.

— A deusa do amor?

— Não, o planeta, suspeito. Mas nunca se sabe o que vai acontecer. Vamos.

Farshad estava de pé ao lado do carro, acabando de comer um prato de arroz e kebabs mandado para ele. Ele o pôs no chão rapidamente e abriu a porta de trás para Zohreh.

Quando Farshad ligou o carro, Zohreh falou com ele em persa. Ele deu uma risadinha feliz e engrenou a primeira marcha.

— Ela lhe disse aonde ir — disse Darius. — Um lugar especial que ela conhece. Acabou de ser inaugurado. Uma espécie de "Oriente encontra Ocidente", pelo que sei.

— Na Cidade Nova?

— Claro que não, James. Sul de Teerã, talvez, mas um lugar classudo, eu lhe garanto. Acabou de abrir. Há um bocado de propaganda e de dinheiro do Ocidente ali.

Enquanto se afastavam, Bond viu os faróis do Oldsmobile preto virem atrás deles. Fez um sinal com o polegar, e Darius assentiu com a cabeça.

Farshad dirigiu rápido por ruas estreitas e arborizadas. Havia menos carros nessa parte da cidade e, como era quase meia-noite, as ruas tinham começado a esvaziar.

— Segure-se firme, James — disse Darius e deu uma ordem breve para Farshad, que virou o volante e os levou por uma alameda lateral. Um lado do grande Mercedes pegou uma lata de lixo e a lançou reverberando sobre o asfalto. Farshad meteu o pé no acelerador, passou por um cruzamento sem parar, virou à direita com um dilacerante barulho dos pneus e desceu por uma rua sem luz, depois deu mais três viradas súbitas e o carro emergiu em um amplo bulevar, onde Farshad diminuiu a velocidade e recostou-se no assento com uma risada maldosa.

— Obrigado, Farshad — disse Darius, secamente, em inglês. Pôs a mão sobre a mão de Zohreh para tranqüilizá-la, mas ela parecia imperturbável. Pelo que vira em Teerã, pensou Bond, era possível que a garota pensasse que este era o jeito normal de dirigir.

Finalmente, pararam ao lado do que parecia ser um armazém, situado em um terreno cercado, a pouca distância da rua. Não havia anúncios nem luzes coloridas. O lugar lembrava a Bond alguns sombrios lotes imobiliários em Los Angeles.

— Chama-se Clube Paraíso — disse Darius.

Para Bond, o nome agitou a lembrança débil de uma excitante visita juvenil a mesas de jogo. Passaram pelo segurança na porta da frente, em cuja mão Darius enfiou algumas notas, depois por um corredor reto de concreto e portas duplas de madeira com tachas de ferro. Uma jovem em roupas tradicionais cumprimentou-os e apertou um pedal com o pé. As portas se abriram silenciosamente, levando Bond, Darius e Zohreh a um enorme aposento, do tamanho de um hangar de aeroporto, cuja parede do fundo era ocupada por uma cachoeira que descia sobre rochas iluminadas em tom vermelho para uma piscina de água turquesa, onde nadavam uma dúzia de mulheres nuas. Em volta da piscina, como se o espaço fosse um jardim, os convidados reclinavam-se em tapetes que imitavam grama ou estendiam-se em espreguiçadeiras e cadeiras estofadas, servidos de drinques e frutas cristalizadas por garçonetes castamente vestidas. A um lado da imensa área havia uma plataforma elevada, com gente dançando música pop ocidental, mas no "jardim" havia um quinteto de cordas de músicos persas tradicionais.

Zohreh virou-se para Bond e sorriu, os lábios se abrindo sobre dentes brancos faiscantes.

— Está gostando?

Uma jovem aproximou-se deles e falou com Darius em persa. Usava um uniforme igual ao da moça da porta — um robe de cor creme, amarrado com uma faixa escarlate. Embora o traje fosse muito pudico, Bond pôde ver que ela não usava nada por baixo pelo lugar onde as duas metades do robe se juntavam, entre os seios. As velas e as lâmpadas coloridas, colocadas em suportes nas paredes, faziam a pele dela brilhar, rosa sob ouro.

— Esta é Salma — explicou Darius. — Está aqui para garantir nossa diversão. Há inúmeras opções abertas para nós. Sugiro que olhemos a sala de ópio primeiro, depois o famoso hammam, a casa de banho turca.

— Não sei se estou disposto a um banho turco — disse Bond.

— Vai ficar — disse Darius — quando vir esse. Acho que é uma coisa muito especial.

Seguiram Salma a uma plataforma elevada em um dos lados da enorme área aberta.

— O nome Salma, a propósito — disse Darius no ouvido de Bond — significa amada.

— Os pais dela devem ter sido clarividentes.

— Chega de charme inglês, James, mas vou dizer a ela o que você disse. Já fumou ópio alguma vez?

Chegaram a um aposento quadrado com almofadas forradas de tapeçaria e encostadas nas paredes. No chão, havia grandes almofadas, algumas ocupadas por homens reclinados que sugavam cachimbos de ópio preparados para eles por uma das colegas de Salma em uma mesa central baixa, com um braseiro cintilando no meio. Ouvia-se uma suave música persa, mas não se viam os músicos.

Zohreh sentou-se de pernas cruzadas perto da mesa e fez um gesto para que Bond e Darius fizessem o mesmo. A garota pegou uma vareta de ópio em formato de tubo e cortou um pedaço dela. Pôs esse pedaço no bojo de porcelana de um cachimbo chinês e, depois, com pinças de prata, pegou uma pequena brasa do braseiro e aproximou-a do ópio. Estendeu a boquilha do cachimbo para Darius, que a segurou com uma piscadela para Bond. Depois, soprou a brasa até que ficasse de um vermelho vivo, e o ópio embaixo dela começasse a chiar. A fumaça subiu por um pequeno orifício acima da porcelana e Darius a tragou. Finalmente, passou o cachimbo para Bond, que o segurou com alguma hesitação. Não queria que seus sentidos fossem embotados por drogas, mas receava ofender o anfitrião. Ficou com alguma fumaça dentro da boca, fez um sinal de aprovação com a cabeça e entregou o cachimbo de volta para Darius. Quando achou que ninguém estava olhando, deixou a fumaça sair pelas narinas.

Em volta deles, meia dúzia de homens jaziam deitados de costas nas almofadas, os olhos fechados, com expressões de prazer sonhador.

— É um problema para alguns desses homens — disse Darius. — Ópio usado com moderação não causa problemas. Digamos, uma vez por semana. Mas, neste país, gente demais vira escrava do ópio, e não senhora dele. Ao menos é uma droga pura, o sumo da papoula não tratado. Seus compostos e derivados, como a heroína, são muito mais perigosos.

O cachimbo foi oferecido a Zohreh, que riu e balançou a cabeça. Darius sorriu.

— Nossas mulheres são "liberadas", mas, ainda, nem tanto assim, James.

— Quem são as garotas que nadam na piscina sob a cachoeira?

— Virgens celestiais — disse Darius, e começou a tossir. Bond não sabia dizer se ele estava rindo ou se era a fumaça do ópio.

Secando os olhos com as costas da mão, Darius disse:

— São pagas pela gerência para se divertirem na água. Acho que, quando estão com roupas, são anfitriãs, como Salma. Acho que o cenário representa o paraíso. Se você for um bom menino na terra, o profeta promete que será bem recebido no céu por numerosas virgens. Esqueço se elas meramente vão lhe servir drinques ou executar funções mais íntimas. Há muito não leio o Corão.

— Mas acreditava nele? — indagou Bond.

— Claro — disse Darius. — Fui um menino bem-educado em um lar muçulmano. Meu pai passou muito tempo na América, mas isso não quer dizer que tenha perdido suas raízes. De qualquer modo, ouso dizer que você já acreditou em Papai Noel.

— Sim — disse Bond. — As provas de que existia estavam à vista. Pacotes coloridos. Cenouras meio comidas deixadas na terra pela rena de Papai Noel.

Darius balançou a cabeça.

— E pensar que tudo o que tínhamos era fé. — Ele se levantou, um pouco desequilibrado. — Acredito que Salma gostaria de nos mostrar o hammam agora.

Foram antes a um bar, no aposento principal, onde Zohreh pediu gim e tônica, e os homens tomaram uísque. Salma convidou-os a levar os drinques e segui-la. Desceram uma escadaria interna aberta até passar ao lado das águas azul turquesa onde as "virgens" se banhavam. Bond se viu puxado por um braço.

— Venha, Sr. Bond — sussurrou Zohreh. — Há mais coisas boas para ver. — Ela deu uma risada cristalina.

Passaram por outra porta de madeira guarnecida de ornamentos de ferro e chegaram a uma área com piso de cerâmica, onde uma jovem com um robe branco os cumprimentou e entregou a Darius, Bond e Zohreh duas toalhas grandes e brancas para cada um.

Zohreh apontou para uma porta com a imagem de um homem, depois seguiu para a entrada de mulheres.

— É aqui que tiramos nossas roupas, James — disse Darius.

— Vamos juntar-nos às virgens?

— Devo explicar — disse Darius, tirando a camisa e mostrando um tórax enorme coberto de pêlos pretos e brancos. — O hammam desempenha parte importante na vida persa. Somos um povo limpo. Todos devem lavar as mãos e o rosto antes de rezar, mas, em certas circunstâncias, por exemplo, depois da atividade sexual, é necessário uma Grande Ablução. Até na aldeia mais pobre existe uma casa de banho onde essas coisas são feitas. Homens e mulheres a freqüentam em horários diferentes. As mulheres, em geral, durante o dia, quando os homens devem estar trabalhando. Naturalmente, essa é uma forma muito fácil de as mulheres tomarem conta umas das outras. Uma noiva jovem vai todos os dias até ficar grávida. Depois, infelizmente, muito menos. Se uma mulher de seus 40 anos ainda vai regularmente à casa de banhos, pode ter certeza de que as outras ficam fofocando feito loucas.

— Então, iremos para a seção dos homens? — disse Bond.

— Não exatamente — disse Darius. — Prenda uma toalha na cintura e leve a outra. Pelo que entendi de Zohreh, a idéia do Clube Paraíso é que você encontre o céu na terra agora. E o céu é isso: um hammam misto. Vamos ver?

Passaram por uma porta e se viram em um balcão que dava para dois grandes banhos. Em torno, nas paredes, havia aposentos para banhos a vapor abertos, de temperaturas diferentes, e, entre eles, cubículos privados com portas.

Embora toda a área estivesse enevoada pelo vapor e as luzes fossem suaves, não havia como disfarçar o fato de que, nos banhos principais, homens e mulheres, juntos, estavam na água nus, rindo e, ocasionalmente, bebendo de copos grandes colocados na borda dos tanques por garotas de túnicas brancas.

Ouvia-se a música persa tradicional e aspirava-se essência de rosas e gerânios espalhada pelo vapor. Cenas de um jardim celestial estavam pintadas nas paredes de cerâmica. Bond viu Zohreh deixar cair a toalha e dirigir-se ao tanque menor.

— Vocês têm clubes como este em Londres? — indagou Darius, inocentemente.

— Oh, sim — respondeu Bond. — Pall Mall está cheio deles. Mas você não tem que escolher entre o ópio e o hammam. Apenas se lembre de encaçapar a azul antes da rosa no bilhar.

Momentos depois, Bond viu-se cara a cara com Salma na água aquecida. Uma atendente jogou mais pétalas de rosas frescas na superfície. Sob a luz, a pele de Salma tinha uma cor ainda mais atraente.

— Pedi a Zohreh que viesse ficar conosco — disse Darius.

Logo depois, os dois pares estavam completos. Bond inclinou-se de costas contra o lado do tanque e sorveu o drinque de menta gelada que lhe ofereceram.

— Isto... é o céu? — perguntou Salma em seu inglês hesitante.

— Se for — disse Bond —, eu me converterei ao islamismo quando voltar para casa. O que acontece naqueles cubículos?

— O que você negociar — disse Darius.

— Por dinheiro?

— Não. Por amor a seu colega que busca o céu. Mas não, infelizmente — acrescentou, olhando para Salma —, com os empregados. Se não fosse assim, não seria um clube, e sim um...

— Sei o que seria — disse Bond.

O tempo passou rápido demais. Zohreh indicou a Darius, com um olhar pesaroso para o relógio de pulso, que precisava voltar. Bond permitiu que seus olhos contemplassem longamente as garotas nuas quando estas os precederam na saída da água e pegaram suas toalhas.

— Você parece triste por vê-las partir, James.

— Isso me parte o coração — disse Bond.

— Veremos o que podemos fazer para consertar isso enquanto você ainda estiver em Teerã. Agora, vamos resgatar o pobre e velho Farshad.

Secos, vestidos e recompostos, os três disseram adeus a Salma, a quem Darius e Bond gratificaram muito bem, depois andaram de volta pela área principal e passaram pela cachoeira rumo à entrada.

Do lado de fora, o ar parecia insuportavelmente quente e pesado com a fumaça de exaustores, em comparação com a fragrância do Clube Paraíso. Começaram a caminhar pelo estacionamento para ver onde estava estacionado o Mercedes azul.

Quando se aproximavam, Bond agarrou o braço de Darius.

— Espere aqui — disse.

Tirou a pistola do coldre e avançou cuidadosamente. Alguma coisa no ângulo do corpo de Farshad, visível pela janela do motorista, estava errada. Segurando o revólver à frente, Bond contornou o carro com as costas voltadas para a carroceria. Sem olhar para trás, abriu a porta do motorista. O corpo de Farshad tombou no chão. O piso estava ensopado de sangue. Farshad estava morto, mas sua mão apertava algo recentemente arrancado de sua boca.

9. A marca do morango

O desjejum foi levado para o quarto de Bond às oito da manhã seguinte, embora ele não tivesse feito nenhum pedido. Consistia em chá sem leite, um retângulo de queijo de cabra com ervas e uma fatia de pão redondo que parecia o piso do banheiro. Disse ao garçom que levasse o desjejum embora e tentasse novamente. Após dois telefonemas tensos, finalmente conseguiu extrair da cozinha um pouco de café preto e omelete, que comeu enquanto dava uma olhada no *Herald Tribune*, sentado à janela com vista para o monte Demavend.

Darius tinha ido ao funeral de Farshad, que, pela lei islâmica, tinha de acontecer antes de se completarem 24 horas da morte. Bond sentiu-se constrangido pelo pensamento de que sua presença em Teerã levara à morte do homem, o que, presumiu, era um aviso do pessoal de Gorner. Mas Farshad devia estar ciente dos riscos que seu trabalho impunha, e, sem dúvida, Darius compensaria bem sua família. "Feliz" na vida, mas não no final, pensou Bond enquanto se dirigia para o chuveiro.

Decidiu ir até as docas de Noshahr para investigá-las e averiguar o que Gorner estava tramando por lá. Precisaria de um intérprete e pensou que, quem quer que encontrasse, também teria de ser chofer. Era improvável que encontrasse em Teerã um carro que ele quisesse dirigir, e, de qualquer modo, uma pessoa do lugar teria mais conhecimento das normas do tráfego — se é que existia alguma —, nas curvas fechadas dos montes Elburz.

Bond tomou, primeiro, um dos táxis cor de laranja da fila do lado de fora do hotel e lhe disse que fosse à central do correio. Fazia outro dia de calor intenso, e, quando o táxi entrou no tráfego da avenida Pahlavi, pensou esperançosamente no ar frio que deveria encontrar no Cáspio. O táxi finalmente virou na avenida Sepah, com prédios ministeriais de um lado e o velho Palácio Real e o Senado do outro.

Pararam em frente à fachada amarela do correio, e Bond disse ao chofer para esperar. Em seu quarto no hotel, escrevera um longo telegrama, endereçado ao presidente da Universal Export, Londres. Usou um código simples de transposição, baseado no fato de que era o terceiro dia da semana e que a data era o dia quatro do sétimo mês. Sabia um pouco de criptografia e, por segurança, para o caso de ser capturado, preferiu fazer dessa maneira.

Acendeu um dos Morland que restava com os três anéis dourados e ficou embaixo do preguiçoso ventilador de teto enquanto aguardava que o garoto do telégrafo informasse que o texto havia sido transmitido com sucesso.

Enquanto esperava, notou que estava sendo observado por um homem magro, de cabelo avermelhado e pele branca. Estava sentado a uma mesa onde os moradores de Teerã preenchiam formulários e punham selos nas cartas. Tinha um copo de papel cheio de água junto aos lábios, mas não parecia beber dele. Embora a cabeça estivesse imóvel, os olhos passeavam sem cessar pelo salão, e o copo imóvel parecia apenas uma cobertura para a boca.

O garoto do telégrafo fez sinal de que o telegrama havia sido transmitido, e Bond pegou seus papéis no balcão.

Quando descia os degraus do correio, ouviu uma voz atrás dele.

— Sr. Bond?

Virou-se, sem responder.

Era o homem que estava no correio. Ele estendeu a mão.

— Meu nome é Silver. J. D. Silver. Trabalho para a General Motors.

— Mas é claro que sim — disse Bond. O aperto de mão era úmido, e Bond discretamente enxugou os dedos na parte de trás das calças.

— Será que poderia convidá-lo para uma xícara de chá? Ou uma soda?

Silver tinha voz esganiçada. De perto, pensou Bond, o nariz comprido e os cílios bonitos davam ao rosto dele a expressão atenta de um fox terrier.

Bond olhou rapidamente para o relógio.

— Tenho alguns minutos — disse.

— Há um café no bulevar Elizabeth — disse Silver. — Este é o seu táxi?

Bond fez que sim com a cabeça, e Silver orientou o chofer. Sentado a seu lado, Bond teve tempo de observar o terno Brooks Brothers, a camisa abotoada e a gravata juvenil. O sotaque era educado, da Costa Leste — Boston, talvez —, e as maneiras, tranqüilas.

— Onde está hospedado?

— Na cidade alta — disse Bond em tom neutro. — Como estão os negócios? Vejo muitos carros americanos, mas poucos modelos novos.

— Nós nos viramos — disse Silver, sem embaraço. — Talvez conversemos melhor quando chegarmos lá. — Olhou significativamente para o chofer.

Bond ficou feliz em manter silêncio. A frase de Darius — um "cidadão da eternidade" — lhe cruzou a mente.

— Vou lhe dizer o que vamos fazer — disse Silver. — Talvez seja melhor ficarmos na calçada. Bulevar Elizabeth. Recebeu o nome de sua rainha da Inglaterra. Tem árvores, bancos, sorvetes... Gosto de lá.

— Notei que há uma avenida Roosevelt também — disse Bond. — Seria Franklin D. ou Kermit?

Silver sorriu.

— Bem, acho que não seria Eleanor de forma alguma — disse.

Bond pagou a corrida e seguiu Silver até um banco embaixo de uma árvore. Mais acima, na rua, podia ver a entrada de um parque e, do outro lado, o campus da Universidade de Teerã. Era um típico país de espiões, pensou Bond: contatos breves, *dead drops*,* todos os rudimentos da espionagem podiam ser executados sem obstrução nessa movimentada área recreativa. No meio da avenida havia um canal, flanqueado por plátanos, onde a água corria mansamente. A intervalos havia longas varas de metal com canecas nas pontas, que os passantes sedentos mergulhavam na água.

— Bonito, não? — comentou Silver. — A água vem do Elburz. É bastante limpa em Shemiran, mas quando chega ao sul do mercado... Mas eles se orgulham dela. Esses pequenos canais se chamam *jubs*. Vêm de hidrovias subterrâneas, *quanats*, o grande sistema de irrigação. Conseguiram levar água até a metade do deserto. No interior do país, você pode dizer onde se encontram essas hidrovias por baixo da terra quando vê uma espécie de montículo na superfície.

---

* Locais secretos escolhidos para a troca de objetos entre espiões. (*N. da T.*)

— E esse é o ponto de acesso a elas? — perguntou Bond.

— Sim. Esta é a grande contribuição do Irã à moderna tecnologia. — Silver sentou-se no banco. — Quer um sorvete?

Bond sacudiu a cabeça. Acendeu seu último Morland enquanto Silver ia até um vendedor poucos metros atrás deles. Quando voltou, abriu um lenço limpo no colo enquanto lambia o sorvete de pistache.

— O que queria me dizer?

Silver sorriu.

— Ah, apenas conversar. As pessoas chegam à cidade, são novatas, talvez não lidem bem com a situação delicada que temos aqui. Você olha em torno, vê esses caras do deserto, como beduínos, em seus automóveis dilapidados... E, ei!, olhe só para aquilo.

Um ônibus vermelho de dois andares — um Routemaster londrino — passou vagarosamente por eles, largando uma fumaça negra de diesel.

— Você, às vezes, acha que isto aqui é algum lugar da África — disse Silver. — E todos esses kebabs e arroz. — Riu. — Deus, morreria feliz se nunca mais visse um pedaço de carne assada na minha frente. Ou a sua gente. Os ingleses.

— Britânicos — disse Bond.

— Certo. Estamos sentados no seu bulevar Rainha Elizabeth. Tudo parece ótimo, não é? O Xá é companheiro de vocês. Os Aliados puseram o pai dele para fora durante a Segunda Guerra Mundial porque ele parecia gostar um pouco demais dos alemães. Estávamos felizes com o cara que tomou o lugar dele, esse Mossadegh com seus pijamas. Mas vocês se zangaram quando ele nacionalizou o petróleo e chutou para fora todos os caras da British Petroleum, BP. Rapaz, vocês não gostaram nem um pouquinho daquilo. Chegaram para nós e disseram, "vamos tirar fora o Mossy, vamos trazer de volta o velho Xá, e a BP vai administrar os poços de petróleo novamente".

— E vocês fizeram isso — disse Bond.

Silver limpou os lábios cuidadosamente com o lenço, depois o reabriu no colo.

— Bem, por acaso, as coisas começaram a dar errado. Mossy começou a ficar amiguinho demais dos soviéticos. Eles têm fronteira comum, você sabe. Este país é o que olhamos com mais cuidado, além do Afeganistão. Então, decidimos nos movimentar.

Bond fez um sinal com a cabeça.

— Fico grato pela lição de história.

A língua de Silver apareceu e limpou as bordas da casquinha de sorvete.

— O que estou querendo lhe dizer é que este é um lugar onde tudo está mudando. Não existem apenas dois lados, nós e eles. Os persas sabem disso melhor que ninguém. É por isso que fecham conosco. Mais que isso, eles nos usam para se proteger. Têm armas americanas e milhares de pessoas nossas. E sabe o que mais? Três anos atrás aprovamos uma lei que isentou todos os americanos sediados na Pérsia de processos na Justiça.

— Todos vocês? — indagou Bond.

— Você entendeu a coisa. Se o Xá atropelar o meu cachorro, será chamado a prestar contas. Se eu atropelar o Xá, não poderão encostar um dedo em mim.

— Eu ainda preferiria os táxis, se fosse você — disse Bond.

Silver limpou a boca uma vez mais e, tendo acabado o sorvete, dobrou o lenço e recolocou-o no bolso do casaco.

Olhou para o outro lado da rua, para os plátanos e as filas de táxis cor de laranja.

Voltou-se para Bond e sorriu.

— Não é fácil, Sr. Bond. Precisamos trabalhar juntos. As coisas aqui estão sobre o fio da lâmina de uma faca. A América está lutando sozinha uma guerra pela liberdade no Vietnã, e, apesar de tudo que fizemos na Segunda Guerra Mundial, vocês não mandaram um único soldado para ajudar. Às vezes, o pessoal em Washington, não eu, mas aqueles sujeitos, começam a achar que vocês não estão falando sério a respeito da guerra contra o comunismo.

— Oh, estamos falando sério, sim, sobre a Guerra Fria — disse Bond. Seu corpo trazia as cicatrizes do quanto ele próprio se envolvera seriamente.

— Fico contente em ouvir isso. Mas não balance muito o barco, está bem?

— Farei exatamente o que vim fazer aqui — disse Bond. — Mas nunca tive nenhum problema com seus compatriotas. — Estava pensando em Felix Leiter, seu grande amigo texano mutilado por um tubarão. Na primeira vez que se encontrou com Felix, Bond viu que ele colocava os interesses de sua organização, a CIA, muito acima das preocupações comuns com os aliados do Atlântico Norte. Bond foi simpático àquilo. O Serviço também era sua maior prioridade. Além disso, concordou com a desconfiança de Felix dos serviços secretos franceses; para seu amigo, eles estavam infiltrados de simpatizantes comunistas em todos os níveis.

— Isso é bom. — Silver se levantou e começou a afastar-se. Acenou para um táxi da fila cor de laranja, que se movia rapidamente.

— Uma última coisa — disse. — Esse cara: Julius Gorner. Ele faz parte de um esquema muito maior do que você imagina.

Silver entrou no táxi e baixou a janela traseira.

— Não se aproxime dele, Sr. Bond. Aceite meu conselho. Não chegue a menos de 100 milhas dele.

O táxi de Silver entrou na corrente principal de tráfego sem sinalizar e recebeu uma saraivada de buzinas. Bond estendeu o braço para pegar um táxi também.

Com Darius no funeral de Farshad, Bond foi forçado a apelar para o balcão de recepção do hotel a fim de encontrar um táxi com motorista para sua visita ao Cáspio. O recepcionista lhe disse que o melhor motorista da companhia, com inglês fluente, estaria disponível às 8h da manhã do dia seguinte, e Bond decidiu que valia a pena esperar.

Pediu que um almoço de caviar e kebabs de frango grelhado fosse enviado a seu quarto com uma jarra de martíni gelado com vodca e duas limas frescas. Depois de comer, abriu na cama alguns mapas que comprara na loja do hotel e estudou a zona portuária da cidade, o mercado na praça Azadi, as docas comerciais, marinas e praias.

Em seguida, olhou o mapa da Pérsia. O país estava entre a Turquia e o Ocidente, com o Afeganistão a leste. Sua fronteira sul dava no Golfo Pérsico, e seu limite ao norte, no mar Cáspio. Embora fizesse fronteira com a Rússia Soviética na extremidade noroeste, pelo Azerbaijão, as estradas pareciam ruins. Mas pela margem nordeste do Cáspio, por Astracã, a distância até Stalingrado era pequena.

Bond tentou pensar nas implicações da geografia. Se Gorner tinha uma conexão de drogas com a União Soviética, era difícil ver como conseguia tirá-las de lá a partir de uma pista de pouso no deserto, ao sul. Aviões pequenos não teriam combustível suficiente, enquanto os grandes apareceriam no radar soviético.

Havia alguma coisa no Cáspio que atraía seu olho para lá. O problema era que a cidade soviética de Astracã, no norte, ficava a cerca de 600 milhas, calculou, do litoral persa no sul. Que tipo de embarcação poderia tornar essa distância exeqüível?

Ao mesmo tempo, o interior da Pérsia era em grande parte ocupado por dois desertos. Ao norte, na direção de Teerã, ficava o deserto salgado, Dasht-e Kavir. No sudeste, e muito mais remoto, ficava o deserto de areia, Dasht-e Lut, que parecia não ter nenhum assentamento humano, embora fosse para sua extremidade sul, para Bam, que a Savak enviara o esquadrão em busca de Gorner.

Presumivelmente, a Savak sabia de alguma coisa. Apesar de menos conveniente para Teerã e o Cáspio, esse deserto, o Dasht-e Lut, tinha uma estrada de ferro em sua borda sudeste que passava por Kerman e Yazd, cidades razoavelmente grandes, com pistas de pouso, embora pelo mapa fosse difícil dizer o tamanho das pistas. Também havia estradas que pareciam grandes nesse lado sudeste do deserto de Dasht-e Lut, via Zahedan, direto para a fronteira do Afeganistão, logo abaixo de Zabol.

Zabol. Soava como o fim do mundo. Que tipo de cidade de fronteira seria?, pensou Bond. Sentiu sua curiosidade espicaçada.

O telefone na cabeceira fez seu estranho ruído eletrônico.

— Sr. Bond? É da recepção. Há uma senhora aqui que deseja vê-lo. Ela não disse o nome.

— Diga-lhe que vou descer imediatamente.

Certamente não havia chance de ficar sozinho em Teerã, pensou Bond sombriamente, enquanto caminhava em direção ao elevador. Podia apenas presumir que fosse alguém enviado por Darius, uma vez que ninguém mais, exceto talvez três pessoas em Regent's Park, sabia de seu paradeiro.

Do outro lado do piso de mármore branco do saguão, com as costas para ele enquanto olhava a vitrina de presentes, havia uma mulher de cabelos negros amarrados em um meio rabo-de-cavalo, com uma blusa branca sem mangas e uma saia azul-marinho até o joelho, com elegantes pernas nuas e sandálias de dedo.

Bond sentiu a pulsação acelerar-se por uma fração de segundo enquanto se aproximava. Ao barulho de seus passos, a mulher virou-se. Quando viu seu rosto, Bond não conseguiu evitar a euforia em sua voz.

— Scarlett — disse. — Mas o que você...

Ela sorriu e pôs o dedo nos lábios dele.

— Aqui não. Talvez em seu quarto.

Bond não ficou tão desorientado ao ver Scarlett novamente a ponto de esquecer as precauções mais elementares.

— É melhor sairmos para dar uma volta.

— Tenho 5 minutos.

— Há um pequeno parque ali adiante.

Quando saíram do hotel, com o barulho do tráfego enchendo os ouvidos, Bond disse:

— Diga-me, Scarlett...

— Não sou Scarlett.

— O quê?

— Sou Poppy.

— Ela me disse...

— Ela disse que eu era mais nova? Ela sempre diz isso. — Poppy deu um breve sorriso. — E sou. Vinte e cinco minutos. Somos gêmeas, embora dizigóticas.

— Vocês o quê?

— Não somos de fato idênticas, apenas...

— Você poderia ter me enganado. Vamos sair daqui.

A uns cem metros acima, na avenida, havia uma área verde entre as casas, com bancos de madeira e alguns balanços infantis. Sentaram-se em um banco e ficaram com as cabeças juntas. Para observadores, Bond esperava que parecessem amantes em conversa íntima.

— Estou aqui com Gorner — disse Poppy. — Ele sabe que você está em Teerã. Ele me mandou sair do escritório para pôr uma carta no correio. Chagrin me matará se eles souberem que vi você. Tenho uma coisa para lhe dar.

Depois de olhar em torno, entregou-lhe um pedaço de papel dobrado.

Bond sentiu a pressão desesperada dos olhos dela sobre ele.

— Vai para Noshahr? — perguntou ela.

Bond assentiu.

— Bom. Esse papel ajudará.

— Onde fica o quartel-general de Gorner no deserto?

— Não sei.

— Mas você esteve lá.

— Vivo lá. Vamos para lá de helicóptero. Mas ele me põe para dormir, então não sei. Apenas o piloto sabe.

— É perto de Bam? — disse Bond.

— Talvez, mas meu palpite é que fica mais perto de Kerman. Vamos primeiro de carro até Yazd. É lá que ele me dopa.

Bond olhou firme dentro dos olhos grandes, implorantes, de Poppy. Ela era tão parecida com a irmã que quase chegava a assustar. Seria 50 ou 100 gramas mais magra? Havia um vermelho febril nas maçãs de seu rosto? Seu sotaque seria mais Chelsea e menos francês cosmopolita? Os lábios cheios eram os mesmos. A única diferença real que podia ver era que os olhos de Scarlett eram castanho-escuros, enquanto os de Poppy eram de uma tonalidade mais clara, salpicada de verde.

— Poppy — disse gentilmente, pondo a mão sobre a dela. Sentiu-a estremecer. — O que quer que eu faça?

A garota olhou profundamente em seus olhos.

— Mate Gorner — disse. — É a única coisa que pode fazer. Mate-o.

— Apenas me levantar e...

— Mate-o. É tarde demais para qualquer outra coisa. Sr. Bond, não é...

— James.

— James. Não é apenas por mim. Preciso mesmo de sua ajuda, é verdade, preciso desesperadamente da sua ajuda... — Hesitou por um momento, depois se controlou. — Mas é mais que isso. Gorner vai fazer algo terrível. Vem planejando há meses. Está pronto para isso a qualquer momento e não há nada que eu ou outra pessoa possamos fazer para detê-lo. Se tivesse acesso a uma arma, eu mesma o mataria.

— Não sou um assassino, Poppy — disse Bond. — Estou aqui, antes de tudo, para descobrir o que esse homem está fazendo, depois vou informar ao meu pessoal em Londres.

Poppy praguejou — uma palavra simples e pungente que Bond nunca ouvira uma mulher pronunciar. Depois, disse:

— Esqueça. Esqueça os relatórios. Não há tempo. Não compreende, James?

— Todo mundo que conheço me diz, em geral, para tomar cuidado e ficar longe de Gorner. Agora você me diz para chegar perto dele. Matar sem fazer perguntas.

— Sei mais que qualquer outra pessoa — disse Poppy. — Conheço-o melhor que qualquer um.

Bond sentiu um aperto de insegurança, a mesma sensação que tivera ao ver Scarlett em seu quarto no hotel em Paris.

— Como vou saber se você é quem diz ser?

— Está perguntando como pode saber se sou ou não sou Scarlett?

— Entre outras coisas — disse Bond. Não mencionou a cor dos olhos.

— Já viu Scarlett nua? — indagou Poppy.

— Os banqueiros normalmente tiram as roupas para conhecidos de negócios no primeiro ou no segundo encontro?

Poppy ficou de pé e apontou para o alto de sua coxa.

— Bem, tenho uma pequena marca de nascimento aqui. Ela, não. Ela é perfeita. Venha.

Segurou a mão de Bond e o levou para um pequeno grupo de árvores perto do muro do parque infantil. Com as costas voltadas para a parede, desabotoou o cós e puxou o zíper da saia, olhou para ambos os lados e, depois, baixou-a algumas polegadas. Logo abaixo da linha da calcinha branca de algodão havia uma marca da cor e do tamanho de um morango.

— Aí está. — Ela arrumou a saia.

— Encantadora — disse Bond. — Mas até eu encontrar Scarlett...

— Eu sei. Mas é o melhor que posso fazer por você agora.

Bond fez um sinal afirmativo com a cabeça.

Poppy tomou as mãos dele entre as suas.

— Por favor, não me desaponte, James. Eu imploro. Não é apenas a minha vida, é muito mais que isso.

— Eu sei — disse Bond.

— Tenho de ir. Rezo a Deus para ver você em breve, James.

Bond observou a frágil garota correr pelo parque e depois atravessar seis pistas de tráfego veloz até alcançar o outro lado da avenida. À diferença de Scarlett, ela não se virou para acenar, mas mergulhou no primeiro táxi que conseguiu parar.

De volta ao quarto no hotel, Bond foi até a varanda que dava para o sul, sobre a cidade, e desdobrou o pedaço de papel. Era um mapa das docas de Noshahr, desenhado a lápis, presumivelmente pela própria Poppy. Ela marcara um hotel chamado Jalal's Five Star com as palavras "melhor que o resto".

Escrevera "Isfahani Brothers Boat Building" na margem do papel. Uma linha ia das palavras a um ponto no meio de uma rua nas docas. Poppy também escrevera o nome e o endereço em persa.

10. Um navio com asas

Foi com uma sensação de alívio e excitação que Bond se sentou no banco de trás de um Cadillac cinza em frente ao hotel, na manhã seguinte.

— Sou Hamid — disse o motorista, um homem de aparência solene com cabelo grisalho e um grande bigode negro tipo vassoura. — Eu levo você ao mar Cáspio. Você traz calções de banho? — Hamid olhava para a pequena pasta que Bond levava consigo.

— Sim — respondeu Bond. — Trouxe calções de banho. Entre outras coisas.

A pasta continha um nécessaire, mapas, uma camisa extra e uma muda de roupa de baixo. Ele não esperava gastar mais de um dia em Noshahr. Em um compartimento oculto na parte detrás da pasta, abaixo das dobradiças, havia um silenciador para a Walther, munição extra e o que o armeiro, major Boothroyd, olhando para Bond com seus olhos cinzentos, peculiares e firmes, disse que "era uma coisinha extra para o caso de as coisas esquentarem".

Bond, que não gostava de maquinismos, não se preocupou em familiarizar-se com "a coisinha". Apenas depois de considerável relutância foi persuadido a levar um isqueiro Ronson Varaflame, cuja ação acessória era lançar um pequeno dardo com um veneno que podia imobilizar um homem de compleição média durante seis horas. Quanto ao mais, preferia viajar com o mínimo de bagagem, confiando apenas em seus reflexos e, se necessário, no poder de barragem da Walther PPK. Até o silenciador Bond via como estorvo, capaz de custar momentos preciosos para ser ajustado à arma ou, se já estivesse em posição, ficar preso às roupas quando sacasse a pistola.

Quando se recostou, observando os subúrbios do norte de Teerã, rompeu o lacre de um maço de Chesterfields, o melhor cigarro americano que encontrou na loja do hotel. Um cheiro fresco e tostado encheu o carro quando ofereceu um a Hamid. Após recusar três vezes — que, como Bond aprendera, era típico em Teerã —, Hamid aceitou com entusiasmo.

Bond sentia grudado ao peito o algodão *sea-island* de sua camisa, no furioso calor da manhã. Na ausência de ar-condicionado, baixou a janela para a atmosfera sufocante das ruas. Outrora, antes que a cidade se espalhasse para o norte, Shemiran era considerada um refúgio para o pior do verão. Depois, segundo Darius, Shemiran se urbanizara, e as famílias ricas encontraram *baghs* — pomares ou jardins com uma cabana rústica —, nos vales baixos e verdes do monte Demavend, onde podiam passar dois meses idílicos próximo a um riacho, viver a vida simples de seus ancestrais, comer alimentos das hortas da pequena cidade rural, sair para caminhadas nas montanhas e recitar poesia até tarde da noite.

Finalmente, para encontrar um clima tolerável e escapar das sempre crescentes multidões, os ricos foram forçados a instalar-se nas montanhas Elburz. O ar úmido e frio do local de destino era amplamente desejável, mas o tráfego persa a tornava uma jornada cheia de eventos.

— "O Caminho de Mil Abismos" — disse Hamid, fazendo um gesto para a direita.

Quando começaram a subir, a estrada foi obrigada a serpentear e voltar sobre si mesma. Hamid mantinha o pé na mesma posição no acelerador, não importava o terreno. Ele apenas mudava a marcha com a mão esquerda, deixando a direita livre para gesticular.

— O Vale do Destino — disse. — Colina das Virgens... Cova dos Leões... Cruzando o Grande Perigo.

Às vezes, nos diques e ravinas abaixo deles, Bond podia ver ruínas enferrujadas de carros e ônibus. Quando Hamid se aproximava de uma curva particularmente fechada, gritava devotamente *Allahu Akbar*, Deus é grande, preferindo confiar na grandeza de Deus que em qualquer mudança de velocidade que poderia obter levantando o pé direito.

Vagarosamente, o ar começou a clarear. Após duas horas, Hamid parou em uma casa de chá em uma colina e fez um gesto para que Bond o seguisse. Sentaram-se em uma varanda e beberam chá preto adocicado, olhando a direção de onde tinham vindo. Teerã espalhava-se ao sul, escassamente visível na neblina do calor e da fumaça, um gigantesco símbolo do esforço humano no meio do deserto.

Hamid retirou-se para a parte dos fundos, a fim de tratar de alguma coisa com o dono da casa de chá, que parecia amigo dele, depois chamou Bond de volta para o carro. Após uma hora, aproximadamente, cruzaram a parte mais alta da montanha e, a partir do momento em que começaram a descer em direção à planície do mar Cáspio, sentiram a umidade e o abençoado frescor do ar. No horizonte, cintilando como uma miragem, as águas azul-turquesa do maior mar interno do mundo.

Muito abaixo deles, Bond podia ver a estrada do vale, torcendo-se como uma cobra pela vegetação luxuriante, e distinguir os burros e camelos na superfície poeirenta, bem como os ônibus que se dirigiam à costa, com o teto cheio de bagagem. Os animais moviam-se vagarosamente entre numerosos Volkswagens, tanto camionetes que pareciam trailers como os conhecidos sedans, assim como entre carros retangulares que, imaginou, eram fabricados localmente.

Bond respirou profundamente quando passaram pelos laranjais — em parte pelo cheiro do cítrico no ar tropical e em parte como preparação para o que tinha pela frente. Após escassas 36 horas para se aclimatar, ele agora se aproximava do que Felix Leiter chamaria de objetivo espinhoso de sua viagem.

Era hora da sesta quando chegaram a Noshahr, e Bond disse a Hamid que rodasse um pouco por ali para que pudesse ter uma idéia do lugar. As melhores casas, inclusive a residência de verão do Xá, ficavam um pouco afastadas do mar, em ruas ladeadas de palmeiras, mas também havia bons hotéis na beira da praia, entre eles o Jalal's Five Star, o que Poppy recomendara, e foi ali que pararam para comer.

— Hamid — disse Bond, enquanto o motorista mergulhava em uma pilha de kebabs de carneiro e arroz —, temos de ter um plano. Você compreende? Você me leva para a área das docas, depois me deixa lá. Se eu não estiver de volta a este hotel às 8h da noite, você telefona para o Sr. Darius Alizadeh. Este é o número. Ele saberá o que fazer.

Bond entregou alguns rials ao chofer.

— Isso deve cobrir tudo — disse. — Você está bem?

— Alá proverá — disse Hamid, sem muita convicção. — Posso transmitir qualquer mensagem que queira, Sr. Bond. Eu compreendo caixa-de-correio-morta.*

**Dead-letterbox*, ou *mailbox*, que Hamid confundiu com *dead drops*. (*N. da T.*)

Bond riu.

— Você o quê?

— Eu dirigi uma vez para homem americano. Sr. Silver. Ele também precisava intérprete. Uma coisa, Sr. James. Gosto de comer caviar. Aqui é muito bom.

— Bem, suponho que seja mesmo. Direto do mar. Sabe por que é tão raro?

Hamid fez que sim com a cabeça.

— É ovo de esturjão. Mas não fertilizado pelo macho.

— Certo. "E a virgem esturjão não precisa de estimulação / Eis porque..." Não se preocupe, Hamid. Não é mesmo um poema persa, suponho. — Bond pôs a mão no bolso de trás da calça. — Tome isto. Acho que cobrirá tudo. Em troca, você ficará alerta.

— Alerta — disse Hamid, enfiando no bolso as notas extras e caminhando pesadamente para a porta do salão de refeições do hotel.

— Me dê 1 minuto para trocar de roupa — disse Bond, dirigindo-se ao toalete masculino.

Um minuto depois estavam de volta ao carro e entraram vagarosamente na principal seção das docas, com Bond se orientando pelo mapa de Poppy e Hamid dizendo em voz alta o nome das ruas. Havia dois ou três grandes cargueiros ancorados, assim como esquadras de pesqueiros. O tamanho das docas impressionava, pensou Bond. Embora estivessem a uma pequena distância da praia, onde os turistas tomavam banho, poderiam receber um par de destróieres na área abandonada de esplanadas intermináveis, armazéns e trechos em construção.

— É aqui — disse ele. — Agora leia os nomes na fachada dos edifícios.

Hamid iniciou uma longa lista enquanto passavam, recitando em persa, até chegar a "Isfahani Brothers Boat Building".

— Boa menina, Poppy — disse Bond enquanto saía do carro. — Lembra-se do que lhe disse, Hamid?

— Oito horas, Sr. Bond.

— Antes de chamar o Sr. Alizadeh, dê uma checada neste poste aqui. — Bond apontou para um tubo de metal enferrujado que algum dia, presumivelmente, sustentara um sinal de trânsito. — Olhe ali e veja se há um bilhete.

Pela primeira vez naquele dia, um brilho de animação apareceu na cara solene de Hamid. Seus olhos faiscaram e ele sorriu.

— Carta morta — disse.

— Mais ou menos — disse Bond, surpreso com as próprias precauções. Algum instinto lhe dizia para tomar cuidado.

Observou Hamid virar o carro e desaparecer e, depois, se aproximou do prédio.

Uma escada externa subia por um lado e parecia ser a única entrada para pedestres. Bond andou pela avenida, buscando um lugar menos óbvio para entrar. Ao fazer isso, notou que o edifício principal não era exatamente o que parecia visto de frente da doca. Junto a ele, em um nível mais baixo, havia uma espécie de anexo, com cerca de um terço de acre de extensão, que não era coberto, como o resto, de madeira barata, creosotada, e sim, pelo que pareceu a Bond, de aço inoxidável. O anexo se estendia cerca de 50 metros mar adentro, oferecendo, talvez, uma doca mais profunda que as disponíveis em outros lugares.

Com a curiosidade despertada, Bond foi até o lado do edifício para ver se descobria algum jeito de entrar. A concha parecia não ter nenhuma abertura — porta, janela ou qualquer outro tipo de entrada. O único acesso visível seria por meio de uma estreita rampa móvel e fechada que vinha do prédio velho, coberto de madeira.

Após andar duas vezes para cima e para baixo nas docas, para ter certeza de que não estava sendo observado, Bond foi para trás de um caminhão Fiat e tirou a roupa, ficando de calções de banho. Dobrou as roupas e — com alguma relutância — pôs a Walther PPK entre elas, formando um embrulho que escondeu atrás de um contêiner cheio de lixo. Quando trocara de roupa no hotel, atara uma faca do exército à perna, logo abaixo do joelho. Olhando para os dois lados, cruzou para a beira das docas e mergulhou, o pé tocando primeiro na água. A superfície cintilava com arco-íris de óleo derramado e exalava o cheiro adocicado e asfixiante do diesel. Bond esvaziou os pulmões, mergulhou e se impulsionou para baixo.

Quando abriu os olhos, viu as grandes pernas de metal que seguravam a concha. Havia cerca de uma dúzia de cada lado, ancoradas em blocos de concreto no fundo do mar. O que não previra é que os lados do edifício continuassem até embaixo, chegando quase ao mesmo nível que os blocos de concreto. Alguém fora muito rigoroso e muito precavido. Nadou até a base da parede, procurando um lugar por onde entrar. A ondulação natural do fundo do mar, particularmente em áreas próximas à costa, significava que, com muita certeza, haveria um vão. Era provável, pensou, que o edifício fosse aberto na face que ficava de frente para o mar, mas demoraria muito para nadar até lá sem ter de subir à superfície.

Estava embaixo d'água havia 1 minuto e, embora fosse mergulhador experiente, com excelentes pulmões, sabia que não poderia ficar muito mais tempo ali. Acima dele, as paredes de metal subiam verticalmente, desaparecendo na obscuridade das ervas marinhas e da água turva. Com as mãos, podia sentir os rebites e as juntas, mas eles formavam uma parede única e rija. Quem quer que tivesse construído essa coisa tinha dinheiro, conhecimento e poder industrial.

Bond sentia as pernas enfraquecerem enquanto o oxigênio que corria em seu sangue começava a rarear. Era a construção da coisa que o fazia ter certeza de que estava perto de descobrir algo importante. A determinação deu mais um impulso às pernas doloridas enquanto Bond abria bem os olhos na água suja. Ao lado de uma rocha, o aço tinha sido cortado para se encaixar. Entre a rocha e a beirada denteada do aço só havia espaço para se espremer, calculou Bond. Aproximou-se de frente, preferindo ser cortado pelo aço nas costas e usar o apoio da rocha para manter-se embaixo, contra a tendência natural a boiar. Seus pulmões estavam quentes e constritos. Era como se suas costelas e seu esterno estivessem sendo impelidos para fora por golpes de um martelo a vapor no peito. Empurrou-se para frente e sentiu os cortantes dentes do aço na espinha e a dureza da rocha escorregadia no abdome. Com um último e desesperado impulso, conseguiu passar. Deu três ou quatro grandes braçadas na água limpa e, depois, se deixou flutuar, com a cabeça inclinada para trás e as mãos na frente do corpo em um gesto de autodefesa. Após alguns segundos, seus dedos encontraram metal. Virou-se de costas e viu o contorno de um casco imenso, ligeiramente arredondado. Seu cérebro, privado de oxigênio, ainda lhe disse que um casco levava para cima e que ele devia seguir seu contorno.

Enquanto subia rapidamente pelo lado, suas mãos encontraram algo mais, que se estendia em ângulo reto em relação ao casco, como a asa da fuselagem de um avião.

Um navio com uma asa... Não era possível, pensou Bond, passando ao lado da "asa" com seu último resquício de força. Talvez isso não fosse de forma alguma um navio ou um avião, mas simplesmente um piso embaixo do qual estava preso e a qualquer segundo iria expirar. Freneticamente, abriu caminho para cima ao lado de metal, enquanto uma dormência subia dos membros para o cérebro. A água clareou, e ele chegou à superfície com um dilacerador arquejo.

Durante 1 minuto, precisou de todo o ar que podia respirar só para ter força suficiente para se mexer um pouco na água. Quando, finalmente, seu pulso e sua respiração começaram a voltar ao normal, olhou em torno.

A paisagem que seus olhos encontraram era uma das mais estranhas que já vira. A gigantesca estrutura de aço era como um hangar, mas continha apenas um aparelho. Mas ele não fazia a menor idéia do que era aquele aparelho.

Cautelosamente, sentindo o sal nas feridas em suas costas, e calmamente para não chamar atenção, Bond afastou-se da coisa monstruosa para ter uma visão melhor dela. Apoiando a mão do lado do hangar, deixou que seus olhos absorvessem a espantosa visão.

Calculou que devia ter, da cauda, que estava em terra, até o nariz, que se enfiava embaixo de redes de camuflagem no mar Cáspio, mais de 90 metros de comprimento. A cauda se erguia com duas grandes barbatanas, e o estranho aparelho tinha asas, que haviam sido cortadas — amputadas logo antes de começarem a afinar. O nariz se parecia ao de um avião de passageiros, mas atrás dele, montados no alto da fuselagem, havia dispositivos que se assemelhavam a oito turbinas de jato.

O aparelho estava claramente à vontade na água, embora não tivesse motores na superfície e devesse, portanto, viajar pelo ar. As asas abreviadas, por sua vez, certamente não lhe conferiam equilíbrio suficiente para voar em qualquer altitude. Mas, por outro lado, pensou Bond subitamente, talvez esse seja o ponto: um veículo anfíbio veloz, que voe baixo, capaz de cobrir grandes distâncias abaixo do radar.

Se a coisa funcionava segundo os princípios de um aerobarco, ou algo parecido, então talvez pudesse operar em terra também — desde que a superfície fosse plana. A mente de Bond voltou aos mapas que havia deixado em seu quarto no hotel. Ele se lembrou das terras baixas soviéticas ao norte de Astracã e na distante margem noroeste do Cáspio. Era possível que essa máquina monstruosa pudesse ir, em linha reta, sem escalas, das docas da Noshahr persa direto até Stalingrado?

Havia uma porta de carga do lado direito, ligada por uma pequena ponte provisória de aço à galeria em torno. No fundo do hangar, pilhas de caixas estavam amarradas a grossas ripas de madeira. Bond pôde ver duas ou três pequenas empilhadeiras paradas ali.

Quando se certificou de estar completamente recuperado do mergulho, escorregou para baixo da superfície e começou a explorar o lugar. Queria ter certeza de que não havia mais ninguém no hangar e encontrar uma forma de subir até a galeria, claramente impossível de ser escalada a partir dos lados convexos da fuselagem do aparelho. Foi silenciosamente pela superfície da água turva em direção à cauda do grande anfíbio e, à sua frente, viu uma escada de metal presa a um lado da doca. Com braçadas calmas, nadou em direção a ela.

Parando 1 minuto para se recompor, depois de ter subido a escada, Bond fez uma rápida inspeção visual do hangar. O que precisava era de uma câmera. Teria de voltar, pensou, com a câmera Minox B à prova d'água, feita para ele em Londres.

Normalmente, era usada em fotos à curta distância, mas ele tinha lentes customizadas Zeiss para longa distância.

Enquanto isso, subiu os degraus para o andar superior e foi até o caixote de carga mais próximo e levantou a tampa com um pedaço de ferro que encontrou em uma das empilhadeiras. A caixa não era maior que um baú de chá, mas estava cheia até a boca de bolsas de polietileno muito resistente, do tipo usado por construtores em fundações à prova de umidade. Bond pegou uma. Pesava cerca de 2 quilos. A cobertura era tão grossa que era difícil dizer o que havia dentro. Os pacotes eram todos do mesmo tamanho e tinham sido claramente produzidos e carregados não à mão, mas em uma linha de montagem.

Enquanto pensava no próximo passo, Bond escutou ruído de atrito de metal e, quando uma porta foi aberta para a galeria, atirou-se ao chão atrás das caixas empilhadas. Ouviu-se o som de uma voz de homem, depois de outro, respondendo. Quando se apertava contra o chão, Bond notou o que parecia ser um torrão de terra marrom.

Praguejou silenciosamente. Não era surpresa que tivesse sido ouvido. O torrão era um SID — aparelho Sísmico de Detecção de Intrusos —, um dos mais discretos brinquedos dedos-duros da década. Podia detectar movimentos de pessoas, animais ou objetos a 300 metros de distância. Era alimentado por três células de mercúrio e tinha uma antena interna com um par de pólos magnéticos e um transmissor de 150 MHz, que informava suas descobertas por intermédio de impulsos codificados — e tudo isso no que parecia ser um casco de bezerro ou um torrão de terra.

Bond ouviu o barulho de pés que corriam e um grito. Se voltasse para a água, teria de subir à superfície para respirar antes de atingir a relativa segurança do mar aberto. Mesmo que se escondesse embaixo da fuselagem, teria de vir à tona para respirar em algum momento e poderia ser pescado. Não havia chance de encontrar novamente a fissura na parede de aço pela qual entrara. Teria de sair por terra.

Quanto mais cedo alcançasse o guarda e o livrasse de sua arma, mais chance teria. Não fazia sentido ficar ali esperando que o SID alertasse mais guardas de sua presença.

Cautelosamente, consciente de sua quase nudez, Bond saiu de trás das caixas. O guarda descera para a galeria mais baixa, provavelmente para assegurar-se de que o aparelho não fora danificado. Estava cinco metros abaixo da galeria onde se encontrava Bond, mas Bond achou o pulo muito longo para ter a certeza de aterrissar sem se ferir nos ombros do guarda.

Desembainhando a faca, arrancou um pedaço do tubo de ferro do trilho que margeava a galeria e jogou-o o mais longe que pôde. Quando o guarda correu para o local de onde vinha o retinido, Bond pulou para a galeria inferior e correu por ela até a área da cauda do avião. Saltou justo a tempo de esconder-se atrás dela quando o guarda retornou e começou a voltar sobre os próprios passos.

Com o rosto a poucos metros de distância da cauda do avião, Bond observou uma coisa estranha: ela estava pintada com a bandeira britânica.

Ouviu os passos pesados do guarda voltando e, quando ele estava à sua frente, Bond pulou o metro e meio ou tanto de distância da cauda ao guarda. O homem deixou escapar um gemido espantado quando caiu com o rosto para baixo sob o peso de Bond.

— A arma — disse Bond, comprimindo a ponta de sua faca militar contra a artéria do homem. — Solte a arma.

O homem se contorceu e lutou, então Bond espetou a ponta da faca em sua carne, de onde saiu sangue. Relutantemente, o guarda largou a arma, e Bond a afastou com o joelho na passarela de metal.

Em vez de cortar a garganta do homem, Bond usou a carótida para derrubá-lo. Pouco mais de 5 quilos de pressão nas artérias carótidas são suficientes para deter o fluxo de sangue para o cérebro e, quando isso acontece, a pessoa comum perde a consciência em 10 segundos. Enquanto pressionava com força o pescoço suado do homem, Bond sabia que, depois de desmaiar, o bandido só recobraria a consciência após mais ou menos 15 segundos, mas ainda estaria fraco e desorientado — e 15 segundos lhe dariam tempo suficiente para a saída apressada que planejava.

Quando sentiu o pesado corpo amolecer sob seu peso, Bond agarrou a pistola e correu para o nível mais alto, onde pegou o pacote embrulhado em polietileno. Quando corria em direção à porta, ouviu o guarda, já reanimado, chamar do nível inferior.

Bond não teve tempo para pensar no que poderia estar atrás da porta quando correu para a abertura e saltou.

11. "Boas calça"

Seus olhos levaram algum tempo para se acostumar ao novo cenário. Era um estaleiro com um único barco em construção. Ouvia-se o guincho alto de uma folha de metal sendo cortada com serrote e pregada. Bond ficou imóvel por um instante. Depois, começou a caminhar vagarosamente ao longo da extensa passagem coberta, no fim da qual podia ver degraus de madeira que conduziam a uma plataforma onde uma porta estava aberta e levava aos degraus externos — e à liberdade. Havia chegado ao alto da escada quando ouviu o guarda correr de volta do hangar e gritar da porta de ligação com a passagem. Bond virou-se e atirou uma vez, depois desceu os degraus correndo e foi em direção à porta. Ouviu tiros sendo disparados e o lamento de uma bala que atravessou a parede de madeira acima de sua cabeça. Correu em ziguezague em direção à porta, evitando três tiros baixos que ricochetearam fora da plataforma.

À sua frente, na porta, estava um segundo guarda, com os pés afastados, preparando-se para disparar. Bond deu dois tiros no diafragma do homem com o revólver do primeiro guarda e saltou sobre o corpo caído para emergir ao sol da tarde.

Na vida, havia um tempo de ir em frente — atacar —, mas também havia um tempo, na opinião de Bond, de cair fora. A sobrevivência estava em saber qual era o quê. Até a famosa viagem do profeta, sua *hejira* para a Cidade Sagrada, Darius lhe dissera, fora, na verdade, uma retirada tática. Então, foi a palavra arábica que Bond murmurou para si mesmo — "*hejira*" — quando, sem olhar para trás, correu o mais rápido que pôde em direção à estrada. Cobrira apenas uns 90 metros rumo à cidade quando ouviu o clamor de uma buzina vindo de uma das ruas laterais.

Vinha de um Cadillac cinza, e, na janela do motorista, Bond só conseguiu divisar um grande bigode.

— Entre, Sr. James. O senhor não ir lugar algum em suas calças de banho. — Hamid abriu a porta de trás e Bond mergulhou no assento.

— Vai, Hamid! Vai! — gritou.

Hamid não precisou de mais estímulo, e os pneus deixaram marcas pretas de borracha na rua das docas. O Cadillac passou com os pneus cantando pelo pequeno e limpo mercado da praça Azadi e depois, velozmente, pela alameda dos milionários, flanqueadas de palmeiras, na parte da cidade mais afastada da praia.

Quando teve certeza de que não estavam sendo seguidos, Bond disse:

— Está bem. Diminua a marcha.

Hamid pareceu desapontado, mas fez o que Bond lhe disse. Virou-se, em seguida, e seu bigode torceu-se de divertimento.

— O que tem? — perguntou, apontando para o pacote.

— Não sei — disse Bond. — Vou descobrir quando voltar ao hotel. Você me deixa lá, depois vai comprar para mim camisa e calças novas.

— E o senhor gosta de roupas americanas?

— Sim — disse Bond cautelosamente. — Algo simples, nada quadriculado ou com listras. Diga-me, Hamid, por que estava esperando?

Hamid encolheu os ombros.

— Eu não ter nada mais para fazer. Eu paro ali, dou uma olhada em volta. Parece... não muito bom. Eu ter sensação ruim. Penso que o senhor precisar Hamid.

— Pensou certo, meu amigo.

De volta ao hotel, Bond explicou que queria o melhor quarto que tivessem. O recepcionista entregou-lhe uma chave, olhando de cima a baixo, suspeitosamente, a figura de Bond, seminu e sangrando.

— Minha bagagem está a caminho — explicou Bond. — Diga ao homem, Hamid, o número do quarto em que estou.

O quarto ficava no segundo andar e tinha uma sacada com uma boa vista para um jardim tropical que se estendia até o mar. Era um aposento simples, sem rádio, refrigerador ou outros acessórios, mas tinha um banheiro grande e limpo. Bond não se preocupou em fazer checagens de segurança. Ninguém poderia ter entrado antes dele, porque havia acabado de decidir hospedar-se ali. Foi para a ducha e, ao menos por esta vez, não a abriu toda, ficando com as costas embaixo da água e gemendo.

Enquanto se secava, ouviu uma batida à porta. Abriu-a e viu o recepcionista, que segurava uma pequena salva de prata.

— Senhora manda cartão — disse o homem. — Ela gosta de ver o senhor. Espera embaixo.

— Obrigada.

Bond pegou o cartão e o virou. "Srta. Scarlett Papava. Gerente de Investimentos. Banco Diamond and Standard. 14 *bis* rue du Faubourg St Honoré."

Ele praguejou uma vez, pesadamente, mais de descrença que de irritação.

— O que digo à senhora?

Bond sorriu.

— Diga à senhora que o Sr. Bond não pode descer porque não tem calças. Mas se lhe agradar vir até aqui com uma garrafa de champanha gelada e duas taças, terei prazer em recebê-la.

Enquanto o espantado recepcionista desaparecia, Bond deu uma risada baixa, de incredulidade. Uma coisa era Scarlett tê-lo encontrado e tentado contratá-lo em Roma e Paris, mas aparecer quando ele estava em plena ação... Era quase como se não tivesse confiança nas habilidades dele. Presumivelmente, Poppy a contatara por telefone em Teerã, e lhe dera o nome do Jalal's Five Star. Mesmo assim...

Houve uma batida à porta. Bond olhou-se ao espelho do banheiro. Um cacho de cabelo preto, umedecido pela ducha, pendia em sua testa. A cicatriz na bochecha estava menos visível que o comum, graças ao efeito bronzeador do sol persa. Seus olhos estavam vermelhos da água salgada, mas conservavam, apesar dos tênues fios vermelhos que pareciam uma teia de aranha, a expressão fria, levemente cruel.

Bond encolheu os ombros. Não havia nada que pudesse fazer para tornar-se mais apresentável para a Srta. Scarlett Papava. Então, foi abrir a porta.

— James! Meu Deus, você está bem?

— Sim, obrigado, Scarlett. Ensangüentado, mas não abatido. E extremamente surpreso por vê-la.

— Surpreso — disse Scarlett, entrando no quarto com uma bandeja onde havia uma garrafa de champanha e duas taças. — Posso compreender isso. Mas não está satisfeito também? Nem um pouquinho satisfeito?

— Uma centelha — concedeu Bond.

— Vim quase diretamente de Paris.

— Isso eu posso ver — disse Bond.

Scarlett usava um costume cinzento de trabalho e uma blusa branca.

Ela seguiu o olhar divertido de Bond.

— Sim, ainda não tive tempo de comprar roupas apropriadas. Graças a Deus é um pouco mais fresco aqui que em Teerã. Terei de fazer compras amanhã.

— Espere primeiro até ver o que Hamid trará para mim. Você poderá não gostar da moda local.

— Hamid?

— Sim. Meu chofer. E agora meu alfaiate. Champanha?

— Obrigada. Que vista divina.

Bond se virou em direção à janela para abrir o champanha.

— Oh, meu Deus, suas costas! — disse Scarlett. — É terrível. Precisamos arranjar iodo. Como se feriu assim?

— Tenho muito para contar a você — disse Bond. — Antes de mais nada, conheci sua irmã.

— É mesmo? Onde? — Scarlett, que antes oscilava entre brincalhona e embaraçada, agora estava séria.

— Em Teerã. Ela telefonou para o meu hotel. Devo dizer que nunca conheci ninguém que se materializasse do ar assim como vocês, garotas Papava. Estou começando a achar que, quando chegar ao meu apartamento em Chelsea, haverá uma mensagem para mim, de uma terceira irmã.

Scarlett olhou para baixo, com a expressão envergonhada novamente.

— Então, você sabe que ela é minha irmã gêmea.

— Sim.

— Desculpe-me, James. Talvez eu devesse ter contado antes. Na verdade, não faz muita diferença, faz? Para você, quero dizer. Para mim, é muito mais doloroso que se ela fosse uma irmã normal.

— Talvez.

— Mas como estava Poppy, James? Parecia bem?

— Não sei qual é a aparência habitual dela. Passei a maior parte do tempo pensando que fosse você, mas, de alguma maneira, não exatamente. Foi...

— Eu sei, eu sei. Ela disse qual de nós duas era a mais velha?

— Sim. E me mostrou um jeito de distinguir vocês.

— O quê? Ela realmente mostrou a você? — Scarlett parecia espantada. — Aqui? — Ela apontou para o alto de sua coxa esquerda.

— Sim. Estávamos em um parque. Ela é uma criança selvagem.

— E você quer que eu mostre para você também? Para provar que não sou ela?

Bond sorriu.

— Não. Acho que isso não será necessário. Há algo muito Scarlett a seu respeito. Você é, sem dúvida, Larissa Rossi, de Roma, sim, senhor. — Ele não disse nada sobre o tom escuro de seus olhos, que a diferenciava da irmã.

— Bom. Vou conseguir iodo e passar nesses cortes.

Scarlett dirigiu-se à porta.

— E quando voltar — disse Bond —, talvez me conte exatamente o que faz uma financista parisiense em um hotel no Cáspio em meados de julho.

— Negócio fechado — disse Scarlett, fechando a porta atrás de si.

Bond terminou a taça de champanha e serviu-se de outra. Não podia negar que lhe agradou ver Scarlett, mas teria de ser firme com ela. Nesse estágio dos acontecimentos, não podia ser distraído por preocupações com a segurança de uma mulher.

Dez minutos depois, Scarlett voltou com uma garrafa de remédio marrom e algodão.

— Acho que esta é a coisa certa — disse. — Meu persa não é lá muito bom.

— Diferente de Poppy. Ela, ao menos, pode seguir o roteiro.

— Bem, ela teve oportunidade de aprender, pobre garota. Agora, fique quieto.

Bond olhou para o mar enquanto Scarlett gentilmente passava o iodo nos cortes.

— Você devia estar uivando de dor — disse ela. — É o que fazem nos faroestes.

— Não dói tanto assim — disse Bond.

— Talvez esse remédio não seja anti-séptico coisa nenhuma. Talvez seja um placebo. Notei que também tem alguns cortes no peito.

Scarlett deu a volta e ficou em frente a Bond, e, quando se inclinou, ele viu seu cabelo brilhante e limpo e sentiu um discreto aroma de lírio do vale. Por mais difícil que tivesse sido a viagem, parecia fresca como se acabasse de sair do banho.

Ela parou, e sua hesitação sugeriu que sentia os olhos dele em sua pele. Virou o rosto para ele. Estavam apenas a poucos centímetros de distância.

— Justo aqui — disse Bond, apontando a cicatriz em sua bochecha.

— Pobrezinho — disse Scarlett, e, agora, em seus olhos, que se aproximavam, Bond viu pela primeira vez desde Roma uma expressão diferente, mais felina.

Ela passou o algodão sobre a cicatriz e, depois, gentilmente a beijou.

— Está melhor?

— Sim — respondeu Bond, com os dentes trincados.

— E aqui — disse ela, tocando uma marca no pescoço dele com a outra mão. Ela beijou levemente o lugar.

— E aqui — disse Bond, apontando para seu lábio inferior.

— Sim, meu pobrezinho querido, claro. Justo aqui.

Quando os lábios de Scarlett tocaram levemente os seus, Bond segurou os quadris dela com firmeza e forçou-a a abrir a boca com sua língua. Quando ela afastou a cabeça, ele pôs a mão atrás da cabeça dela e trouxe a boca, com força, para a sua. Desta vez, a língua dela não hesitou e avançou avidamente para encontrar a dele, enquanto ele passava as mãos nos quadris dela. Bond sentiu os braços dela cruzando-se atrás de seu pescoço enquanto ela o beijava com voracidade.

Finalmente, Bond afastou a cabeça para trás.

— E agora, Scarlett — disse ele, — acho que gostaria de ver a prova de que você é quem diz ser.

Enrubescida e sem fôlego, Scarlett levantou a bainha da saia cinza acima das meias compridas cor de mel para que ele pudesse ver a pele entre o alto do náilon esticado e sua calcinha de algodão cor-de-rosa. Não havia marcas.

Bond sorriu.

— Perfeita — disse. Prendeu a mão dela onde estava, beijou seu cabelo e sussurrou em seu ouvido: — Mas quem diria que uma financista usaria calcinha cor-de-rosa? — Ele também sorriu à lembrança de como Poppy, a suposta boêmia, havia recatadamente baixado o cós de sua saia com um senso prático da maneira mais rápida de mostrar a ele, enquanto a irmã mais velha, aparentemente mais racional, levantou a saia com apaixonada urgência.

Ele tocou a pele livre de cicatrizes da coxa com as pontas dos dedos, depois inclinou-se para beijá-la.

— Suave — disse ele. — E perfeita também.

Sentiu as mãos de Scarlett correrem por seu cabelo ainda úmido enquanto ele beijava sua coxa novamente.

Bond se levantou e pôs os braços em torno dela.

— Pode tirar a saia agora, se quiser — disse.

Scarlett fez como o sugerido, depois tirou o blazer e a blusa também. Quando ela estava sentada, na beira da cama, em roupas íntimas, Bond deu um passo em sua direção e soltou a toalha amarrada à cintura. Quando fez isso, ouviu-se uma batida à porta.

— Alô, alô, Sr. Bond. É Hamid. Tenho "boas calça" para o senhor.

— Exatamente o que preciso neste momento — disse Bond, agarrando a toalha.

Olhou para o rosto corado e expectante de Scarlett.

— Desculpe — disse.

Ela inalou brevemente, como se sentisse dificuldade para respirar. Depois, fez um rápido sinal de assentimento com a cabeça e pegou as roupas que estavam no chão.

— É o trabalho — disse Bond.

— Ou o destino — disse Scarlett com um suspiro.

Comeram no salão de refeições do hotel, e Bond convidou Hamid a juntar-se a eles.

— Presumo que não teve muito tempo para o caviar esta tarde — disse Bond.

— Não, Sr. James. Eu espero senhor.

— Está bem, vamos ver o que o restaurante pode fazer.

Bond usava uma camisa esporte branca e calças de algodão azul-marinho. Estavam um pouco largas na cintura, mas eram de um surpreendente bom gosto, pensou, em comparação com o que a maioria dos homens em Noshahr usava.

Scarlett teve tempo de comprar um vestido leve em uma loja de turista. Embora reclamasse que fora feito para uma avó persa, o azul pálido combinava estranhamente bem com seus olhos marrom-escuros. Reservou um quarto no mesmo corredor de Bond.

O caviar foi trazido em uma caixa, cuja tampa foi removida para revelar uma tigela funda de vidro sobre gelo. Os olhos de Hamid quase saltaram quando pegou, com uma colher, uma grande porção de caviar, que levou ao prato e, depois, à boca, usando, como talher, uma fatia de pão redondo. Para horror de Bond, Hamid tomava Coca-Cola. Bond havia trocado para uísque, e Scarlett, uma vez que o hotel não tinha outro vinho, bebia champanha.

Durante o jantar, Bond explicou a Scarlett o que fizera em Teerã e descreveu o navio-avião que descobrira no hangar.

— Se conseguir tirar algumas fotos dele — disse —, poderei transmiti-las para Londres.

— Parece muito curioso — disse Scarlett. — Como uma coisa de ficção científica.

— É muito real — disse Bond. — Suspeito que tenha sido fabricado pelos soviéticos. Mas o que me intriga é precisamente o que ele faz. E por que traz uma bandeira britânica.

— Isso aponta para Gorner — disse Scarlett. — Eu lhe falei sobre a obsessão antibritânica dele.

— Parece o monstro do mar Cáspio — disse Hamid.

Bond quase se esquecera do chofer, tão silencioso estava Hamid, com a cabeça abaixada sobre a comida.

Hamid levantou os olhos do prato e removeu grãos de arroz e favas do bigode.

— Monstro do mar Cáspio. No último ano houve dois olhares.

— Visões?

— Sim. Foi visto de um aeroplano sobre o mar. Pessoas muito amedrontadas. É maior que um navio ou avião. E vai mais rápido que qualquer carro. Eles acham que é um animal. Vivo, como o seu famoso monstro.

— Lago Ness?

— Sim.

— Bem, eu lhe asseguro que é muito mais que Nessie — disse Bond. — Mas gostaria de saber se só carrega carga ou se tem algum tipo de arma explosiva.

O garçom trouxe pato assado com sementes de romã, acompanhado de uma salada de ervas que parecia um pouco passada.

— Acha que seria mais seguro ir lá à noite? — indagou Scarlett. — Seríamos menos visíveis.

— Nós? — disse Bond incredulamente.

— Eu poderia ser um par de olhos extras.

— Eu também — disse Hamid. — Eu venho.

Bond avaliou, enquanto bebia o uísque e se recostava.

— Bem. Preciso pegar meu revólver. Aquela coisa pesada que deixei em seu carro, Hamid, é desajeitada demais. Deixe Scarlett ficar com ela. Sabe como disparar um revólver?

— Sou uma financista, James, como você vive me lembrando.

— Plante os pés no chão, mais ou menos a essa distância um do outro. Segure o revólver com as duas mãos em frente a você de forma que seus braços formem um triângulo eqüilátero com o revólver no ponto mais alto. Aperte, não puxe o gatilho. Tente não se apressar. Esta é a área alvo — disse, apontando com o dedo para seu torso. — Qualquer lugar abaixo não é bom. Acima, corre o risco de errar. Entendeu?

— Acho que sim — respondeu Scarlett. — É mais fácil que fusões e aquisições.

— Bom. Teremos de encontrar uma entrada no edifício principal. Não vou nadar novamente.

Em seu quarto, Bond prendeu outra vez a faca do exército à perna e calçou os mocassins com biqueira de metal. No bolso, pôs munição de reserva e a câmera Minox B com suas lentes de zoom. Carregou a máquina com um filme hipersensível e calculou que, com o luar entrando pela parte descoberta do hangar, haveria luz suficiente para as fotos. Não ganharia nenhum prêmio fotográfico com os resultados, mas os especialistas da seção Q teriam, ao menos, algo em que trabalhar.

Depois, entregou o pacote embrulhado em polietileno para Hamid e lhe disse para entregá-lo a Darius Alizadeh para ser analisado em Teerã, se houvesse algum problema nas docas.

Do lado de fora do carro, Bond descobriu que só havia duas cápsulas não disparadas no Colt que tomara do guarda.

— Melhor que nada — disse, entregando o revólver a Scarlett.

— Onde é que... ponho isso? — perguntou ela.

— Gostaria de ter minha velha Beretta — disse Bond. — O armeiro me disse que era revólver de mulher. Você poderia escondê-la em sua roupa de baixo. Acha que pode pôr isso na bolsa?

Scarlett remexeu na bolsa por um momento enquanto Hamid dava partida no carro.

— Terei de deixar para trás o estojo de maquiagem — disse ela.

— Todos nós temos de fazer sacrifícios pelo nosso país — disse Bond. — Vamos, Hamid.

O grande Cadillac cinza deslizou sem ruído pela noite tropical, com Hamid, seguindo instruções de Bond, mantendo a velocidade baixa. As janelas abertas deixavam passar o som misto de ondas quebrando na praia à esquerda e do farfalhar de palmeiras à direita. O perfume dos laranjais era forte no ar quase parado.

— Droga. Acabei de pensar em uma coisa — disse Bond. — Cachorros.

— Cachorros? — indagou Hamid.

— Sim. À noite deverá haver cães de guarda.

Hamid sacudiu a cabeça.

— Persas não têm cachorros. Isso é hábito dos europeus. Sujo. Deixamos cachorros do lado de fora, como gatos.

À medida que se afastavam da parte residencial da cidade, a iluminação de rua se tornava cada vez menos freqüente, até chegarem silenciosamente ao mundo escuro das docas. Não havia outros carros à vista, nenhum farol ou barulho. Era como se a escuridão tivesse sufocado todo sinal de vida ali, às margens do mar interno.

Os três dentro do carro nada diziam. Bond gostava desses momentos que antecediam a ação. Permitiam que se concentrasse e passasse em revista todos os reflexos que o tempo e a experiência haviam transferido para seu sistema.

Gostava do silêncio dessa terra estrangeira e sentia em suas entranhas o aperto familiar que precedia o perigo. Respirou profundamente e, por um instante, surgiu a imagem de seu treinador, Julian Burton, no quartel-general em Londres. Era esse tipo de exercício respiratório que ele tinha em mente?

— Pare aqui. — O tempo de reflexão ficou para trás. — Fique exatamente aqui, Hamid. Não se aproxime mais que isso. Aconteça o que acontecer, você precisa ter condições de sair daqui sem problemas. Com sorte, nos veremos em meia hora. Scarlett, venha comigo.

Os dois prosseguiram a pé ao longo da rua principal, depois dobraram no quarteirão em que ficava a Isfahani Brothers Boat Building. Havia luzes de segurança, mas nada que preocupasse Bond.

— Espere aqui. Fique atrás desse caminhão. Me dê cobertura enquanto vou até ali.

Bond manteve-se à sombra da lateral do edifício até não ter mais cobertura. Correu em direção ao hangar de metal e se abaixou atrás do latão de lixo. Sua mão encontrou a trouxa de roupa e, em um segundo, sentiu o peso reconfortante da Walther contra a palma da mão.

Olhou para trás, na direção da rua e do caminhão atrás do qual Scarlett se escondera. Ela o fizera de forma a não ser traída por sua sombra. Boa menina, pensou Bond.

Continuou pela lateral do edifício até a porta por onde passara correndo durante o dia. Estava fechada com cadeado. Com a faca de bolso, começou a tentar movimentar os pequenos mecanismos internos. O cadeado cedeu, e ele empurrou a porta de madeira. Scarlett o seguiu para dentro do velho edifício, e Bond a levou rapidamente até os degraus. Estava surpreso — e preocupado — com a falta de segurança. Até a empresa mais inocente devia ter um vigia, pensou. Foram pela passagem coberta até a porta de entrada para o hangar de metal.

Bond pôs a mão no pulso de Scarlett.

— Está fácil demais — disse. — Parece uma armadilha. Acho que você deve ficar aqui. Está com o revólver: me dê cobertura agora. Deve haver bastante reflexo do luar no mar para que consiga me ver. Tire essa trava de segurança. Certo. Há uma segunda aqui, esta língua de metal embaixo do punho. Ela se soltará automaticamente se você apertar firme. Boa menina.

Bond abriu a porta e entrou no hangar principal. O contorno do monstro do mar Cáspio ocupou o cenário. Era um trabalho assombroso. Só poderia ter sido feito na União Soviética, pensou, e era um lembrete atemorizador de tempos recentes, quando o Ocidente parecia estar ficando para trás — o período do Sputnik, de Yuri Gagarin e dos feitos da engenharia de armas soviética. Agora, parecia que os soviéticos tinham novamente a inventividade e o poder.

Bond começou a tirar fotografias da besta. Mal se ouvia o ruído do obturador da Minox depois que os rapazes da fotografia trabalharam nele. Bond não se preocupava em olhar pelo visor, apenas apontava e disparava.

Desceu para a galeria de baixo para ficar mais próximo. Quando levantou a Minox uma vez mais, ouviu uma voz alta ecoar no hangar iluminado pela lua.

— Mais luz, Sr. Bond! — Era uma voz desconhecida para ele, com sotaque persa.

Subitamente, o hangar ficou saturado de luz. Bond pôs o braço sobre os olhos a fim de protegê-los. Tudo que ouvia era o estrondo de pés calçados de botas nas galerias de metal.

A voz soou novamente. Era amplificada por um megafone.

— Abaixe a arma, Sr. Bond. Ponha as mãos na cabeça. A festa acabou.

Bond olhou ao longo da fuselagem iluminada. Quando fez isso, viu a parte mais alta da carlinga recuar hidraulicamente. Do espaço aberto surgiu um quepe da Legião Estrangeira, seguido rapidamente de um par de ombros e do corpo de Chagrin. Ele se ergueu para sair, depois andou pelo alto da fuselagem na direção de Bond, com um fuzil semi-automático na mão.

Levantou o cano e o apontou para a cabeça de Bond. Estava próximo o bastante para que Bond visse as feições inexpressivas na carne que parecia morta.

Houve um som semelhante a um tiro, e o hangar ficou, subitamente, às escuras. Bond atirou-se à frente. Não teve tempo de pensar no que acontecera, mas sabia que devia aproveitar a ausência de luz. Movimentou-se o mais silenciosamente que pôde ao longo da passagem em direção à escada, mas só subiu um degrau antes que um som triturante atrás de sua orelha provocasse uma espessa escuridão — muito maior que a da noite persa —, que inundou seu cérebro.

12. O ventre da besta

Quando recobrou a consciência, Bond viu-se puxado e arrastado por uma pista de decolagem na direção de um helicóptero, cujas pás zumbiam na noite. O ar em sua pele lhe disse que o haviam deixado apenas de cuecas. Suas mãos estavam amarradas às costas, e a faca do exército tinha sido removida. A dor em seu crânio era tamanha que tudo que podia fazer era tentar não vomitar enquanto era empurrado para dentro do helicóptero. Dentro, era como um aparelho militar com seis bancos simples em ângulo reto em relação aos assentos dos pilotos. Bond foi atirado ao chão, e seus tornozelos, atados firmemente com uma corda de náilon. O corpo de uma mulher — Scarlett, presumiu — foi pressionado contra o seu e atado a ele, costas contra costas.

Com a náusea crescendo dentro de si, Bond lutou para ter uma idéia do que havia acontecido. Relembrou luzes brilhantes... Depois, nada. O barulho dos furiosos rotores do helicóptero encheu seus ouvidos, depois o aparelho subiu e logo se inclinou violentamente, fazendo com que seu corpo rolasse para cima de Scarlett, que deu um grito. Mesmo sem que uma palavra fosse dita, Bond reconheceu a voz dela.

— Scarlett? — perguntou.

Uma bota explodiu contra sua boca e um dente pulou de sua mandíbula.

— Nada de conversa.

Olhando para cima, Bond viu que os seis assentos estavam ocupados por guardas armados. Seis armas sem travas de segurança apontavam para ele e Scarlett, enquanto seis pares de olhos inamistosos os perfuravam. Enquanto a dor em sua cabeça aumentava com o passar dos minutos, a memória dos acontecimentos começou a voltar vagarosamente. O aparecimento de Chagrin era uma prova de que encontrara o segredo de Gorner no Cáspio, e tinha pouca dúvida de que estava, agora, a caminho de seu quartel-general no deserto.

Bond cuspiu sangue. Conseguia ver apenas um aspecto positivo em sua situação. Nunca encontraria o quartel-general de Gorner sem ajuda. A montanha não havia ido a Maomé, mas Maomé, ao que parecia, estava sendo transportado pelo ar até a montanha. Bom.

Após uma hora, perderam altitude, e Bond sentiu a ansiedade crescente dos homens. Aterrissaram sem incidentes, e ele ouviu ordens abruptas sendo dadas. Os seis guardas não se mexeram, mas aproximaram as armas do corpo dos prisioneiros. Bond ouviu o barulho de um veículo a diesel do lado de fora e presumiu que fosse um caminhão de abastecimento de combustível. Areia entrava pelas portas abertas para o abastecimento.

Finalmente, as portas foram fechadas, e eles se puseram novamente a caminho. Era inútil tentar descobrir em que direção iam, então Bond permitiu-se ficar acordado ou dormir, ocasionalmente. Buscou um meio de confortar Scarlett, mas não podia comunicar nada pelo simples contato de sua pele com a dela.

Após o que pareceu ser uma noite inteira de viagem, Bond sentiu que o helicóptero começou a descer novamente. Desta vez, enquanto flutuava sobre o colchão de ar acima da areia, os seis homens se puseram de pé e, usando mãos e botas, sem nenhum cuidado, empurraram Bond e Scarlett em direção à porta aberta. Quando os rotores morreram, desceram os degraus e puxaram os prisioneiros para o chão. Scarlett gritou quando seus quadris nus foram esfolados pelos degraus de metal. O par foi levado pela areia até um caminho de 3 metros de largura, no qual havia um carro movido à eletricidade semelhante a uma empilhadeira. Com armas apontadas para suas cabeças, foram levados pelos guardas para uma plataforma baixa nos fundos do carro.

O carro se movimentou na direção de uma montanha escura de areia, de cerca de 20 metros de altura, com imensas portas corrediças que se abriram para deixá-los passar. O ventre da besta, pensou Bond, quando as portas se fecharam silenciosamente atrás deles.

O carro foi adiante, até uma plataforma circular, e parou. Houve um silvo hidráulico e eles começaram a afundar. A plataforma desceu por um grande tubo, dentro do qual se tornava menor, e parou cerca de 10 metros abaixo do nível do solo. O carro saiu da plataforma sem cercas por um corredor escuro e parou atrás de uma pesada porta. Os guardas puxaram Bond e Scarlett, ainda presos juntos, e os empurraram para dentro de uma cela.

Chagrin apareceu à porta.

— Vocês esperam aqui — disse. — Não há como sair. Vocês se mexem, nós matamos. Nós vemos vocês — acrescentou, apontando para o teto.

A porta foi fechada com uma batida e trancada. O lugar era uma cela de 2 metros por 2 metros. As paredes eram de pedra, e o chão, de areia.

— Você está bem? — perguntou Bond.

— Sim. E você? — A voz de Scarlett soava fraca e próxima às lágrimas.

— Uma dor de cabeça. Nada pior que acordar depois de uma noite em claro, jogando cartas no clube do meu chefe. Benzedrina e champanha. Meu Deus. O que está vestindo?

— Só isso. — Scarlett moveu os quadris.

— Cor-de-rosa.

— Já que perguntou, brancas. Troquei antes do jantar.

— O que aconteceu no hangar? Lembro-me de quando as luzes se acenderam. Depois...

— Chagrin desceu do alto da fuselagem. Pensei que fosse matar você. Por isso disparei.

— Nele?

— Não, no cabo principal de energia. Estava a pouca distância.

— Mesmo assim. Foi um tremendo tiro.

— O revólver escoiceou feito louco. Mas fiz como você falou. Aperte, não puxe. Pensei que, talvez, você pudesse escapar na escuridão.

— Havia muitos deles.

— E agora, James?

Bond pensou por um momento.

— Bem, não creio que Gorner tenha nos trazido para o meio do deserto sem alguma razão. Se quisessem me matar, ou a você, já teriam feito isso.

— E daí?

— Daí que ele quer algo de nós. Alguma coisa.

— Ou apenas informação.

— Talvez — disse Bond. — Até descobrirmos, acho que deveríamos tentar descansar. Aliás, Scarlett, você não me disse o que, por um desses incríveis acasos, estaria fazendo na Pérsia.

— Parece um pouco bobo agora. Promete que não vai rir?

— Não me sinto tão alegre.

— Estou de férias.

— O quê?

— Até financistas tiram férias, às vezes. Tenho três semanas por ano e tirei dez dias. Queria estar por perto quando Poppy saísse das garras de Gorner. Não conseguia me concentrar no trabalho enquanto você estava aqui. E também queria conhecer a Pérsia.

Apesar do que dissera, Bond se viu rindo secamente, depois desejou não tê-lo feito, porque os cortes em suas costas roçaram nas costas de Scarlett.

— Agora você viu a Pérsia — disse ele, olhando para a areia e para a rocha. — Bem de perto.

A luz do corredor se filtrou para dentro da cela quando a porta foi destrancada. Bond gemeu quando se mexeu na areia.

Entraram dois guardas armados. Um se curvou com uma faca na mão e cortou as cordas que os prendiam um ao outro, mas mantiveram seus pulsos atados. O segundo guarda lhes deu água, que beberam com as mãos amarradas.

— Andem — ordenaram.

Foram conduzidos sob a mira de guardas armados pela passagem até um lavatório rústico, onde, sob atenta supervisão, tiveram permissão de lavar-se e usar um vaso sanitário em um cubículo.

— Poderia me dar uma camisa? — Scarlett olhou para seus seios desnudos.

O guarda negou com a cabeça. Mandou que saíssem e seguissem por outro corredor até uma porta de aço inoxidável.

— Esperem.

O homem digitou um código e se posicionou para que uma câmera o reconhecesse. A porta se abriu silenciosamente. Bond e Scarlett entraram em um espaçoso salão com ar-condicionado, todo pintado de vermelho: assoalho, teto, paredes — não havia quase nada no aposento que não fosse rubro. Atrás de uma mesa havia uma cadeira giratória em estilo antigo com assento em couro marrom, e nela estava sentado um homem com uma luva grande na mão esquerda.

— Pelo amor de Deus, dê uma camisa à mulher — disse o Dr. Julius Gorner. Havia um tal nojo em sua voz que Bond se perguntou por um segundo se Gorner achava repulsiva a carne de todas as mulheres.

Gorner se levantou e contornou a mesa. Usava um terno de linho creme, camisa azul e gravata vermelha. O cabelo cor de milho estava todo puxado para trás da testa alta e cobria o colarinho na nuca. Aproximou-se de Bond, que notou as maçãs do rosto altas e eslávicas e o olhar de impaciência intensamente arrogante que vira pela primeira vez nas docas em Marselha.

O mais atemorizador era o distanciamento — a forma de Gorner não olhar diretamente nos olhos das pessoas, como se soubesse que ficar demasiado exposto às demandas alheias pudesse diluir a pureza de seu próprio e vigoroso objetivo. Essa leve reserva o tornava quase invulnerável, pensou Bond — sem calcanhar de Aquiles de orgulho, luxúria ou piedade.

— Então, o senhor é meu convidado novamente, comandante Bond — disse Gorner. — Não transforme em hábito abusar da minha hospitalidade. Não é críquete.

Bond não disse nada. Um homem veio com uma camisa do exército para Scarlett. Bond notou que, mesmo depois de ela se lavar, seus seios estavam manchados de sangue — se dele ou dela, não sabia. O homem entregou a Bond uma camisa semelhante e calças, e ele rapidamente as vestiu.

— Agora. Sentem-se. — Gorner fez um gesto em direção a um par de cadeiras. — Ouçam-me cuidadosamente e não falem. Não tenho espírito esportivo. Não jogaremos mais tênis. Nada de "experimente de novo, amigo velho". Você está aqui para trabalhar. Vou lhe mostrar minha fábrica e, depois, lhe darei suas instruções operacionais, Bond. Você me ajudará a levar a cabo uma das mais audaciosas intervenções militares do século. Estou confiante que ela mudará o curso da história. Está entendendo?

Bond fez um sinal de assentimento com a cabeça.

— A propósito, você não se importa se eu chamá-lo de "Bond" e não "Sr. Bond", ou "comandante Bond", importa-se? É isso que os cavalheiros ingleses fazem, não é? Apenas os sobrenomes de seus "camaradas". Precisamos seguir as regras, não é?

— E quanto a Scarlett? — perguntou Bond.

— A garota? Não tenho interesse nela. Mas imagino que meu pessoal tenha.

— O que fez com a minha irmã? — perguntou Scarlett. — Onde está Poppy?

Gorner atravessou a sala e aproximou o rosto do de Scarlett. Com a mão de macaco enluvada, pegou o queixo dela e virou-o para um lado, depois para o outro. Bond viu o pulso coberto de pêlos entre a luva e o punho da camisa.

— Não sei do quê está falando. Acho que, talvez, esteja ouvindo boatos. Temos um jeito de lidar com pessoas que dão ouvidos a boatos.

— Onde está minha irmã? O que você...

As costas da mão de macaco chicotearam a boca de Scarlett com um estalo.

Gorner levantou o dedo indicador de sua mão humana e levou-o aos lábios.

— Shhh — disse, enquanto um fio de sangue escorria da boca de Scarlett. — Acabou-se a conversa.

Virando-se para um guarda, Gorner disse:

— Tranque a garota na cela até a noite, quando ela poderá entreter o turno da madrugada.

O homem levou Scarlett embora, o sangue ainda escorrendo do lábio, e Gorner virou-se para Bond.

— Você vem comigo.

Tocou um ponto da parede forrada de vermelho, e um painel correu para um lado. Bond seguiu-o por uma passagem cujos lados e piso eram de vidro. Abaixo deles se via o que parecia ser uma fábrica química.

— Analgesia — disse Gorner enquanto caminhava. — Aprendi sobre isso na Frente Leste. Como afastar a dor. As pessoas falam muita bobagem sobre os horrores da guerra química. Ninguém que esteve em Stalingrado pode ter alguma dúvida de que a guerra "convencional" é muito pior.

O tamanho das instalações era espantoso. Bond calculou que havia cerca de 500 homens nas linhas de produção ou transportando matéria-prima para os destiladores e as centrífugas.

— Quando você viu homens sem rosto — disse Gorner —, com a face literalmente arrancada por projéteis que giraram em torno dos ossos do crânio... Quando viu homens tentando segurar o fígado e os intestinos com as mãos... Então, compreende a necessidade do rápido alívio da dor.

Chegaram a um cruzamento na passagem.

— Daquele lado, aqueles tonéis processam os extratos de papoula para a produção de analgésicos e anestésicos. Codeína, dihidrocodeína, petidina, morfina e assim por diante. Alguns produtos são transportados pelo Golfo Pérsico para Bombaim, para o Extremo Oriente e a Australásia. Outros vão para minha fábrica em Paris, depois para a América e o Ocidente. E alguns, acredite se quiser, vão para a União Soviética e para a Estônia. Em Paris e Bombaim, algumas das substâncias químicas são mais refinadas ainda, transformadas em pós, líquidos, tabletes, naquilo que os mercados locais queiram. São vendidos com marcas e embalagens diferentes em Paris e Bombaim. Os planos de saúde e as clínicas privadas pagam em contas no exterior e ninguém é capaz de conectar todas as operações. De outra forma, eu seria acusado de formação de cartel. Na verdade, o homem no hospital de campanha de emergência na Nigéria recebe a mesma droga que a mulher em uma clínica privada em Los Angeles. Apenas a caixa e a marca são diferentes. Ambos vêm daqui.

— E a concorrência? — perguntou Bond.

— Posso competir com as companhias mais antigas porque meu custo de trabalho é muito baixo. Na verdade, eles trabalham de graça.

— Nada?

— Dinheiro nenhum. São todos viciados. Nós os encontramos em Teerã, Isfahan e Cabul. Alguns em Bagdá e mais para o interior. Turquia. Trabalham 12 horas por dia em troca de água, arroz e heroína. Dormem na areia. Nunca fogem.

— Você lhes dá heroína? — indagou Bond.

— É mais barato e mais forte que ópio. Podem chegar aqui viciados em ópio, mas nós os transformamos rapidamente. Então, só precisamos injetá-los uma vez por dia. Fazem fila como crianças para tomar a injeção. Devia ver seus rostinhos.

Gorner virou-se e deu alguns passos.

— Deste lado da fábrica fazemos heroína. Não parece muito diferente, não é? Isso acontece porque sou o único fabricante do mundo que introduziu uma técnica verdadeiramente industrial na manufatura dessa droga. Usá-la em minhas instalações convencionais me permitiu uma imensa economia em escala. O pó que sai daqui é produzido com a mesma eficiência que os tabletes e os líquidos que emergem da outra parte da fábrica. Um lote termina nas salas de emergência de Chicago e Madri, o outro nos becos do *banlieue* de Paris ou no gueto Watts em Los Angeles. E cada vez mais, Bond, sinto-me muito feliz por dizer isso, nas velhas e queridas ruas do Soho e de Manchester. Depois que eu a vendo, ouso dizer que pode ser misturada com anfetamina, veneno de rato ou pesticida. Mas isso não é responsabilidade minha, é? Depois que Chagrin a despacha, perco o interesse no produto, mas não no efeito que tem.

Os trabalhadores estavam apenas alguns metros abaixo deles. Usavam camisas cinzentas e calças largas como as que haviam sido entregues a Bond. Cada homem se curvava sobre sua tarefa com aterrorizada intensidade, particularmente quando sentia a aproximação de um dos supervisores com seu chicote de couro e um pastor alemão na ponta de uma corrente fina e esticada.

— Sabe o que é heroína? — perguntou Gorner. — Uma pequena aula de química para você, Bond. Começamos com uma linda flor: a papoula ou *papaver somniferum*. Um lindo nome para uma linda planta: "a papoula-que-traz-o-sono". Do sumo de suas sementes vem o ópio, o príncipe das drogas, glorificado por poetas desde Homero até os dias atuais. Você já o encontrou, ouso dizer.

— Brevemente.

— O ópio é caro — disse Gorner —, mas altamente desejável. O maior cartel de drogas que o mundo jamais viu, antes do meu próprio e modesto empreendimento, foi implantado, naturalmente, pelo seu Império Britânico. Eles travaram duas guerras do ópio com a China para reter o monopólio do tráfico e, por duas vezes, derrotaram os chineses. Pelo tratado de Nanquim, de 1842, roubaram Hong Kong e abriram cinco portos ao comércio de ópio, transformando milhões de chineses em viciados balbuciantes. Não seria razoável que alguém tentasse pagá-los na mesma moeda? Não estou fazendo nada que os próprios britânicos ainda não tenham feito.

Bond não disse nada.

— Mas leva tempo — lamentou-se Gorner. — Meu Deus, leva tempo.

Enquanto ele falava, Bond olhava para baixo, para as sucessivas fileiras de trabalhadores escravos em seus uniformes empapados de suor. Um pareceu ter desmaiado ou morrido e estava sendo arrastado para fora pelos guardas. Os outros trabalhadores ficaram assustados demais para parar de trabalhar.

— Entre o ópio e a heroína veio a morfina. Foi isolada pela primeira vez por um alemão, em 1805, o ano da famosa Batalha de Trafalgar. Depois, em 1874, um inglês chamado Wright produziu a diacetilmorfina, um pó cristalino, branco, sem cheiro, amargo, produzido pela acetilação, ou adição de acetila, à morfina. Heroína.

Gorner tossiu.

— É isso que eles estão fazendo ali. Acetilação. Esse é o cheiro. Acho que conhece minha reputaçao, Bond. Fui diplomado em várias universidades do mundo. Talvez essas palavras compridas o estejam confundindo, mas, para mim, são como poesia. "Meu amor é como uma rosa vermelha, vermelha", seu escocês* escreveu, não é? Mas o meu amor é uma papoula vermelha, vermelha. Tão variada, tão gloriosa. Tenho grande prazer com o fato de a papoula ser o emblema sentimental do seu inútil sacrifício imperial contra os alemães na Grande Guerra. Faço questão de que todos em minha cadeia de suprimento de narcóticos repitam as palavras do seu poeminha vazio: "Nos campos de Flandres, as papoulas florescem..."** É o código deles. O código da morte.

Gorner tossiu novamente e voltou à narrativa como se despertasse de um sonho.

— De qualquer modo, seu químico inglês, esse Wright, pouco caracteristicamente para um inglês, fracassou em usar a descoberta para seu ganho pessoal. Foi um alemão, Heinrich Dreser, chefe do laboratório farmacológico da Bayer, o primeiro a ver os usos comerciais da heroína. Ele a testou em seus trabalhadores, e eles escolheram o nome "heroína" porque ela os fazia sentir-se heróicos! Farmacologicamente, a heroína tem efeito igual ao da morfina, mas só se necessita de um quarto da quantidade. Também é mais barata, mais rápida e fácil de usar. É a droga milagrosa. Logo, todos os químicos americanos estavam fazendo seus próprios preparados com heroína importada. "Êxtase era o que despertava para viver",*** como outro de seus poetas exprimiu...

---

* Versos do celebrado poeta escocês Robert Burns. (*N. da T.*)

** Versos do poema *In Flander's Fields*, de John McCrae, poeta canadense. (*N. da T.*)

*** Verso do poeta inglês William Wordsworth. (*N. da T.*)

Bond achava difícil olhar para o homem de cabelo amarelo e uma demoníaca força de vontade. Parecia estar fora de alcance, fechado em um mundo onde as preocupações humanas comuns não poderiam alcançá-lo ou enfraquecê-lo.

— Temos dois turnos de 12 horas cada — disse Gorner —, então, nunca ficamos ociosos. É mais uma economia que nenhum de meus competidores pode fazer.

— Eles não têm intervalo de descanso? — indagou Bond.

— Têm 2 minutos a cada três horas. Há um grau de... desgaste natural. Eles morrem em seus postos. São retirados. Você provavelmente viu um agora. Não temos escassez de substitutos. Até o governo do Xá admite que existam 2 milhões de viciados no Irã, e a cada dia mais jovens ficam viciados. Chagrin tem uma equipe de recrutamento que traz mais ou menos 20 homens por dia, por Yazd e Kerman. É uma porta giratória.

— Isso é abominável — protestou Bond.

— É bom negócio — disse Gorner. — Tudo o que sei sobre escravidão aprendi com o Império Britânico e suas colônias. África, Índia, as Índias Ocidentais. Eu era um estudante aplicado das técnicas britânicas, Bond. E esses homens... Eles são lixo. Iam morrer mesmo. Nós prolongamos a vida deles. E, no final de cada turno, eu lhes dou entretenimento. Você verá. Vamos voltar para o meu escritório agora.

De volta ao aposento de paredes vermelhas, Gorner sentou-se à sua mesa. Apertou um botão embaixo do tampo, e um painel deslizou atrás dele, abrindo uma janela para o chão da fábrica.

— Às vezes, gosto de ficar olhando para eles — disse — e, às vezes, fico cansado de suas brigas. Anomia, Bond. Sinto isso, às vezes. É o cansaço que consome a alma, o inimigo das grandes conquistas.

Ele fez o painel fechar-se novamente e girou a cadeira.

— Um dia, Bond, farei um número tão grande de viciados em heroína na Grã-Bretanha quanto a Grã-Bretanha fez na China. Um dia próximo. Então, vocês vão perder seu precioso status nas Nações Unidas. Vão perder a Guerra Fria também. Vocês se tornarão o país de terceiro mundo que merecem ser.

— Diga-me uma coisa — disse Bond. — Como conseguiu lutar tanto para o Exército Vermelho como para os nazistas com a sua deficiência? Sua mão.

Era um risco calculado.

Por um momento, os duros olhos azuis foram ocultados pelas maçãs do rosto, que subiram, e os dentes se encontraram com um estalo audível. Então, Gorner expirou com um ronco.

— Você não sabe nada sobre a Frente Leste, seu idiota. Os soldados não eram os alegres *tommies*,* com uma xícara de chá às 17h e esfaqueando você pelas costas às 18h. Eram animais, morrendo congelados, matando com as mãos nuas, violentando, torturando e assassinando. Eles davam as boas-vindas a qualquer recruta, os mutilados, os loucos, os surdos, os sifilíticos. Se você pudesse puxar um gatilho, se pudesse encontrar um fuzil, você estava dentro. Era o que vocês chamariam de "todas as mãos disponíveis para o trabalho".

Gorner recuperara o controle. Ele quase sorria.

— Aí está. Acho que fiz outra piada. Todas as mãos... Até esta aqui.

Depois, levantou a mão com a luva branca e olhou firme para Bond, desafiando-o a olhar para ele.

— Gostaria de vê-la?

* "*Tommy Atkins*", ou apenas *Tommy* (pl. *tommies*), termo que designa o soldado comum britânico. (*N. da T.*)

— Não.

— Vamos lá, Bond. Sei que é curioso. Uma pessoa não se torna agente secreto sem curiosidade. Deixe-me mostrá-la a você.

Gorner tirou a luva e pôs a mão perto do rosto de Bond. A palma era longa e chata, rosa-esbranquiçada na palma, preta e enrugada nas costas. A primeira junta dos dedos era excepcionalmente longa, e as unhas escuras eram triangulares. Toda a pele era seca e marcada por profundas rugas simiescas. O polegar era curto e tão próximo do pulso que não se articulava com os outros dedos. Da junta dos dedos para cima, a coisa era coberta de pêlo espesso, marrom-escuro, como a mão de um chimpanzé. Na metade do espaço entre o pulso e o cotovelo, o antebraço se tornava humano.

Gorner recolocou a luva. Bond não mostrou reação.

Os dois homens estavam a 30 centímetros um do outro, olhando-se nos olhos. Ninguém piscou.

— Por que você mudou de lado na guerra? — indagou Bond.

— Porque os nazistas não podiam mais vencer. A guerra deles havia terminado. Em 1944, a Guerra Fria já se iniciara na Europa Oriental. Eu queria ficar do lado que finalmente fosse vencer os ingleses. Então, passei para o Exército Vermelho.

Bond ficou em silêncio. A maior parte do que Gorner disse confirmava o que M lhe contara. O que Bond descobriu foi que o assunto da mão ainda podia desequilibrar Gorner, mesmo que apenas por um instante.

— Agora, aos negócios — disse Gorner. — O meu ópio, minha matéria-prima, tem de vir de algum lugar. Não consigo o suficiente na Turquia. Estou usando as conexões de Chagrin com o Extremo Oriente. O Laos é uma boa fonte, e os americanos têm sido surpreendentemente úteis lá. Você sabia que a CIA tem sua própria linha aérea, a Air America, para retirar cargas de ópio?

— Isso é absurdo — respondeu Bond.

— É política — disse Gorner. — A Air America leva armas para os senhores da guerra anticomunistas e volta com carregamentos de papoulas de ópio para entrega. O que se pode esperar de uma linha aérea cujo slogan é "qualquer coisa, a qualquer hora, para qualquer lugar"? Milhares de soldados americanos estão viciados agora. Os quartéis-generais da CIA no norte do Laos têm instalações onde a heroína é refinada. Essa parte da Ásia é a fonte de 70% do ópio ilícito no mundo e uma grande fornecedora do insaciável mercado americano.

— E você está pondo as mãos nisso também?

— Sim. Chagrin está trabalhando nisso. Estou pagando acima do mercado, neste momento. É um investimento. Não gosto muito dele porque meu dinheiro vai financiar diretamente o esforço de guerra americano. Mas há uma grande vantagem. Isso significa que, extra-oficialmente, a CIA está inclinada a ver minhas atividades globais com olhos muito tolerantes. Tenho certeza de que você compreende como isso pode ser útil.

— Rússia, América... Você cobriu todos os ângulos, não? — comentou Bond.

— Minha intenção é certamente essa — disse Gorner. — Faz sentido do ponto de vista de um bom negócio. Um dia, comprarei por preços melhores no Extremo Oriente. No momento, o grosso do meu suprimento vem do Afeganistão, da província de Helmand. E é aí que você entra, Bond. Neste momento, a fronteira está causando alguns problemas. Há bandidos em todos os lugares, alguns com lançadores de foguetes e granadas, além de revólveres. Há uma viagem que meus homens têm de fazer perto de Zabol quando estão carregados de ópio. Eles chamam o lugar de Passo do Fogo do Inferno. Sabe por quê?

Bond sacudiu a cabeça.

— Recebeu o nome de um trecho da estrada de ferro da Birmânia construído pelos membros da Anzac* feitos prisioneiros de guerra pelos japoneses. Eles dizem que cada metro da estrada custou a vida de um homem. Eram homens muito corajosos, aqueles anzacs, lutando sua guerra para vocês.

— Sei que eram — disse Bond. — Estavam entre os melhores.

— De qualquer modo, é o que temos perdido. Não exatamente um homem por metro, mas demasiados. E não posso mandar viciados. Então, estou tendo de desperdiçar homens reais. Quero que vá a Zabol com Chagrin. Você parte amanhã à noite.

— Por quê?

— Acho que será instrutivo para você.

Gorner se levantou, e o painel atrás dele se abriu.

— E agora está na hora do entretenimento... Venha aqui, Bond.

Um guarda empurrou a ponta de um fuzil automático contra a base da espinha de Bond.

Na passarela de vidro do outro lado da fábrica de heroína, uma porta se abriu. Uma mulher foi empurrada para fora por um guarda e deixada sozinha enquanto a porta se fechava. Estava nua.

---

* ANZAC (Australian and New Zealand Army Corps), Forças Armadas da Austrália e da Nova Zelândia. (*N. da T.*)

— Chamamos isso de Passeio Lambeth* — disse Gorner. — Um bom e velho entretenimento cockney.

Mais três mulheres, todas nuas, foram empurradas para a passagem.

— Elas têm de fazer o circuito completo — disse Gorner. — Os homens gostam de ficar embaixo e olhar.

— Quem são essas mulheres?

— Ninguém. Prostitutas. A maioria é viciada. Elas se viciam junto com os homens. Quando perdem seu charme, depois de dois ou três dias, digamos, deixo os homens ficarem com elas.

— Você o quê?

— Os guardas levam-nas para o chão da fábrica, e os homens as levam para fora. É diversão livre e é bom para o moral.

— E o que faz com as garotas depois?

Gorner olhou para Bond com curiosidade.

— Ora, são enterradas, naturalmente.

Então, ele virou para a porta por onde as garotas eram empurradas e chegou o mais próximo de sorrir que conseguiu.

— Oh, você tem de olhar, Bond. Há uma que está acabando de sair que você certamente reconhecerá. Acho que os homens vão ficar loucos por ela.

---

* Lambeth Walk, rua comum de Londres, que um musical inglês tornou famosa. (*N. da T.*)

13. Mundo pequeno

Em Paris, embora também pudesse ser a um mundo de distância, René Mathis lia o *Figaro* enquanto terminava o almoço em um café próximo aos escritórios do Deuxième. Um novo avião Vickers VC-10, ele leu, que voava da Grã-Bretanha para ser incluído na frota da Gulf Air, em Bahrain, havia desaparecido em algum lugar sobre a fronteira Irã-Iraque. O avião simplesmente sumira das telas dos radares.

Mathis encolheu os ombros. Essas coisas aconteciam. A British Comet tinha sido particularmente propensa a acidentes, lembrou-se. Comeu um típico almoço de trabalho: filé ao molho tártaro com fritas e uma jarra de Côtes du Rhône e, depois, café espresso duplo. Fazia um dia tranqüilo em Paris, e era nesses dias que Mathis, freqüentemente, tinha suas melhores idéias.

A investigação policial sobre o assassinato de Yusuf Hashim estava incompleta. Havia áreas de Paris em que a polícia não podia realmente penetrar: ou porque eram muito perigosas para os policiais, ou porque os residentes das torres de muitos apartamentos, mesmo que soubessem falar francês, não cooperavam. La Courneuve, uma região de St Denis com seu infame Café des 4000, era uma delas. Sarcelles, outra: um gueto com suas próprias e violentas regras para resolver disputas que tinham pouco ou nada a ver com as leis da República. Esses lugares eram vistos por muitas pessoas como o preço que a França era obrigada a pagar por suas desventuras imperiais.

O abandono da Indochina pela França fora humilhante, mas tivera poucas repercussões em casa, além do aparecimento de um vasto número de indistintos restaurantes vietnamitas. A guerra argelina, por sua vez, havia sido um fardo para as grandes cidades francesas, especialmente Paris, com milhares de imigrantes muçulmanos ressentidos. Ao mesmo tempo em que efetivamente mantinham os imigrantes fora do centro da cidade e dentro das torres, esses lugares eram vistos por Mathis como sementeiras do crime e da subversão que explodiriam mais cedo ou mais tarde.

Yusuf Hashim fora um dos muitos mensageiros de uma longa cadeia de suprimento de heroína. A polícia encontrou a droga com o cadáver, e o achado foi notável tanto pela qualidade como pela quantidade. Não se tratava do brinquedo da moda dos grupos que consumiam coquetéis no Boeuf sur le Toit e outras boates da juventude de Mathis. Era morte-por-drogas, vendida em escala nacional, e a linha de suprimento era administrada com tanta habilidade e tinha tantos atalhos que era impossível encontrar a fonte.

Colegas de Mathis em Marselha, trabalhando com detetives americanos, tiveram algum sucesso em impedir carregamentos para a América pelo que o FBI chamou de conexão francesa. A novidade que descobriram foi que, embora a França estivesse comprando mais heroína que nunca, o grosso do que entrava era embarcado para Londres.

A polícia francesa lhe disse que era quase como se alguém, com recursos ilimitados, estivesse em uma cruzada contra a Grã-Bretanha.

Mathis olhou para o relógio de pulso. Tinha alguns minutos para esperar, então pediu outro café e um conhaque pequeno. Fazia vários dias que alguma coisa cutucava a margem de sua memória, implorando para entrar. E agora, enquanto olhava pela vitrina de vidro do café sob o toldo vermelho, essa coisa finalmente lhe ocorreu.

A língua removida com alicates... Ouvira falar nesse castigo antes, e agora se lembrava onde. Seu irmão, um major de infantaria, lutara com as forças francesas na Indochina e lhe falara, especificamente, de um criminoso de guerra do Viet Minh que tentaram capturar e levar à Justiça. Ele supervisionava a tortura de soldados franceses capturados, mas também era defensor da doutrina comunista contra as escolas missionárias católicas. Sua especialidade era o castigo — ou tortura — de crianças, muitas das quais ficaram aleijadas pelo resto da vida depois de seus cuidados.

Quando voltou ao escritório, Mathis pediu para a secretária buscar os arquivos de fotografias dos criminosos da guerra na Indochina.

Depois do almoço com Bond, Mathis encarregou um de seus subordinados de encontrar a fábrica de Julius Gorner em Paris e fotografar seu proprietário. Vieram várias fotos de um eslavo alto, bonito, com uma das mãos grande e enluvada e uma expressão intensamente desdenhosa, arrogante. Em duas fotos estava acompanhado de um homem de quepe, de feições orientais, possivelmente um vietnamita.

Quando a secretária voltou com uma pasta de arquivo marrom, Mathis levou alguns minutos para encontrar o par. Colocou as fotos novas e brilhantes em preto-e-branco de um homem de quepe junto a um Mercedes negro 300D Cabriolet ao lado de uma foto esmaecida, cortada de um jornal havia 11 anos, que mostrava Pham Sinh Quoc, cuja fotografia sob o título "Procura-se" fora colada em todas as paredes da Saigon francesa. Elas eram de um único e mesmo homem.

Mathis, no entanto, não levantou imediatamente o telefone e pediu um carro que o levasse à fábrica de substâncias químicas de Gorner. Tentou, em vez disso, imaginar se a conexão do Extremo Oriente poderia ter dado a Gorner mais que um ajudante-de-ordens psicopata.

Acendendo um Gauloise com filtro, pôs os pés sobre a mesa e avaliou o ganho comercial que Gorner poderia ter com o acesso ao perigoso triângulo formado por Laos, Vietnã e Camboja.

Nove horas depois do fuso horário de Paris, eram 9h de uma brilhante manhã em Santa Mônica, e Felix Leiter fazia uma visita profissional a uma mansão em estilo espanhol na avenida Georgina. Caminhou mancando pelo gramado até a porta da frente.

O texano grisalho, parceiro em alguns dos casos mais difíceis da carreira de James Bond, trabalhava agora para a agência de detetives Pinkerton e não fazia segredo de seu tédio. Fora contratado pelo produtor de um dos estúdios de Hollywood para fazer investigações sobre uma pessoa desaparecida. Ela se chamava Trixie Rocket, participara de dois filmes B e, depois, desaparecera de vista sem deixar endereço para correspondência, número de telefone, nada. Os pais da garota, que vieram de Idaho, fizeram alguns ruídos ameaçadores na direção do estúdio. A suspeita recaíra sobre o produtor que pusera Trixie no elenco e agora estava ansioso para encontrá-la para poder limpar seu nome antes que sua mulher soubesse de alguma coisa.

Era um trabalho aborrecido para um homem com as aptidões de Leiter, mas desde que perdera a perna e o braço direitos para um tubarão cabeça-de-martelo quando ajudava Bond em Miami, ele tivera seu campo físico de ação limitado.

Ouviu-se uma gritaria furiosa atrás da porta do 1.614 da avenida Georgina e, em seguida, uma mulher atraente, de cabelos escuros, pôs a cabeça para fora da porta. Falava ao telefone e fez sinal a Felix para esperar. Ele foi sentar-se à beira do gramado e abriu seu exemplar do *Los Angeles Times*.

Após uns 20 minutos ao telefone, a mulher, cujo nome era Louisa Shirer, finalmente mandou que entrasse e levou-o até um pequeno quintal nos fundos, onde lhe serviu café. A Sra. Shirer revelou-se uma mulher charmosa, volúvel. Trixie Robert fora sua inquilina, e a Sra. Shirer se lembrava bem dela, mas Trixie se fora fazia três meses. Não deixara endereço para recados, mas... Naquele momento, o telefone tocou novamente, e Felix teve de ficar olhando para o café por mais 15 minutos.

A visita foi agradável, mas inútil. Quando finalmente voltou para o hotel barato em West Hollywood, sentiu-se exausto. Um ventilador de teto negligente girava sobre palmeiras plantadas em vasos no saguão, e o elevador estava preso no décimo andar. Mas havia uma mensagem para ele na recepção, pedindo-lhe que ligasse para um número em Washington. Felix reconheceu o prefixo e sentiu uma súbita onda de excitação.

Quando o ressuscitado elevador levou-o ao andar onde ficava seu quarto, Felix telefonou para o número escrito no pedaço de papel. Depois de uma barragem de verificações de segurança, conseguiu completar a ligação. Um homem falou com ele em voz séria, inexpressiva, durante quase 2 minutos.

Leiter estava de pé junto à cama, fumando um cigarro, fazendo sinais afirmativos com a cabeça a intervalos.

— Sim... sim... entendo.

Finalmente, a voz parou, e Leiter disse:

— E exatamente em que quinto dos infernos fica Teerã?

Nesse meio-tempo, já era o início da noite na cidade, e Darius Alizadeh estava a caminho do alto do *andaroon* — o setor das mulheres — de sua casa tradicional. Ele era demasiado moderno e secular para observar a distinção ritual dos sexos dentro do lar, mas usava os prédios separados para manter afastados o trabalho e os assuntos domésticos. Darius fora casado três vezes por breves períodos e tivera três filhos, um de cada uma de suas esposas. Seguira a *mut'a*, regra xiita que permite a um casal contrair matrimônio pelo período que quiser, por mais curto que seja, e terminar sem divórcio. Ele gostava de citar os úteis versos do Corão: "Se você teme não agir com justiça em relação aos órfãos, case-se com as mulheres que pareçam boas para você, duas, três ou quatro; mas se teme não ser equânime, então apenas uma..."

Darius não tinha tais medos e havia provido generosamente a seus filhos e as mães deles. Tinha um olho atento para a quarta mulher que o profeta lhe permitia, e se permitia testes com as prováveis candidatas. Mais tarde, naquela noite, ele se encontraria com uma delas — Zohreh, do restaurante onde jantara com Bond.

A cobertura com ar-condicionado do *andaroon*, o escritório de Darius, era um único espaço aberto com venezianas "americanas" de madeira, um assoalho de madeira com um único tapete antigo de Isfahan e uma gaiola dourada onde havia um periquito branco. Às 18h, diariamente, transmitia seu relato para Londres. Se falhasse em entrar no ar precisamente nesse horário, havia uma reprimenda sob a forma de uma "chamada azul" de Regent's Park mais ou menos meia hora mais tarde e, depois, uma chamada vermelha às 19h. Se não houvesse resposta, Londres começaria a tentar saber o que lhe acontecera.

Darius nunca recebera lembretes de cor alguma e, nesta noite, estava particularmente atento ao tempo. Colocou os fones de ouvido e se posicionou em frente ao transmissor. Seus dedos treinados começaram a trabalhar nas teclas, enviando seu código de chamada — "PXN chamando WWW" — em 14 megaciclos. Ouviu o repentino vácuo no éter que significava que Londres estava entrando no ar para reconhecê-lo.

Darius tinha muito que contar, mas era importante manter a calma enquanto fazia isso. No aposento de controle em Regent's Park havia uma parede inteira de mostradores de vidro com agulhas vibráteis que, entre outras coisas, mediam o peso de cada pulso e a velocidade de cada grupo cifrado e registravam quaisquer tropeços que Darius tinha com letras específicas — o *s*, por exemplo, sob o fraco segundo dedo de sua mão esquerda. Se as máquinas não reconhecessem seu "punho", soaria um zumbido, e ele seria imediatamente desconectado.

Ele soube de um agente das Índias Ocidentais que, quando estava excessivamente emocionado, freqüentemente transmitia rápido demais e se via desconectado pelos guardiões eletrônicos. Havia meios sutis pelos quais agentes que haviam sido capturados podiam deixar perceber que operavam sob intimidação mediante variações — tanto em seu "punho" como por combinações previamente acertadas de grupos de palavras na mensagem. Mas Darius desconfiava dessas medidas. Todos os integrantes da SOE, organização de inteligência britânica na Holanda, capturados durante a guerra, incluíam fielmente os sinais reveladores combinados de antemão em suas transmissões supervisionadas pelos nazistas, mas seus chefes em Baker Street entravam na linha e lhes diziam que parassem de embromar.

Darius informou a Londres, em código, que ainda não havia sinal de 007 e solicitou instruções sobre se deveria ou não ir a Noshahr. Incluiu poucos detalhes do que havia descoberto até então em Teerã — por meio de Hamid, entre outros — acerca do monstro do mar Cáspio. Na hora do almoço, fora ao elegante clube francês no centro da cidade e comprara coquetéis na varanda para alguns velhos operadores na Indochina que se consideravam muito bem informados. Saboreando *côtelettes d'agneau*, costeletas de carneiro, Borgonha tinto, soubera que eles estavam cientes das aparições e que suas fotografias sugeriam que o Monstro tinha sido adaptado para disparar foguetes. No caminho de volta, Darius foi a um clube conhecido apenas como CRC, um dos mais chiques ambientes de Teerã, onde o boliche de dez pinos era jogado em pista de mármore pelas pessoas mais elegantes da cidade ao som da música de Frank Sinatra e Dave Brubeck.

Ali, de um americano que bebera uísque demais, Darius soube de uma coisa mais interessante ainda: um Vickers VC-10, que deveria ter sido entregue duas semanas antes à Gulf Air, de Bahrain, empresa da BOAC, misteriosamente nunca chegara. O americano ouvira de um amigo que trabalhava em uma base da USAF, a força aérea dos Estados Unidos, que o VC-10 de fato entrara no espaço aéreo ocidental da Pérsia, mas nunca emergira. Pensava-se que, ou o avião havia caído, ou aterrissado no deserto de areia, o Dasht-e Lut, em algum lugar perto de Kerman. Não foram encontradas pistas do avião.

Os dedos de Darius transmitiram a mensagem com urgência calculada. Ele sabia que M entenderia as implicações — e o perigo — tão completamente como se tivesse passado toda a mensagem *en clair*, sem códigos.

Uma hora depois, no meio da tarde londrina, a pulsação na têmpora direita de M era visível, o que acontecia quando ele estava tenso. Acendeu um fósforo e levou-o até o cachimbo, aspirando ruidosamente. Em sua mesa havia telegramas de Paris e Washington, assim como a última mensagem de Teerã, de Darius. Os telegramas juntos deviam ajudar a formar um quadro completo, mas, por enquanto, eram só fragmentos — urgentes, frustrantes, incompletos. No telhado, apenas alguns metros acima da cabeça de M, estavam as três antenas atarracadas do mais poderoso transmissor de rádio da Grã-Bretanha. O nono andar era quase inteiramente ocupado por um grupo de especialistas em comunicações escolhido a dedo que falavam uma língua particular sobre manchas solares e a "camada Heaviside" da atmosfera. Mas, como explicaram pacientemente a M, em resposta às suas irritadas indagações, não havia muito mais que pudessem fazer para ajudar sem a chegada de novas mensagens.

M caminhou até a janela e olhou para Regent's Park. Algumas semanas antes, passara a manhã no Lord's, assistindo ao England a caminho da vitória sobre os visitantes Indians por um turno e 124 runs. Não havia tempo para essas frivolidades agora.

Fez soar o interfone.

— Moneypenny? Chame o chefe da equipe.

Pelo macio corredor acarpetado que vinha da porta forrada de baeta verde que separava a equipe particular de M do resto do mundo veio o chefe da equipe, um homem esguio, calmo, mais ou menos da idade de James Bond.

A Srta. Moneypenny levantou uma sobrancelha quando ele se aproximou.

— Vá direto, Bill — disse —, mas aperte o cinto.

Quando a porta do escritório de M se abriu e fechou, uma luz verde acendeu acima dela.

— Sente-se — disse M. — O que concluiu do telegrama de Pistachio?

— Acabei de receber um relatório do pessoal da aviação — disse o chefe da equipe. — É difícil ter certeza pelas informações que recebemos no telegrama, mas eles acham que pode ser um Ekranoplan.

— Que diabo é isso? — indagou M.

— Parece um avião com as asas cortadas, mas funciona como um aerobarco, no que se chama de "impulso aerodinâmico". Pesa o dobro do mais pesado avião convencional, tem mais de 100 metros de comprimento e largura superior a 40 metros. Sabe quando os pássaros vão pousar, como os gansos em um lago, por exemplo, e eles completam a descida deslizando, sem esforço? É o impulso aerodinâmico. A pressão para cima que você sente quando o avião desce para pousar? É impulso aerodinâmico também. Um colchão de ar fica preso entre a asa e a pista e causa um impulso para cima. Os soviéticos inventaram um jeito de controlar esse poder. Ele se chama "wig", ou avião com asa-de-impulso-aerodinâmico. Está anos-luz à frente de qualquer coisa que temos. Os detalhes estão no relatório. — Pôs uma pasta de arquivo em cima da mesa.

— Se ele é isso — disse M —, estamos com um problema.

— Sim. Eles ainda o estão testando. Sabemos que existem apenas quatro em operação, mas os russos planejam construir mais de cem nas docas do Volga. Há algumas fotos de má qualidade tiradas pelos satélites americanos no Cáspio e uma por um avião-espião U2. A notícia se espalhou entre os pescadores persas que avistaram um dos aviões. Eles o chamam de Monstro do mar Cáspio.

— Que tipo de dano pode causar? — perguntou M.

— Achamos que foi desenhado para transportar tropas ou ser um avião de assalto. Mas pode transportar mais ou menos 25 toneladas de material explosivo a apenas alguns metros acima do mar.

— A que velocidade?

— Acho que o senhor deve sentar-se para ouvir isso — disse o chefe da equipe. — Ele pode desenvolver 400 km/h.

— O quê?!

— Sim. São 250 milhas por...

— Sei exatamente qual é a velocidade — disse M. — Mas que diabos estará fazendo na Pérsia?

— Bem, Pistachio se baseia apenas na palavra de um chofer que levou 007 às docas. Não podemos saber com certeza. Mas não parece boa coisa. Especialmente se foi modificado.

M soltou baforadas sucessivas de seu cachimbo.

— Bem, confio em Pistachio. Você já recebeu a análise da amostra? O pacote que veio de Noshahr esta manhã?

— Sim. É heroína pura, se é que heroína pode ser "pura". Destinada a... Bem, Deus sabe. Parece que era destinada à Rússia. No Ekranoplan.

— Isso significa que Gorner tem algum acordo com os russos. Eles vão traficar heroína para o Ocidente pela Europa Oriental. Talvez pelos países bálticos. Estônia, provavelmente.

— Acho que isso é provável, senhor.

M foi até a janela novamente. Com as costas voltadas para o chefe da equipe, disse:

— Acho que essa ainda não é toda a história. Não acredito que seja apenas comercial, apenas um negócio de drogas, por maior que seja. Os americanos estão mandando gente para a Pérsia neste momento.

— Eles não mandam sempre?

— Sim, mas não como agora. Não tinha visto um pânico como esse no Oriente Médio desde que Philby* desapareceu em Beirute. O pessoal de Langley sabe que alguma coisa grande está acontecendo.

— As relações entre nós e Langley estão um pouco melhores?

M sacudiu a cabeça.

— Ainda estão frias, acho. É o problema do Vietnã. Até que os políticos possam discutir cara a cara ou até que mandemos alguns soldados, haverá esse grau de... reserva.

— O senhor quer dizer que, no que diz respeito à Pérsia, estamos ambos em queda livre e, mesmo assim, não trocamos informações?

M suspirou pesadamente.

— Mais ou menos isso, Bill. É por isso que precisamos tanto das informações de 007.

— E 004? Alguma coisa?

— Nem um pio. O que realmente me preocupa é o que estamos recebendo de Washington. Todos os agentes possíveis

* Harold Adrian Russell 'Kim' Philby (1912/1988) foi funcionário da Inteligência Britânica por mais de 20 anos e espião soviético por mais de 30. Desapareceu em Beirute em 1963, quando a União Soviética lhe concedeu asilo político e uma de suas mais altas condecorações, a "Ordem da Bandeira Vermelha". Morreu em Moscou, onde foi enterrado como herói. (*N. da T.*)

estão sendo despachados para Teerã. Até os semi-aposentados. A situação é do tipo "todos ao convés".

— E nós não sabemos exatamente por quê. Há alguma coisa que eles não estão falando.

M assentiu silenciosamente.

Finalmente, após um silêncio tenso, o chefe da equipe disse:

— Se Gorner tem algum trato com os russos para usar o Ekranoplan a fim de transportar heroína, então ele tem de pagá-los de alguma maneira.

— Não apenas dinheiro — disse M. — Está pensando o que eu estou pensando?

— Acredito que este seja o meu trabalho, senhor — disse o chefe da equipe.

M pôs o cachimbo em cima da mesa e pressionou uma tecla do interfone.

— Moneypenny — disse. — Me ligue com o primeiro-ministro.

14. O fim do mundo

— É bom para você que minhas mãos estejam amarradas — disse Bond. Ele cuspiu as palavras.

— Conversa de valentão, Bond, mas acho que meus homens ali não deixariam que nada de muito ruim me acontecesse. — Gorner fez sinal com a cabeça na direção dos dois guardas armados no corredor. — Não quer olhar para sua namoradinha? Todo mundo quer. E pelo barulho, estão gostando muito dela.

Bond olhou rapidamente pela janela. Scarlett, nua, percorria o corredor pela passagem envidraçada e tentava resguardar sua decência com as mãos, enquanto um guarda armado a empurrava com a coronha do fuzil e os trabalhadores escravos rugiam em aprovação.

— Mate Gorner — lhe dissera Poppy. — Apenas mate-o. — Bond teria de esperar, mas, quando esse momento chegasse, pensou, ele o faria com prazer.

— Não se preocupe com as garotas — disse Gorner. — São apenas destroços humanos. O tipo de gente que seu Império considerava descartável.

Bond praguejou concisamente.

Gorner fez um sinal para o guarda e lhe deu uma ordem breve em persa.

— Vamos mandar sua namoradinha juntar-se a você mais tarde, Bond. Não deixaremos que os homens fiquem com ela esta noite. Quero aumentar o apetite deles primeiro.

*

Na solidão da cela, Bond tentou imaginar um plano de fuga. Era possível pular sobre um guarda e tomar sua arma, mas não sem antes soltar as cordas de náilon que mordiam seus pulsos. Mesmo então, não iria querer fazer nada até ter um esboço de plano que tirasse a si mesmo, Scarlett e Poppy da cova de Gorner.

Nesse meio tempo, pensou que seus interesses estariam mais bem servidos se fizesse as coisas que Gorner dizia. Cedo ou tarde, Gorner teria de revelar os detalhes de sua planejada "intervenção militar" e, depois, se ele, Bond, tivesse chance, estaria ao menos em posição de passar uma mensagem útil para Londres, ou para Darius, em Teerã. Era provável que morresse no processo, mas, se conseguisse, de alguma maneira, mandar um aviso para que o país preparasse suas defesas, então ao menos teria feito seu trabalho.

Oito horas se passaram sem comida, sem água e sem sinal de Scarlett. Bond cochilava a intervalos quando foi convocado de volta ao escritório de Gorner sob a mira de uma arma. Desta vez, Chagrin estava ao lado de seu senhor.

— Você vai sair para um exercício, Bond — disse Gorner. — Poderá considerá-lo como uma espécie de reconhecimento antes da ação principal. Às vezes, no entanto, os exercícios preliminares são tão perigosos quanto a ação que realmente interessa. Você poderá não sobreviver, mas me divertirá ver de que tipo de fibra você é feito. Você aprenderá muito. Vou colocá-lo aos cuidados de Chagrin, meu mais confiável ajudante-de-ordens.

O homem de quepe deu um passo à frente ao ouvir seu nome. Depois, murmurou alguma coisa para o guarda, que bateu os calcanhares e saiu.

— Acho que é hora de você saber um pouco mais sobre Chagrin — disse Gorner. — Seu verdadeiro nome é Pham Sinh Quoc. Ele lutou pelo Viet Minh. Foi um dedicado soldado comunista contra os franceses. Quando colonizaram a Indochina, os franceses mandaram muitas freiras e missionários para lá. A religião não era boa o bastante para a grande causa da República da França na própria casa, onde a Igreja e o Estado estavam separados desde 1789, mas eles sempre exportaram o catolicismo para os povinhos de cor cujas terras roubavam. Acho que isso aliviava a consciência dos franceses.

O guarda, acompanhado de três outros, retornara com um trabalhador gaguejante de uniforme cinza. O homem caiu de joelhos, claramente aterrorizado pelo que o esperava.

— Quando Chagrin e seus camaradas chegavam a uma aldeia do norte onde as crianças tinham ouvido aulas sobre a Bíblia, costumavam arrancar a língua do padre com um par de alicates. Depois, ele não podia mais pregar. É o que ainda fazemos com pessoas que falam demais.

Gorner acenou com a cabeça para Chagrin, que tirou do bolso um par de hashis. Dois guardas seguraram os braços do homem firmemente para trás enquanto Chagrin enfiava um pauzinho em cada uma das orelhas do homem.

— E isso era o que Chagrin fazia com as crianças que ouviam a Bíblia.

Pondo um pé de cada lado do homem, Chagrin bateu, com toda a força, as palmas das mãos contra as extremidades dos pauzinhos, enfiando-os dentro da cabeça do homem. O sangue esguichou das orelhas do homem enquanto ele gritava e caía para frente no chão.

— Ele não ouvirá muita coisa agora — disse Gorner. — Não até que seus tímpanos se restabeleçam. Algumas crianças nunca mais ouviram.

Dois guardas arrastaram para fora o homem que gritava enquanto dois permaneciam no aposento.

— E espero que você goste de saber como Chagrin ganhou seu apelido. A palavra significa "dor" e "luto" em francês. Notável que uma língua use a mesma palavra para as duas coisas, não acha? Mas aconteceu uma coisa mais com Chagrin que o tornou um soldado melhor e mais feroz que qualquer outro. Quando libertaram os prisioneiros dos campos de concentração nazistas, os russos pegaram os papéis relativos às experiências dos médicos nazistas. Um setor altamente secreto do ministério da saúde soviético continuou com os experimentos, na mesma linha, durante muitos anos. À diferença dos nazistas, pediam voluntários. Os custos da viagem e uma recompensa eram assegurados. Chegaram notícias disso à célula comunista de Chagrin no Vietnã do Norte e ele se ofereceu como voluntário para ir a uma clínica em Omsk. Os médicos militares russos estavam interessados na base neurológica da psicopatia, um distúrbio mental que designa os homens que perderam a capacidade de imaginar os sentimentos dos outros. Eles não conseguem se projetar. Não têm nenhuma idéia acerca "do outro". Os médicos acharam que uma capacidade como essa, ou sua ausência, poderia ser útil para o exército e, particularmente, para a KGB. Resumindo a história, Chagrin foi um dentre as dezenas de homens que sofreram cirurgia cerebral. Necropsias de psicopatas mostraram algumas anormalidades no lóbulo temporal. Está me entendendo, Bond?

— Sim — respondeu Bond.

— No caso de Chagrin, a operação foi um sucesso. Eles cauterizaram uma área em seu lóbulo temporal do tamanho de uma unha. Não imagino que Chagrin fosse exatamente um bom coração antes, mas, depois disso, sua indiferença em relação aos outros tem sido notável. Infelizmente, houve uma pequena seqüela. Os cirurgiões danificaram um grande entroncamento de neurônios que dão sensibilidade à dor no cérebro, muito próximo dos receptores de morfina, como se descobriu. O cérebro registra dor nas mesmas áreas que governam as emoções. Se tentar remover de alguém o sentimento de compaixão, você também poderá tirar outros sentimentos. Em conseqüência, a capacidade de Chagrin de sentir dor é variável, às vezes mal se nota. Isso significa que ele tem de ser cauteloso. Pode saltar de dez metros e nem ao menos notar que quebrou o tornozelo. Em outros momentos, naturalmente, isso pode ser uma vantagem. Em combate, ele é um oponente formidável.

— Entendo — disse Bond. Isso explicava a aparência de vítima de derrame em parte do rosto de Chagrin. — Por que o chapéu?

— Os cirurgiões fizeram o que chamaram de presilha osteoplástica. Eles fazem buracos no crânio, depois inserem uma pequena serra entre o osso e as membranas abaixo e cortam para cima, através do osso. Quando alcançam três quartos de um círculo, levantam e baixam o pedaço de osso. Mas os cavalheiros de Omsk estavam com pressa e não terminaram o trabalho direito. A aba não se encaixa. Chagrin se sente constrangido.

— Sim — disse Bond. — Mas por que o quepe da Legião Estrangeira, já que ele combateu os franceses com tanto ódio?

Gorner encolheu os ombros.

— Acho que talvez os neurocirurgiões russos tenham removido seu senso de ironia.

Bond lutou para controlar o ódio pelo homem. Que estudante idiota, pensou, que piadista inconseqüente da Universidade de Oxford havia zombado pela primeira vez da mão de Gorner e definido, assim, o curso dessa cruzada perversa?

— Você deve estar com fome — disse Gorner. — Mas hoje, como eu disse, é um dia de educação. A falta de comida é para lembrar você de como os britânicos, sistematicamente, submeteram os irlandeses à fome, na grande fome da batata. Acho que algumas ferroadas no seu estômago não se comparam, realmente, à dor dos milhões que morreram, não acha?

— Quando parto nessa sua aventura? — perguntou Bond.

Gorner olhava pela janela para os trabalhadores escravos no chão da fábrica e pareceu não ouvir.

— Acho que encontrei outra forma de fazer a Grã-Bretanha ficar de joelhos — disse. — Pensei em investir os lucros de minha companhia farmacêutica no negócio de comunicação. Suponha que eu tivesse comprado o mais distinto jornal do seu *establishment* de hipócritas, o *Times*. Poderia colocá-lo, então, nas mãos de um editor maleável que compartilhasse meu ódio à Grã-Bretanha e atacasse o país por seu próprio porta-voz. Poderia ter comprado canais de televisão, outros jornais... Poderia ter entrado em pornografia e propaganda usando todos os acessos... Mas não, Bond. Isso levaria muito tempo. E as suas leis de *fair play* que limitam a propriedade dos meios de comunicação poderiam ter sido um empecilho. Então, injeto morte nas veias, com agulhas. É o mesmo, só que mais rápido.

Gorner se levantou.

— Chega desse sonho agradável de olhos abertos. Chagrin, leve Bond embora. Faça-o trabalhar. Lembre-se do que os britânicos fizeram com os Kikuyu na rebelião dos Mau-Maus. Vá.

Chagrin andava na frente de Bond, enquanto dois guardas armados o seguiam. Tomaram o elevador para cima, até o nível do solo, depois foram de carro elétrico por um corredor em espiral até uma porta de ferro fechada. Chagrin foi a um teclado ao lado dela e digitou um código de cinco números.

Bond memorizou a seqüência de sons, porque cada número que Chagrin apertava emitia uma nota musical ligeiramente diferente.

A porta deslizou para o lado e Bond foi empurrado para o espaço aberto e pelo deserto de areia na direção do que reconheceu, imediatamente, como um modelo clássico de helicóptero soviético, o Mi-8 Hip, com dois motores gêmeos. Seu principal rotor tinha uma hélice de cinco pás; o aparelho tinha capacidade para transportar 36 homens armados.

O sol estava escaldante durante a curta caminhada até o aparelho. As lâminas, que começaram a se movimentar lentamente, já açoitavam a areia quando subiram os degraus. Havia dez outros homens de Gorner dentro do helicóptero, todos armados e vestidos com camisetas simples e calças de combate do exército e levando cintos com munição pesada. A porta do helicóptero foi fechada, os rotores se aceleraram e, em um impulso sem esforço, o helicóptero subiu no ar, virou para a esquerda e foi embora, rugindo pelo deserto.

Bond podia dizer, pela posição do sol, que estavam voando para leste, em direção ao Afeganistão. Repetiu mentalmente o som do teclado eletrônico que Chagrin usou e fixou a seqüência de sons em sua memória como uma canção primitiva.

Praticou aquilo várias vezes até conseguir alojá-la em sua memória como a mais irritante música pop do rádio.

Quando o helicóptero finalmente desceu, foi próximo a um modesto hotel, um retângulo de edifícios improvisados até onde a água da neve derretida de alguma montanha fora trazida pelo sistema de *quanats* subterrâneos que J. D. Silver descrevera para ele. Bond distinguiu sua trilha até o edifício como se uma toupeira do deserto tivesse cavado, furiosamente, um túnel. Os homens saíram do helicóptero e receberam água e comida de uma mesa posta em um pátio aberto.

Bond sentiu o cheiro dos churrasquinhos e do arroz e se viu salivando. Não comia nada desde o jantar com Hamid e Scarlett em Noshahr. Mas suas mãos estavam atadas, e, quando o cozinheiro fez menção de lhe oferecer alguma coisa, Chagrin sacudiu a cabeça.

— Irlandeses — disse ele. — Nada de comida.

— Água? — disse Bond.

Chagrin pôs um pouco de água em uma tigela.

— Igual cachorro — disse. — Como ingleses com escravos.

Bond se ajoelhou e lambeu a água quente.

Havia cerca de uma dúzia de camelos no hotel, amarrados com cordas. Os nativos encostavam escadas em seus flancos, subiam e enfiavam as mãos em cortes cauterizados em suas corcovas. Quando seus antebraços sangrentos eram retirados, em suas mãos havia pacotes embrulhados em polietileno, como os que Bond vira em Noshahr. Bond presumiu que os camelos tinham sido condicionados a seguir uma rota pelo deserto ao receberem água em abundância em cada um dos destinos.

— Ir — disse Chagrin, empurrando Bond na direção de uma viatura militar todo-terreno que esperava com o motor ligado.

Foi uma viagem de seis horas por picadas no deserto, depois para cima, pelas montanhas, antes de se avistar o primeiro indício de habitação humana. De seu estudo dos mapas, Bond lembrou-se de que havia estradas melhores ao longo da margem sul do Dasht-e Lut, que iam de Bam a Zahedan e, depois, para Zabol, na fronteira. Mas onde havia estradas, também era provável que existissem bloqueios e batidas policiais. Então, a rota pelo deserto era claramente melhor para o objetivo de Gorner.

O cenário se tornava mais verde à medida que desciam das montanhas e cruzavam a planície em direção a Zabol. Quando estavam a cerca de 16 quilômetros de distância de Zabol, a viatura todo-terreno parou, e os homens passaram para dez jipes sem capota que aguardavam. Somando os motoristas dos jipes, Bond e Chagrin, o grupo agora era de 22 homens, que partiram nos jipes com 3 minutos de intervalo entre eles, não querendo, como Bond presumiu, ser vistos como um grupo ou um comboio. Um caminhão militar, grande o suficiente para carregar centenas de quilos de ópio, seria muito óbvio e poderia ser visto na cidade.

Poucos minutos depois, Bond estava em Zabol, cidade que, em seu quarto de hotel em Teerã, imaginara como o fim do mundo. Era um lugar poeirento, sem árvores, de paredes marrom-acinzentadas, feitas com tijolos de lama. As ruas eram dispostas em uma grade cerrada, o que dava uma sensação de aperto, claustrofóbica. O calor seco era intenso e não abrandado pela sombra de nenhum edifício alto. Apesar de haver alguns persas do tipo que ele vira em Teerã, em roupas ocidentais, havia muito mais homens tribais de pele escura com turbantes e barbas pretas desalinhadas. Zabol era grande, mas tinha uma atmosfera de velha cidade sem lei da fronteira.

Bond recebeu ordem para sair do jipe, que foi levado embora para não ser visto na cidade. Bond foi conduzido pelo mercado à ponta de um revólver que Chagrin empurrava contra a vértebra mais baixa de sua espinha. Era um mercado feio. Em vez de seda, as barracas vendiam cigarros e imitações de produtos ocidentais — gravadores, perfumes, plásticos — feitos na China. No setor de alimentos, as barracas exibiam melões doces Sistani, uvas vermelhas, caixas de tâmaras de Bami e pimentas cor de laranja, mas, acima de todos os odores, sentia-se o cheiro nauseante do ópio, a *Papaver somniferum*.

— *Taliak* — sibilou um velho para Bond, fazendo-lhe um gesto para que o seguisse para trás de uma cortina. Sua barba grisalha estava amarelada por anos passados fumando o *taliak*, ou ópio, que esperava vender.

Chagrin deu um empurrão no peito do velho e este caiu atrás da cortina. O que surpreendeu Bond foi a aparente escassez de policiais em Zabol. Concluiu que o tráfico principal era feito longe do mercado e que a polícia tolerava negócios em pequena escala, sem dúvida porque ela mesma devia estar envolvida.

Andaram pela cidade até chegar a uma área industrial. Ali, Bond viu que os dez jipes se haviam reagrupado do lado de fora de um armazém baixo de tijolos de barro, que, a julgar pelos balcões ao lado dele, supostamente negociava melões. As portas corrugadas foram levantadas, guinchando em seus trilhos, e os jipes entraram.

Na penumbra interior, uma dúzia de afegãos, as roupas tribais com cintos cruzados no peito, cheios de munição, apontaram fuzis soviéticos para os homens de Chagrin enquanto estes carregavam a traseira dos jipes com caixas de chá de madeira. Eram vinte caixas ao todo, duas por jipe. Era uma quantidade colossal de ópio bruto, pensou Bond, mas nada suficiente para manter funcionando as engrenagens da fábrica de Gorner. Só os céus sabiam o quanto ele estava importando do Laos.

Sob a atenta cobertura de seus homens, Chagrin caminhou até o meio do armazém e colocou um grosso envelope de papel em uma caixa vazia. Ficou ali enquanto um dos afegãos abria o envelope e contava as abundantes cédulas de dólar americano que continha.

Após o sinal silencioso de aprovação do afegão, Chagrin virou-se e fez um gesto para seus homens. Ouviu-se o ruído de dez motores sendo ligados, e o comboio partiu com intervalos de 1 minuto entre os jipes. Bond e Chagrin foram no último jipe, velozmente dirigido pela periferia da cidade pelo mais jovem e, aparentemente, mais nervoso dos motoristas. Depois de se distanciar cerca de 10 minutos de Zabol, o jipe se juntou aos outros nove veículos atrás de um monte de areia e rochas.

O caminho à frente, de volta ao transporte militar, que Bond mal conseguia discernir no horizonte, era através de um estreito desfiladeiro com montanhas nuas e esburacadas dos dois lados.

Chagrin tirou uma faca das calças e cortou as cordas que prendiam os pulsos de Bond.

— Passo do Fogo do Inferno — disse.

Então, alguma coisa parecida com um sorriso surgiu na metade não-inanimada de seu rosto. Bond pensou nas crianças vietnamitas em seus grupos de estudo da Bíblia.

— Você dirige primeiro jipe — disse Chagrin. — Ir.

Todos os outros homens estavam rindo.

Bond subiu ao assento do motorista do lado esquerdo. Não havia tempo para *hejira*, ou retirada tática. Este era o momento de ir em frente sem vacilar. Engatou a primeira e largou a alavanca de mudança. As quatro rodas chiaram, depois se agarraram ao solo do deserto. O jipe saltou para a frente com tal ímpeto que Bond quase foi atirado para fora do assento. Lutou com o volante e retomou o controle quando baixou o pé direito e desenvolveu as marchas. Sentia na traseira o peso das duas caixas, que corriam de um lado para o outro do jipe, dependendo das ondulações e crateras da trilha de areia. Viu o reflexo de um fuzil na montanha à esquerda e olhou para o lugar de onde os homens da tribo afegã estavam atirando, atrás das rochas. Ouviu o assobio de uma bala acima de sua cabeça e moveu o volante de um lado para o outro para se tornar um alvo mais difícil. Depois, escutou o assobio mais alto de um foguete lançado à mão, e a estrada em frente a ele explodiu em uma bola de rochas e areia ejetadas, despedaçando o pára-brisas do jipe e enchendo seus olhos de pó. Bond passou a manga da camisa nos olhos para clarear a visão. Um pedaço fino de vidro atravessara sua bochecha e se alojara ali, com a ponta em sua gengiva.

Tiros começaram a vir da montanha à direita, e ele se deu conta de que outro veículo estava próximo dele, embora não tivesse tempo de checar se era do comboio de jipes de Gorner ou um bandido inimigo que o perseguia. Sabia apenas que tinha de continuar. Os disparos de armas automáticas se intensificaram a partir das montanhas à direita e atravessaram o frágil assento de passageiro, ricocheteando na estrutura de metal. Parecia que toda a paisagem ganhava vida em sua fome insana pela droga que ele levava. As articulações dos dedos de Bond agarrados ao volante estavam brancas e sangue escorria de sua bochecha para a camisa encharcada de suor. Pensou no rosto de Gorner, em Scarlett na passagem e em Poppy prisioneira no ventre do deserto. Riu alto de ira e desafio, depois afundou o pé direito contra o piso enquanto um denso tiroteio atingia a carroceria do jipe, como baquetas alucinadas golpeando um tarol.

Subitamente, Bond estava no ar, catapultado de seu assento pela explosão de uma granada sob o eixo do jipe. Caiu sobre o ombro esquerdo, sentiu uma dor excruciante, rolou e correu para a cobertura de uma rocha. Olhou para trás e viu o jipe de cabeça para baixo na estrada, as rodas girando freneticamente, sob o comando do acelerador preso. Uma bala se alojou em uma fissura da rocha atrás dele, e Bond olhou em volta e viu o montículo de um ponto de acesso a um *quanat*, o sistema subterrâneo de água que devia fluir para Zabol. Correndo em um veloz ziguezague pelo chão rochoso, Bond agachou-se atrás do monte, cavou atrás da terra levantada e encontrou uma folha de ferro corrugado sobre uma entrada. Atirando a folha a um lado, abaixou-se e despencou 5 metros em água fria.

Por um momento, teve tempo de pensar. Era possível que ninguém o tivesse visto, embora duvidasse disso, pois o Passo do Fogo do Inferno se tornara naquele momento a área mais populosa da Pérsia. Imaginou que tivesse sido mandado como isca, enquanto os outros jipes seguiam por um caminho mais seguro, ao norte do estreito desfiladeiro, para reunirem-se no caminhão de transporte. A coisa importante a fazer, de algum jeito, era voltar para a cova de Gorner. Preso no deserto, ele seria inútil para Scarlett, para Poppy ou para o Serviço. Tinha de encontrar o caminho de volta até os homens de Chagrin de qualquer maneira. A água batia em sua cintura e era fria. Bond se abaixou até seu rosto ficar perto da água e, então, cuidadosamente, retirou o pedaço de vidro da bochecha.

Depois, partiu-o em dois pedaços de cerca de 5 centímetros cada e ocultou-os bem, no bolso abotoado da camisa.

Um tiro de pistola agitou a superfície da água. Alguém estava no ponto de acesso do *quanat*, atirando para baixo. Bond começou a nadar contra a corrente, cruzando a água de montanhas distantes. A corrente era tão forte que era difícil avançar. Afundou na água e deu tantas braçadas quanto seus pulmões permitiram, mas, quando voltou à tona, viu que havia avançado apenas alguns metros. Outro tiro passou por ele. Tinham entrado na água também. Bond avançou, usando toda a sua força, mas logo notou que algo mais acontecia: a água estava subindo. Isso só podia acontecer por intervenção humana, pensou. Não poderia ter sido um jorro súbito de neve derretida em uma pequena ravina em uma montanha distante, então devia haver algum tipo de válvula que alguém havia fechado corrente abaixo, ou um portão operado corrente acima, de forma a aumentar o fluxo da água. Mas não conseguia ver nada na escuridão da torrente.

Pôs a mão acima da cabeça e sentiu o teto do estreito canal a apenas alguns centímetros dele. Se a vazão aumentasse muito mais, morreria afogado. Não podia voltar para os dentes de seus perseguidores armados, então não tinha escolha a não ser prosseguir.

Forçando a caminhada, com as mãos à frente, Bond sentiu a água subir ao nível de sua boca. Ficou sob a superfície da correnteza e nadou novamente, esperando encontrar um trecho onde o teto irregular da passagem pudesse ser mais alto e lhe dar ar acima da superfície da água. Quando subiu novamente, o espaço para a cabeça era tão pequeno que teve de inclinar o pescoço para poder respirar. Movimentando-se desesperadamente, agora, Bond deu um último impulso para frente com os braços, na escuridão torrencial. A mão esquerda encontrou alguma coisa diferente: ar. Havia um buraco no teto do *quanat*, e, contra a força da água, conseguiu agarrar o lado rochoso e erguer a cabeça dentro dele o bastante para respirar. Um pouco acima, havia mais um apoio na rocha e, enquanto a água subia e passava agora em torno de sua cintura, Bond sabia que para cima era o único caminho que podia seguir.

Amaldiçoou a largura de seus ombros enquanto subia pelo estreito túnel, as protuberantes e ásperas pedras do deserto cortando a palma de suas mãos. Finalmente, os pés subiram acima da água, e ele ficou sozinho, entalado em um apertado túnel vertical no meio da terra.

Subiu alguns centímetros, depois mais outros. Com mãos e pés sangrando, ascendia pouco a pouco, quase imperceptivelmente, pela apertada chaminé. Qual poderia ser o sentido disso — pensou — quando, por tudo que sabia, devia haver uns 10 metros de terra sólida acima dele? Podia ouvir a água embaixo e decidiu que, quando não pudesse mais se mover, tentaria descer e morrer em suas profundezas frias. Seu ombro esquerdo, sobre o qual havia aterrissado quando foi atirado do jipe, permitia pouco movimento do braço esquerdo, então era apenas com uma das mãos em condições que lutava para abrir caminho para cima.

Centímetro por centímetro, com as mãos laceradas e sangrentas, erguia-se dentro do túnel escuro e apertado que tolhia seus ombros. O quadril fora imobilizado pela câimbra, mas não podia movimentá-lo para soltar o músculo. Acima dele, a passagem vertical parecia mais estreita, e o ar, mais rarefeito.

Bond sempre soube que a morte viria mais cedo ou mais tarde a serviço de seu país e permanecera indiferente ao pensamento. Ele não iria, pensou, mudar de atitude agora. Então, sua mente exausta voou de volta no tempo, inexplicavelmente para uma noite em Roma e para o bar de um hotel, onde a Sra. Larissa Rossi erguera uma sobrancelha enquanto cruzava as pernas. Podia vê-las agora — e sua boca, cujo lábio superior ocasionalmente se projetava como se estivesse zangada. O brilho cor de mel claro de sua pele... a impenitente rebeldia em seus olhos.

Bond espremeu-se alguns centímetros mais pela terra que o comprimia. Pensou que devia estar tendo alucinações. Estava morrendo, mas não conseguia pensar em nada além de Scarlett. O jeito dela de olhar para baixo, um pouco nervosa, enquanto dizia "meu marido teve de passar a noite em Nápoles... Você pode subir até a nossa suíte para tomar um drinque, se quiser".

Bond sentiu a respiração morrer em seus pulmões. Amava essa mulher? Teria descoberto tarde demais? Lágrimas doídas de frustração misturaram-se com o suor e o sangue em seu rosto.

Não teve um pensamento sequer para a morte que se aproximava, apenas Scarlett na cadeira dourada do quarto de hotel em Paris, suas longas pernas modestamente cruzadas e as mãos abertas em frente aos seios...

Com seu último hausto transformado em gemido, Bond lançou-se para cima com toda a força, em um esforço final, agonizante. Suas mãos atravessaram areia compacta e terra e encontraram ar. Buscou freneticamente um apoio.

15. “Você me quer?”

Um raio de luz rompeu a superfície acima dele, depois uma golfada de ar quente, seco. Com um gemido baixo, Bond forçou o ombro ferido contra a borda dura de terra acima dele até ser capaz de empurrar a si mesmo para cima. A cabeça finalmente ficou livre. Com uma dor quase insuportável, passou os ombros e depois o torso pelo buraco. Finalmente, puxou a cintura e as pernas para fora e desabou sobre a areia, enquanto gemia e lutava para respirar contra a neblina de inconsciência.

Quando sua visão retornou, descobriu que estava olhando para um par de biqueiras polidas de sapatos de couro marrom e as dobras de um terno de linho creme. Quando levantou a cabeça, a sola de um sapato foi colocada sobre sua bochecha e empurrou seu rosto contra o chão.

— O “tubo do charuto” — disse a voz de Gorner. — Um teste de resistência inventado pelos oficiais das escolas de seus melhores regimentos durante a Emergência Malaia.* Achei que você o apreciaria. E achei que eu também. Então, por capricho, fiz uma viagem especial para observar você.

Gorner mantinha o pé sobre o rosto de Bond.

---

* Estado de emergência declarado pelo governo colonial britânico da Malásia em 1948, visando a eliminação de movimentos políticos de esquerda, especialmente do Partido Comunista Malaio. (*N. da T.*)

— Ele foi inventado para eliminar os informantes entre os nativos, mas seus oficiais gostaram tanto do "tubo do charuto" que acabaram fazendo-o apenas por diversão. — Ele se virou para um assistente que não estava à vista. — Levem o sujo espião inglês embora.

O pé saiu de cima do rosto de Bond e ele rolou para ver Gorner fazer a curta caminhada até o pequeno helicóptero que o trouxera. Bond sentiu que estava sendo erguido por baixo dos braços e colocado dentro de um jipe para a viagem de volta ao caminhão maior. Gritou com a pressão sob o ombro esquerdo. O helicóptero de Gorner já estava no ar acima deles.

As caixas de ópio dos jipes, menos as duas do veículo abandonado por Bond, tinham sido carregadas na viatura todo-terreno. Enquanto estava no chão do caminhão, rumo ao distante hotel onde passariam para o helicóptero Mi-8 Hip, Bond aproveitou-se de sua presumida inconsciência para tirar os dois pedaços de vidro do bolso da camisa e escondê-los sob a língua.

A viagem de volta se passou em um delírio de dor e fadiga, e ele dormiu durante parte dela. Mas estava alerta o bastante para tomar água quando o transferiram para o helicóptero, onde suas mãos foram, mais uma vez, amarradas. Percebeu que estava descendo e voltando para a fortaleza de Gorner e sendo despido até ficar de cuecas e completamente revistado. As roupas rasgadas lhe foram devolvidas.

Quando recuperou totalmente a consciência, Bond estava de volta à cela de rocha, com Scarlett dormindo a seu lado. Cada fibra de seus músculos doía, e ele se ajeitou na areia, tentando encontrar uma posição que doesse menos. Deixou cair os pedaços de vidro da boca e usou a língua para cobri-los com areia, enquanto a cabeça permanecia imóvel, para que nenhuma câmera oculta detectasse o movimento.

As fechaduras da porta foram abertas e um guarda entrou. Deu o bom-dia usual — uma cutucada nas costelas com a bota — e lhes disse para se levantarem. Scarlett vestia uma camisa e calças cinzentas de trabalho. Seu lábio inferior estava inchado onde Gorner a atingira com as costas da mão. Parecia pálida e assustada, pensou Bond, enquanto tentava confortá-la com um sorriso e um aceno de cabeça. Foram conduzidos sob a mira de armas para o banheiro, depois tomaram água e foram levados ao escritório de Gorner.

Gorner, em um terno tropical com uma flor vermelha, parecia menos um terrorista global que um jogador que chegava para quebrar a banca em Cannes. Também parecia perigosamente entusiasmado. Não fez referência aos acontecimentos em Zabol ou ao "tubo do charuto". Parecia animado apenas com o futuro.

— Amanhã — disse para Bond e Scarlett ajoelhados à sua frente sob a mira de armas, as mãos amarradas nas costas — é um dia que esperei durante toda a vida. Amanhã lançarei um ataque que finalmente colocará a Grã-Bretanha de joelhos. Como muitos dos melhores planos militares, ele terá duas pontas: uma manobra diversionista e um alvo principal.

Este era o homem da doca de Marselha, pensou Bond, a arrogância impaciente, igualada apenas por seu implacável senso de objetivo. Por um momento, a arrogância prevaleceu. Gorner estava tão deliciado com sua própria inteligência que qualquer precaução que pudesse ter sobre a divulgação de detalhes de seu plano desapareceu.

Sentou-se à mesa e consultou uma prancheta.

— Esperava levar a Grã-Bretanha ao seu próprio nível apenas com o uso de narcóticos, e tinha grandes esperanças de sucesso a longo prazo. Acho que posso transformar a maioria de suas cidades em cortiços de drogas até o fim do século. Mas sou um homem impaciente. Desejo o sucesso. Preciso de ação. Preciso de resultados agora!

Gorner golpeou a mesa com a mão esquerda enluvada. Houve um pesado silêncio na sala, ouvindo-se apenas o ruído do ar-condicionado.

— Então — disse Gorner —, precisamente às 10h, um Ekranoplan partirá de sua base em Noshahr e irá para o norte, via noroeste, na direção da União Soviética. Acho que você conhece o avião, Bond, já que passou tempo demais tentando fotografá-lo, imprudentemente. Ele foi modificado para levar seis foguetes, três dos quais armados com explosivos nucleares. Há também o último míssil soviético terra-ar para o caso de alguém ficar curioso demais. O delta do rio Volga proporciona uma entrada ideal, que leva direto a Stalingrado, a área vulnerável da Rússia. Nem todos os canais são suficientemente grandes para o nosso objetivo, mas podemos agora estabelecer a rota perfeita pelo rio principal, o mesmo, na verdade, em que o Ekranoplan foi lançado. De Noshahr a Astracã são pouco mais de 965 quilômetros, e de Astracã a Stalingrado, mais 360 quilômetros. Mesmo considerando as possíveis paradas para reabastecimento por um avião-tanque, a imensa velocidade do Ekranoplan significa que ele pode fazer toda a viagem, abaixo do radar, em quatro horas.

— Quando chegar aos subúrbios da cidade, o Ekranoplan abrirá fogo, como um ato hostil contra a União Soviética. O próprio avião estará sob as cores do Reino Unido. Toda a tripulação terá passaportes britânicos. Assim que o serviço estiver feito, no entanto, ela será descartada por dois dos meus homens a bordo. Os russos vão encontrar apenas cidadãos britânicos mortos e responsáveis pelo ataque. Meus dois homens voltarão para cá.

Bond olhou para cima de onde estava ajoelhado.

— E onde conseguiu os explosivos? — indagou.

— Eu os comprei — respondeu Gorner. — São feitos pelos americanos. Há um mercado para essas coisas. Claro, são relativamente pequenos... muito menores que aqueles com que os americanos, seus amigos, queimaram vivos os civis japoneses em suas casas de madeira e papel. Mas três juntos... Tenho grandes esperanças. Nossos testes prevêem a devastação da cidade. O Ekranoplan, por sinal, foi modificado para mim em Noshahr por técnicos soviéticos que mudaram de lado a meu convite.

Um olhar de auto-satisfação iluminou brevemente as feições eslávicas.

— Usei antes o Ekranoplan apenas para transporte de carga, e não há razão para as autoridades soviéticas suspeitarem de nada mais. Ao contrário, tenho muitos amigos na União Soviética. Os cavalheiros da SMERSH foram bastante gentis facilitando a passagem da heroína por seu país para o Ocidente. Eles entendem que isso tem importância estratégica.

O rosto de Bond exprimiu surpresa ao ouvir o nome. SMERSH, uma abreviatura de "Smiert Spionam" — Morte aos Espiões —, era o mais secreto e temido departamento do governo soviético. Até sua existência era conhecida apenas por aqueles que trabalhavam para ele — ou, como Bond, que cruzaram seu caminho.

Gorner se levantou e deu a volta na mesa, ficando muito acima de Bond e Scarlett, ajoelhados. Baixou a mão enluvada de branco até o queixo de Scarlett e levantou bruscamente a cabeça dela.

— Coisinha linda, você, não? O primeiro turno estará disponível para um raro entretenimento amanhã à noite.

Sentou-se novamente atrás da mesa.

— Tudo isso — disse — como manobra diversionista. Agora, talvez goste de saber onde será lançado o ataque principal. Venha comigo.

Acenou para os guardas, que levantaram Bond e Scarlett e seguiram Gorner pelo corredor. Foram para o elevador circular aberto e subiram ao térreo, onde um carro elétrico os levou a uma porta de aço do lado do edifício. Sob o comando de um raio laser disparado de um controle remoto no carro, a porta subiu verticalmente até o teto, deixando entrar o brilhante sol do deserto.

Em frente a eles, no entanto, nem tudo era areia. Cintilando à neblina do calor havia uma pista de asfalto de cerca de 2 quilômetros de extensão, assinalada com faixas amarelas e flanqueada por luzes de pouso. A um lado estavam os dois helicópteros que Bond vira no dia anterior. Do outro lado estava um pequeno Learjet sem símbolos e um bimotor Cessna 150-E.

E próximo deles, brilhando ao sol da manhã — imenso, branco e fora de lugar —, havia um avião britânico novinho em folha: um Vickers VC-10 com a logomarca da BOAC e bandeiras do Reino Unido pintadas na cauda. Vários mecânicos trabalhavam na área de carga com máquinas de soldagem.

— Aviação — disse Gorner. — Um pequeno hobby meu. E em um país grande como este, é preciso ter condições de se movimentar rápido. O VC-10 é uma nova aquisição. Ele estava destinado ao Bahrain, a uma linha comercial que leva os donos de poços de petróleo e suas famílias de férias. Mas em seu vôo inaugural, que partiu da Grã-Bretanha, revelou-se que dois executivos da Vickers não eram o que pareciam ser. Trabalhavam para mim. O piloto foi "persuadido" a se desviar da rota. Pousou o avião aqui três dias atrás. Devo dizer que, para um homem sob pressão, foi uma aterrissagem exemplar.

Bond olhou para Scarlett para ver a reação dela. Scarlett olhava em torno do pequeno campo de pouso e do pequeno hangar e, mais além, para o deserto. Ela se recuperou um pouco, pensou Bond.

— Amanhã — disse Gorner —, o vôo do VC-10 o levará por 2.700 quilômetros, na direção norte, para o coração dos montes Urais. Para Zlatoust-36. O avião terá combustível suficiente apenas para alcançar o destino. A porta de carga adaptada se abrirá e deixará cair uma bomba. Junto com o material físsil em solo, ela vai gerar energia bastante para arrasar o lugar e uma boa parte das terras vizinhas. A destruição total será tão grande quanto a que foi infligida pela RAF, Royal Air Force, a força aérea britânica, aos civis de Dresden. Presumo, incidentalmente, que você saiba o que acontece em Zlatoust-36, Bond.

Bond sabia bem demais. Zlatoust-36 era o codinome dado ao Santo Graal das armas nucleares soviéticas: a "cidade fechada" de Trekhgorniy, fundada nos anos 1950, para ser o principal sítio de montagem de explosivos nucleares e armazenagem de ogivas de mísseis. Não seria exagero dizer que Zlatoust-36 era a sala de máquinas do esforço soviético na Guerra Fria.

— Você nunca chegará lá — disse Bond. — A malha do radar sobre Zlatoust-36 deve ser tão apertada quanto uma rede de pescar caranguejo.

Uma leve expressão de complacência, que era o mais próximo que Gorner conseguia chegar de um sorriso, percorreu suas feições.

— É aí que entra a manobra diversionista — disse. — Com Stalingrado em chamas, todos os olhos estarão voltados para lá.

— Duvido — disse Bond. — Eles vão pensar que é um ataque da OTAN e entrarão em alerta vermelho.

— Veremos. A beleza do plano é que realmente não importa se o avião vai chegar lá ou não. Se os caças russos o derrubarem ao sul dos Urais, ele terá cumprido sua tarefa. Os investigadores soviéticos de desastres vão encontrar um avião britânico cheio de mapas de Zlatoust, com uma carga de explosivos e um piloto britânico morto na cabine. Será o bastante, Bond. Com o que o Ekranoplan fará por água, será suficiente.

— E para que vai servir tudo isso? — indagou Bond.

— Estou surpreso com você, Bond — respondeu Gorner. — É óbvio. O objetivo é precipitar a Grã-Bretanha em uma guerra que, finalmente, não poderá vencer. Os americanos salvaram a pele de vocês duas vezes, mas sua recusa em apoiar a louca aventura americana no Vietnã fez com que eles se zangassem com vocês. Não serão tão generosos agora. E, de qualquer maneira, não terão tempo. Seis horas depois do meu ataque, você poderá esperar um ataque nuclear soviético a Londres. É isso, Bond. Justiça, finalmente.

Bond olhou para Scarlett, mas ela olhava fixo a distância. O sangue sumira de sua face, e ela oscilava como se fosse desmaiar. Ela se saíra inacreditavelmente bem até então, pensou Bond, e dificilmente seria uma surpresa se houvesse atingido o limite.

Os olhos de Gorner brilharam com o prazer tranqüilo de um jogador de bridge que, depois de uma jogada bem-sucedida, deposita as cartas viradas para cima e diz, "as outras, creio, são minhas".

— Sim, de fato — disse. — Londres explodindo em fumaça nuclear. As Casas do Parlamento, o velho e alegre Big Ben, a National Gallery, o campo de críquete Lord's...

— Esse VC-10 — disse Bond. — Quem será o idiota que irá pilotá-lo?

— Ora, é muito simples, Bond — respondeu Gorner, dando alguns passos na direção dele. — Será você.

— Eu? Não poderei pilotar algo tão grande. Certamente não com um ombro deslocado.

Gorner olhou para Bond, depois para Chagrin.

— Conserte o ombro dele.

Chagrin caminhou na direção de Bond e apontou para o chão. Bond deitou-se de costas, Chagrin pôs a bota em seu peito e agarrou a mão e o braço esquerdos de Bond. Com um puxão brutal, moveu o braço para cima e para o lado, e Bond sentiu a extremidade superior do úmero voltando a encaixar-se em sua cavidade.

— Você terá muita ajuda a bordo. A decolagem será feita pelo piloto original. Depois, ele entregará o avião a você, e meu melhor homem estará sentado a seu lado durante toda a viagem. Não será difícil.

Bond ajoelhou-se na areia respirando rapidamente, os dentes cerrados, o suor da dor nublando seus olhos.

Gorner andou de volta para o carro elétrico.

— Afinal — disse, enquanto o motorista engatava a ré e eles saíam em direção às portas de aço abertas —, você não terá de fazer a parte difícil. Não terá de aterrissá-lo.

*

Bond ficou aliviado por voltar à cela. Verificou com os dedos se os pedaços do vidro do pára-brisa ainda estavam sob a areia, depois se virou para Scarlett.

— Sinto muito sobre o desfile. A passagem.

Scarlett olhou para baixo.

— Tudo bem. Eu... eu sobrevivi.

— Precisamos fazer algo agora — disse Bond —, antes que seja tarde demais. Chegue mais perto de mim. Vamos dar a impressão de que estou confortando você.

Scarlett engatinhou pela areia e encostou-se em seu ombro. Levantou o rosto para ele. Estava exatamente igual à primeira noite em que ele a vira em Roma. Ela perguntou suavemente a ele:

— Você me viu? Você sabe, na passagem?

— Não. Virei de costas. Não quis olhar. Um dia, Scarlett.

— Se sairmos daqui, meu querido, você poderá olhar o que quiser.

Bond sorriu.

— Onde você acha que Gorner está mantendo Poppy? Ela falou alguma vez sobre seus aposentos, ou onde eles ficam?

— Não. Mas tenho certeza de que, assim que me viu, decidiu mantê-la fora de alcance. Ele claramente não quer falar sobre ela.

Bond deu um suspiro profundo e tenso.

— Scarlett, teremos de deixar Poppy para trás. Não teremos tempo de encontrá-la. Eu vou naquele avião, e você terá de estar comigo. Se eu deixar você aqui, Gorner a atirará aos trabalhadores.

— Não, não posso fazer isso — disse Scarlett. — Vim aqui para resgatar minha irmã e não vou embora sem ela.

— Não, você não veio — disse Bond. — Você veio para estar por perto quando eu a resgatasse.

— Não venha discutir detalhes comigo, James. Poppy é minha irmã gêmea, minha própria carne e meu próprio sangue, e eu não vou embora sem ela.

— Por favor, tente não ser emotiva, Scarlett. Apenas analise os fatos. Se pudermos deter Gorner hoje, amanhã mesmo poderemos conseguir gente para fechar a fábrica e resgatá-la. Polícia, exército, todo mundo.

— Não, James, eu...

— Silêncio. — Bond levantou a voz. — No meio da desordem, Gorner não estará pensando em Poppy. Para ele, ela é apenas mais uma garota na passarela. Ele tem problemas maiores com que se preocupar. Estará pensando em seu dinheiro, sua fábrica, seu maquinário, seu futuro. Não terá tempo para se preocupar com uma garota, por mais querida que ela seja para você.

Scarlett virou-se de costas para ele.

— Seu miserável insensível — disse. — Eu nunca deveria ter confiado em você.

Ela baixou o rosto, ajoelhou-se na areia e soluçou.

— A verdade — disse Bond sem rodeios — é que a melhor chance de Poppy somos eu e você. Se conseguirmos sair a salvo e acabar com Gorner, ela estará a salvo. Mas hoje, minha querida Scarlett, teremos de partir sem ela.

Quase 5 minutos de silêncio se passaram antes que Scarlett finalmente erguesse a cabeça e levantasse para ele o rosto marcado de lágrimas. Ele viu submissão em suas feições inchadas.

Ela aproximou a boca do ouvido dele.

— Acho que você pode ter razão — disse, tristemente —, mas tem alguma idéia de como fazer isso? Como me tirar daqui antes que eles... antes que os trabalhadores me peguem e... e... me matem?

— Mexa-se lentamente em torno de mim e ponha seus dedos contra os meus — disse Bond. — Consegue sentir alguma coisa afiada?

— Sim.

— Vire-se de forma que ela fique contra a corda em seus pulsos, depois vagarosamente comece a friccionar. Não sei se realmente existe uma câmera ali em cima, desconfio que não, mas não podemos correr o risco.

Scarlett levou quase duas horas de movimento imperceptível para desgastar a corda o bastante para arrebentá-la e depois começar a trabalhar nos nós que prendiam os pulsos de Bond.

— Tem ouvido para música, Scarlett?

— Eu costumava tocar violino e piano. Meu pai era muito sensível para a música. Os russos adoram música. Ela os faz chorar. Por que pergunta?

— Se eu pudesse cantar ou murmurar uma seqüência de cinco notas, você conseguiria descobrir que números de um a nove eles poderiam representar?

— Poderia, sim.

— Encoste a cabeça no meu ombro.

Ao longo da hora seguinte, Bond transferiu para a mente de Scarlett a seqüência de sons que ouvira na porta que o levou ao helicóptero. Ela a repetiu e cantou para si mesma, entremeando a melodia com um comentário falado, usando termos que significavam pouco para Bond — pausas, semitons e assim por diante.

Finalmente, ela conseguiu afrouxar os nós o suficiente para Bond ficar com uma das mãos livre.

— Não faz muito sentido, James. Eu quase consegui pegar a coisa, mas ela parece não funcionar direito. A menos, a menos... — Começou a rir. — James, você é absurdo.

— O quê?

— Você esqueceu o zero. Espere. — Cantarolou para si mesma novamente. — Agora funciona. Ouça. — Colocou os lábios contra a orelha dele. — Era esta a seqüência?

— Exatamente — disse Bond. — E quais são os números?

— Um, zero, seis, seis, nove. Não me pergunte o que isso significa.

— Não perguntarei. Ouça, Scarlett. Se conseguir sair, você não estará do lado certo da fábrica. E ainda terá de dar a volta até o avião. E depois... Bem. Terei de deixar as coisas por conta da sua criatividade. Só suba a bordo e se esconda. Calculo que agora seja o início da noite. Vamos fazer nossa jogada às 2h da manhã. Você pode ter sorte. De qualquer modo, é nossa única oportunidade.

Scarlett fez que sim com a cabeça. Não disse nada por algum tempo, mas Bond pôde ver que ela começava a se animar com a idéia.

— Está com fome? — perguntou Scarlett, finalmente.

— Voraz.

— O que mais gostaria de comer?

Bond pensou.

— Para começar, alguma coisa de fácil digestão. Ovos beneditinos. Depois, um pouco de caviar, talvez o que Darius me deu no jardim de sua casa. Linguado à meunière. Depois, perdiz assada. Uma garrafa de Bollinger Grande Année 1953 e um pouco de vinho tinto Château Bataille. Um amigo meu me apresentou a ele em Paris.

— Alguma coisa mais?

— Gostaria de ter tudo isso em um quarto de hotel. Com você. Sentada nua na cama. Agora venha e deite-se aqui perto até eu lhe dizer que é hora de ir em frente. Pense naquele quarto de hotel e tente dormir.

— Mmm... Estou lá — disse Scarlett. — O cheiro de essência de gardênia para banho flutuando pela porta aberta...

Quando Scarlett dormiu, os olhos de Bond esquadrinharam o teto buscando algum indício da existência de uma lente de câmera. Estava escuro na cela, apenas um pouco da luz da lâmpada de sódio no corredor do lado de fora filtrando-se pela portinhola gradeada de ferro da porta meio fechada. Melhor ainda, pensou Bond. Ficou satisfeito pelo fato de a garota ter entendido suas instruções e ainda não o ter desapontado.

Quando achou que já eram duas da manhã, Bond ficou de pé cuidadosamente e ajudou Scarlett a se levantar. Ela massageou o ombro dele, colocado de volta no lugar, e beijou o profundo corte em sua bochecha, onde o vidro havia atravessado a carne até a gengiva.

— Você vai passar um bom tempo no dentista, não vai, meu amor?

Ele fez uma careta.

— Uma última coisa — disse Scarlett. — Prometa-me que a primeira coisa que faremos se sairmos vivos daqui é conseguir alguém para vir aqui e libertar Poppy.

— Prometo. — Bond beijou-a levemente nos lábios, virou-se para a porta e levantou o corpo dolorido pela rocha até ficar em posição horizontal acima do batente da porta. — Agora!

Scarlett pôs a boca na grade e deu um longo grito. Não se ouviu nenhum som do outro lado, embora Bond soubesse que a fábrica estava em funcionamento e que devia haver guardas na vizinhança. Mesmo assim, a ausência de passos era melhor que passos demais.

— Tente novamente.

— Sshhh. Ele vem vindo.

Bond ouviu alguém se aproximar. A luz de uma lanterna brilhou através da grade.

Scarlett abriu a camisa cinza para mostrar os seios.

— Você me quer? — perguntou.

— Onde está ele? — indagou o guarda.

— Dorme. Está ferido. Ombro. — Scarlett fingiu exaustão e apontou para um canto além do alcance da vista do guarda. — Venha rápido — disse, mexendo no cós de suas calças de trabalhador.

O homem ainda hesitava. Scarlett se posicionou de forma que seus seios fossem iluminados pelo clarão da lanterna. Ouviu-se o som de uma chave na fechadura. A porta se abriu, e o guarda entrou. Quando ele se voltou para fechar a porta, Bond caiu sobre seus ombros, pôs uma das mãos sobre a boca e o outro antebraço contra a traquéia do guarda. Scarlett pegou o revólver da cartucheira no quadril do guarda. Bond aplicou o golpe da carótida que havia usado no homem em Noshahr, mas, desta vez, foi até o fim.

Quando teve a certeza de que o guarda estava morto, Bond levou Scarlett pela passagem que saía da cela e dava no labirinto. Seguiram rapidamente por um corredor para longe do escritório de Gorner até chegar ao elevador aberto. Bond apontou para Scarlett a direção da porta do último andar, pressionou o botão e observou a figura esguia subir na escuridão com o revólver do guarda enfiado no cós das calças.

Esperou até que Scarlett, segundo calculou, estivesse perto da porta, depois voltou rapidamente pelo corredor até o escritório de Gorner. Apertou números ao acaso no teclado de entrada e ficou bem à vista da câmera de segurança. Passaram-se apenas alguns segundos até uma lâmpada vermelha começar a piscar acima da porta. De repente, o corredor foi iluminado por uma luz crua e Bond ouviu o uivo de uma sirene, em seguida o latido furioso de pastores alemães e, depois, o ruído de pés correndo em sua direção.

A manobra diversionista fora bem-sucedida. Agora era hora de sobreviver. Levantou as mãos bem acima da cabeça.

16. "Vamos jogar?" (II)

Em poucos instantes, Bond tinha seis fuzis semi-automáticos contra a cabeça, e três pastores alemães, mal contidos pelos que seguravam as correntes, saltando na direção de seu rosto. Ficou completamente imóvel, as costas voltadas para a porta do escritório de Gorner, e as mãos para cima, na esperança de que seus cálculos estivessem corretos.

Acreditava que os homens de Gorner tivessem ordens de mantê-lo vivo. Na ausência de Bond, Gorner ainda poderia ter um detentor de passaporte britânico no controle do avião, se coagisse o piloto do VC-10 seqüestrado a voltar à carlinga. Mas com o olho sempre voltado para a máxima provocação, Gorner jamais usaria um desconhecido como instrumento de ataque à União Soviética, se houvesse uma chance de usar um velho inimigo. O grande gesto simbólico era um elemento-chave do método de operação de Gorner e da vingança que desejava, pensou Bond.

Então, no final do corredor, viu uma silhueta musculosa, projetada pelas lâmpadas acesas enquanto se aproximava. Trazia um quepe da Legião Estrangeira na cabeça, e Bond sentiu uma nova e estranha emoção à vista de Chagrin: alívio.

— Onde está a garota? — perguntou Chagrin.

— Não sei — respondeu Bond.

Eles veriam a porta aberta e procurariam fora do edifício. Sua aposta era que o último lugar que imaginariam que uma mulher pudesse esconder-se fosse a bordo do avião que ela sabia que estava destinado a cair no dia seguinte. As probabilidades a favor de Bond não eram muitas, mas aquela tinha sido sua única escapatória.

Chagrin fez um sinal com a cabeça para o corredor, na direção da cela, e deu uma ordem breve. Enquanto era forçado a caminhar com a cabeça baixa e as mãos para trás, Bond tomou consciência da comoção no edifício. Os alarmes gritavam e centenas de passos pareciam bater no piso.

"Siga em frente, Scarlett" — murmurou para si mesmo. A imagem da figura esguia subindo silenciosamente na escuridão cruzou sua mente por um instante.

Dois homens ficaram com ele na cela, onde tornaram a amarrar suas mãos, e dois outros guardas se postaram do lado de fora. Depois de alguns minutos, quando alarmes e sirenes foram silenciados, a porta se abriu e Chagrin entrou.

— Ajoelhe-se — disse, apontando para o solo.

Bond ajoelhou-se, colocando o joelho na areia onde os dois pedaços de vidro tinham sido novamente enterrados.

— Onde garota? — indagou Chagrin.

— Já lhe falei — disse Bond. — Não sei. Um guarda abriu a porta porque ela se sentiu mal. Ela fugiu, não sei para onde foi. Eu fui pelo corredor para avisar ao Dr. Gorner que um de seus hóspedes havia desaparecido. Acho que fiz confusão com o código do escritório dele.

— Mentiroso! — gritou Chagrin. — Mentiroso!

O lado de seu rosto que se movia normalmente estava contraído de fúria, enquanto o outro lado permanecia anormalmente imóvel. Havia flocos de espuma no canto da boca.

E esta, pensou Bond, era a visão que saudava os olhos das crianças quando estavam sentadas, de pernas cruzadas, na área coletiva de uma aldeia, para ouvir a parábola do Bom Samaritano.

— Diga onde a garota ir. Diga para mim!

Bond olhou para o torturador com desprezo. Um verso das lições das escrituras ouvidas muito tempo atrás lhe veio à cabeça.

— "Deixai vir a mim as criancinhas, e não as impeçais" — disse Bond — "porque delas é o reino dos..."

Chagrin deu-lhe um chute nas costelas com a bota, e Bond ouviu o barulho de um osso quebrar. Depois, do bolso da camisa, Chagrin tirou um estojo de couro e, de dentro dele, dois hashis de comida chinesa feitos de marfim com caracteres chineses vermelhos.

Um guarda puxou a cabeça de Bond para trás e outro segurou-lhe a mandíbula, enquanto Chagrin inseria um hashi, vagarosa e profundamente, em seu ouvido esquerdo.

O guarda imobilizava a cabeça de Bond com uma gravata, enquanto Chagrin, com o mesmo cuidado e precisão, inseria o segundo hashi. Bond sentiu a ponta próxima de seu tímpano.

— Você ouvir coisas más e você não conta — disse Chagrin. — Isso é o que Pham Sinh Quoc faz quando homem ouvir coisa má.

Bond se preparou quando Chagrin se aproximou e afastou os pés. Podia ver as botas militares movimentando-se na areia para obter pontos de apoio mais firmes, enquanto Chagrin abria bem os braços curtos e musculosos.

Bond respirou fundo e fechou os olhos, e não viu o rosto de cuja boca saiu uma só palavra:

— Pare!

Olhou para cima e vislumbrou, na portinhola de grade da cela, os dedos longos de uma enorme luva branca. A porta foi aberta e Gorner entrou, usando um robe de seda vermelha.

— Obrigado, Chagrin. Pode ir. Quero que Bond esteja apto a ouvir instruções quando estiver voando. Levante-se.

Bond levantou-se.

— Então, a vaca escapou — disse Gorner. — Os trabalhadores ficarão desapontados se eu não a trouxer de volta. Mas acho que poderemos imaginar alguma coisa mesmo sem ela, não? — Deu um sorriso forçado.

Poppy, pensou Bond. Ele a faria substituir a irmã, e os trabalhadores nunca notariam a diferença.

— Bem — disse Gorner —, acho que eu deveria ter previsto o sacrifício de um peão neste jogo. Para vencer uma guerra, pode-se, ocasionalmente, perder uma batalha, e, francamente, a garota era um aborrecimento. O peixe grande ainda está na minha rede, não está, Bond?

— A que horas será a decolagem?

— Não vejo razão para mudar meus planos — disse Gorner. — Não por causa de uma garota que meus homens vão encontrar dentro de uma hora. Você sobe a bordo às 9h. Seu navegador será um de meus melhores homens, um ex-segurança de um mercado de Teerã que treinei. Seu nome é Massoud. Ele fala inglês, ao menos o suficiente para lhe dizer o que fazer. O avião tem combustível para ir até Zlatoust-36, mas não além. Depois que você perder altitude e deixar cair a bomba, sob as instruções de Massoud, descerá mais ainda, e ele saltará do avião de pára-quedas. Você, Bond, continuará a voar até o combustível acabar e, então... — Ele abriu bem os braços.

— Sei.

— Aviões ingleses. Muito pouco confiáveis. E para o caso de você pensar em fazer alguma coisa heróica depois que Massoud saltar, haverá três guardas armados também. Eles não vão saber da partida de Massoud. Nem da escassez de combustível. São homens que me desagradaram. Estão desesperados para voltar às boas comigo e pensam que essa será sua última chance. Acham que Massoud vai virar o avião e voltar para casa. Mas eles têm passaporte britânico e vão cair com você. Então, pode esquecer as histórias de pouso forçado em alguma rodovia russa.

Gorner olhou para o relógio.

— São quase 4h. Vou voltar para a cama. Vou me levantar às 6h e tomar café. Ovos poché, bacon, café.

— Gostaria de pimenta negra no meu — disse Bond. — Moída, não em grão.

— Lembre-se dos irlandeses famintos — disse Gorner. — Um copo de água às 8h para você. Durma bem, Bond. Amanhã é um grande dia.

A porta da cela foi trancada. Bond se deitou e começou a procurar com a língua os pedaços de vidro escondidos na areia.

Naquele mesmo momento, Darius Alizadeh foi acordado por um telefonema em seu quarto no Jalal's Five Star, em Noshahr. Estava sonhando com Zohreh no hammam misto.

— Olá, Darius. Desculpe-me acordá-lo. Aqui é Felix Leiter, da CIA. Algo muito grande está para explodir. Preciso de sua ajuda.

— Como me encontrou? — perguntou Darius, afastando, relutantemente, a imagem de Zohreh no vapor quente.

— As relações estão completamente rompidas na velha aliança. Falei com algumas pessoas em Londres. Os políticos que vão para o inferno. A coisa real é esta aqui.

— Você viu J. D. Silver? — indagou Darius.

— Carmen? Sim. Eu o vi em Teerã. Acho que está a caminho daqui.

— Você é amigo de James Bond?

— *Santiago*! Esse é o nosso grito de guerra. O mesmo de Cortez. James Bond é meu irmão de sangue. O gosto dele em matéria de automóveis é ruim. Fora isso, ele...

— Isso basta para mim — disse Darius. — Venha ao meu quarto. Número dois, três, quatro.

— Feito.

Leiter recolocou o fone na cabine à beira-mar e atravessou mancando a pequena distância até o Jalal's. Quando chegou ao quarto 234, encontrou Darius Alizadeh já vestido, com uma bandeja de café e frutas esperando na mesa.

No quarto, também havia um homem imenso, com um bigode.

— Este é Hamid — disse Darius, quando Hamid apertou a mão de Felix. — Motorista. Espião em meio expediente. Especialista em pontos de entrega e esconderijos.

Hamid sorriu timidamente.

— Rapaz, esse negócio me faz voltar no tempo — disse Felix.

— E Hamid sabe onde o Monstro vive.

— Bond confiava nele?

— Com sua vida — disse Darius.

— Está bem — disse Leiter, pegando a xícara de café preto que Darius lhe estendia. — Conte-me o que você sabe.

Quando Darius acabou de lhe passar os detalhes que recebera de Londres sobre o Ekranoplan modificado, Leiter disse:

— Tudo bem, pelo menos sabemos de onde ele vai sair. Mas com a velocidade em que esse bebê se movimenta pela água, teremos duas horas entre a partida e o bombardeio. Depois disso, nossos aviões estarão em espaço aéreo soviético. E aquele não é um lugar em que um avião americano possa ficar por mais de 5 minutos.

— Onde fica sua base mais próxima?

— Oficialmente, a quilômetros de distância. Pelo que sei, Tombuctu. Mas extra-oficialmente temos aviões em Dhahran, na Arábia Saudita, e alguma coisa na Turquia. Caça-bombardeiros. Não tenho certeza. Não tenho todas as informações. Só passo as boas notícias. Vai ser uma correria dos infernos. E esta é apenas a metade do problema.

— Qual é a outra metade? — perguntou Darius.

— O que eu soube foi isto: aquele avião britânico que desapareceu poucos dias atrás deve reaparecer um dia destes, rumando para o norte.

— Na direção da União Soviética?

— Sim. Não sabemos para onde, mas temos certeza de que não é nada bom. Interceptamos algumas mensagens para fora de Istambul. Provavelmente adaptado para carregar bombas de algum tipo. O radar soviético é muito bom, e acho que podemos confiar em um bando de Migs-21 em cima desse avião assim que entrar em espaço aéreo soviético. Bum. Ele será derrubado.

— Mas as conseqüências disso — disse Darius. — Politicamente. E se isso parecer um ataque orquestrado pela Grã-Bretanha ou a OTAN?

— Você entendeu, Darius. Temos de derrubar o pássaro antes que os soviéticos o façam. E nós nem sabemos de onde ele partirá. Todas as nossas bases aéreas estão em alerta vermelho, mas, afinal, o céu é um lugar grande. Carmen Silver está com as orelhas queimando com as reuniões que acontecem a cada minuto em Langley.

— A coisa está feia assim?

— Sim. O presidente cancelou todos os compromissos. Eles estão seguindo o protocolo que estabeleceram depois daquela coisa dos mísseis soviéticos em Cuba. Acham que este ataque é o grande. A qualquer momento.

— Mas o que podemos fazer?

— Neste momento, nada. Apenas aguardar instruções. Silver pode ter novidades.

Darius bebeu o café e suspirou.

— Deve haver alguma coisa que possamos fazer — disse. — Se for Gorner, então a Savak deve ter alguma idéia de onde fica a base dele no deserto.

— Sim, mas o avião não vai sair do deserto, vai? Deve existir alguma pista de pouso. Ou um aeroporto. É um avião muito grande.

Darius se levantou e andou em volta do quarto, coçando a parte de trás da cabeça.

— Humm... Aeroportos, Yazd, Kerman... Enquanto reviro isso na cabeça, Felix — disse —, só me diga uma coisa. Por que vocês o chamam de "Carmen"?

— O que você sabe?

— Ele me contou uma história de seu primeiro trabalho na Guatemala — disse Darius — e de como ajudou a iniciar uma rebelião para tirar o homem forte do poder, e isso é o que o personagem Carmen faz na ópera: provoca um motim.

Felix Leiter riu.

— Que monte de conversa fiada. JD é um homem que não gosta de mulheres, se entende o que quero dizer. Um desses. Arranjou uma cobertura da General Motors em seu último posto. Esqueço onde. Uma noite, bêbado, gabou-se de ter seduzido três pilotos da General Motors. Homens que lidam com automóveis são o tipo de que ele mais gosta. Carmen Silver.

Darius deu uma gostosa gargalhada.

— Não importa, desde que ele se lembre de nós.

— Você deve fazer o mesmo por ele. Telefone para este número se eu não estiver por perto. — Felix entregou-lhe um cartão. — E agora, não acha que deveríamos ir para as docas e ficar de olho no Monstro?

Darius olhou firme para Felix, como se o estivesse avaliando pela última vez. Tomou uma decisão silenciosa.

— Não precisamos ir — disse. — Ficamos aqui. Tenho um homem a bordo.

— Você o quê?

— Não fiquei parado — disse Darius. — Não podia esperar o dia inteiro pela cavalaria americana. Peguei um dos homens que desertaram e fizeram modificações no Ekranoplan. Ele manda mensagens por rádio para o meu escritório em Teerã com as coordenadas exatas que estão colocando no sistema de navegação do Monstro. Babak, meu homem em Teerã, vai telefonar para cá.

— Você é um cara esperto — disse Felix. — Como o persuadiu?

— O mesmo de sempre — disse Darius. — Dólares americanos. Muitos deles.

— Certo, então. Quando ele telefonar, eu telefonarei para Langley, e eles terão de encontrá-lo.

O telefone na cabeceira fez um ruído alto. Era o recepcionista.

— Sr. Silver aqui. Mando subir?

Pouco antes das 8h, Bond, sem sapatos e ainda em suas roupas de trabalhador, foi levado da cela para o banheiro e, depois, para o escritório de Gorner.

Um ar de excitamento quase palpável vinha do homem no terno de linho. Trazia um cravo vermelho na lapela e usava o que parecia ser uma nova camisa e uma cintilante gravata encarnada. O cabelo liso estava penteado para trás. Até a luva branca estava recém-lavada.

Gorner segurava um uniforme de capitão da BOAC.

— Cinco minutos antes do fim — disse ele —, você vestirá isto. Estará guardado a bordo. Como ficará esplêndido, Bond, no uniforme de capitão, como um velho etoniano.* Você vai desfrutar esse breve momento. Como dizem os franceses, "*aujourd'hui roi, demain rien*". Hoje, rei, amanhã...

— Sei o que significa — disse Bond.

— Claro que sim. Muito incomum falar uma língua estrangeira. A maioria de seus compatriotas espera que as raças "inferiores" compreendam inglês se falarem bem alto. Mas amanhã, a essa hora, sua arrogância e sua falsidade serão esmagadas. Para sempre. Sua capital será uma ruína fumegante, seus encantadores *home counties* — Kent e Surrey** — uma zona de precipitação de partículas radioativas.

---

* Estudante que freqüentou ou se graduou no Eton College, escola pública para garotos fundada em 1440. (*N. da T.*)

** Expressão informal que designa os condados da área metropolitana de Londres. (*N. da T.*)

Gorner andou em volta da mesa até ficar do lado de Bond.

— Vou vê-lo decolar em alguns minutos, depois esperarei o inevitável. Tem alguma mensagem de adeus para seus compatriotas? Sua rainha? Seu primeiro-ministro?

Bond mordeu o lábio. As palavras de Poppy cruzaram sua mente. "Mate Gorner".

— Muito bem, então — disse Gorner. — Vamos jogar?

Os conhecidos guardas levaram Bond pelo corredor e enfiaram a ponta de suas armas dentro de seus ouvidos enquanto subiam pelo elevador telescópico. O carro elétrico esperava para transportá-los até as portas principais, onde o motorista usou o raio laser para abri-las.

Não eram ainda 9h, mas o calor do sol persa já era intenso quando seguiram até o cintilante VC-10. A cauda elevada, com os quatro motores a jato Rolls-Royce Conway, dava ao avião uma silhueta soberba e esguia, e, em qualquer outra ocasião, a perspectiva de uma volta no "poder silencioso" teria levantado o ânimo de Bond. Mas ele sabia que sua única chance de sair vivo do avião dependia da remota possibilidade de que uma financista de investimentos de cabelos pretos brilhantes, com uma pistola soviética que não fora treinada para usar, tivesse, de algum modo, se escondido a bordo.

Bond respirou profundamente e subiu os degraus até a entrada principal de passageiros. Uma vez a bordo, foi agressivamente empurrado pelo corredor e para um assento na janela de uma das últimas fileiras da primeira classe. Quando se inclinou para evitar bater no compartimento de bagagem acima de sua cabeça, deixou cair sobre o assento diante de si um pedaço de vidro que escondera na boca. Um guarda sentou-se a seu lado, e outro, na fileira da frente, um terceiro guarda ficou atrás. Os motores já estavam funcionando em baixa potência.

Um homem escuro e forte, vestido com calças de combate e camiseta branca, se inclinou pelo corredor.

— Sou Massoud — disse. — Fazemos checagens com piloto. Saímos em meia hora. Você fica onde está. Você se mexe, nós matamos.

— Pior que a Dan Air* — disse Bond. — Tem um cigarro?

— Fique quieto. Proibido fumar. Aperte cinto.

Bond fez o que lhe foi dito. Este era o momento de um vôo que ele, normalmente, apreciava, pois podia ficar algumas horas por conta própria, fora do alcance das exigências de M ou de qualquer uma das mulheres de sua vida — tempo em que poderia ler algumas páginas de *Os fundamentos modernos do golfe*, de Ben Hogan, e, depois, observar os raios de sol resplandecendo nas asas do avião enquanto sorvia um bloody mary sobre a paisagem polar das nuvens.

Bond olhou para cima e viu outro homem encarando-o do corredor. Usava uma camisa suja da BOAC. Parecia inglês e amedrontado.

— Meu nome é Ken Mitchell — disse, com inflexões do curso de golfe de Surrey. — Por meus pecados, sou piloto desta caixa. Estou aqui só para lhe dizer para não tentar nada engraçado. É nossa única esperança. Vou fazer a decolagem e pilotar o avião durante a maior parte da viagem. Depois, vão levar você para a cabine de vôo no último trecho. Eles me prometeram que, se eu fizer tudo que mandarem, serei solto. Não estrague tudo para mim, Sr. Bond. É aniversário de minha filhinha amanhã.

---

* Linha aérea que adotou sistemas de segurança adicionais, absorvida pela British Airways, em 1992. (*N. da T.*)

— Tudo bem — disse Bond. — Alguma dica de pilotagem?

— Para manter o nível, não olhe para os instrumentos. Olhe para alguma coisa no horizonte, a beirada de uma nuvem, algo assim. Oriente-se por isso, não pelos instrumentos. Mas estaremos no piloto automático a maior parte do tempo. O avião voa sozinho.

— Obrigado. Agora, sente-se e aprecie seu vôo, Ken.

Mitchell deu outro olhar implorativo para Bond enquanto era agarrado pelo braço e empurrado na direção da cabine do piloto.

Poucos minutos depois, Bond sentiu o solavanco do aumento da velocidade dos motores quando o avião começou a taxiar. De sua janela podia ver a luz verde piscar no alto da única torre de controle, a cerca de 1.300 metros de distância. No fim do corredor, o grande avião fez uma curva e parou.

Bond ouviu o ronco dos motores Rolls-Royce por trás da fuselagem, e, então, o avião começou a se movimentar decididamente para a frente, em rápida aceleração. Sentiu a parte de baixo de sua espinha empurrada contra o assento estofado da primeira classe quando o nariz do avião se ergueu e o impulso da cauda conduziu o grande VC-10 para cima pelo ar transparente para o escorchante céu do deserto.

No hangar de aço em Noshahr, a última rede de camuflagem foi retirada do nariz do Ekranoplan e foi dada a partida nos motores. Todos os 14 membros da tripulação levavam passaportes britânicos falsos, embora oito fossem persas, dois iraquianos, dois turcos, um saudita, e o último, sentado junto ao console do rádio e usando fones de ouvido, um russo que falava persa.

Era a primeira vez que o Ekranoplan, modificado pelo acréscimo de quatro tanques extras de combustível, seis lançadores de foguetes e quatro mísseis terra-ar, deixava o hangar, e havia tensão entre os homens enquanto os poderosos motores se abriam no mar calmo. O recuo provocado pelo movimento da proa para cima significava que seria necessária mais força para obter o impulso inicial que levantaria o aparelho da água para avançar a toda velocidade. O puxão máximo para trás veio bem antes da velocidade de decolagem, pois o aparelho precisava levantar o nariz para sair da água.

Enquanto o rugido dos motores aumentava e o Ekranoplan continuava preso ao oceano, o russo olhou para as faces ansiosas em torno dele.

— Não se preocupem — disse em persa.

O piloto estendeu a mão e pressionou o botão à sua frente para ativar o PAR — aumento mecânico da pressão hidrostática —, que, por um instante, desviou o impulso do motor para forçar o ar para debaixo das asas.

Subitamente, houve um empurrão para cima, e eles estavam deslizando acima da água, em um colchão de ar. O piloto conseguiu baixar o giro do motor mesmo quando a velocidade aumentou, e um aplauso espontâneo se espalhou na área lotada de tripulantes.

O tráfego parou na área em frente ao mar em Noshahr e Chalus, e centenas de pessoas se levantaram e olharam para a visão de tirar o fôlego.

Alheio ao espetáculo criado pelo Ekranoplan, o russo se inclinou para o rádio.

— Esta é a sala de comando de guerra mais estranha que já vi — disse Felix Leiter, olhando para as tigelas de romãs e bérberis sobre a mesa e a vista do oceano pela janela do quarto 234 do Jalal's Five Star.

J. D. Silver levou a taça de chá aos lábios enquanto seus olhos passeavam em torno para avaliar as instalações.

O telefone na cabeceira da cama fez um ruído, e Felix o levantou.

— É para você, Darius — disse ele. — É seu homem, Babak, de Teerã.

Darius deu um salto da cama e agarrou o fone.

— Babak? Você pegou os detalhes? Ótimo. Passe-os para mim.

No bloco de papel que havia na cabeceira da cama, sua caneta escrevia furiosamente:

— Latitude 46.34944. Longitude 48.04917. Latitude 48.8047222. Longitude 44.5858333 — e outras palavras em persa ilegíveis para Leiter e Silver, que olhavam por cima de seu ombro.

Cerca de 5 minutos depois, Darius recolocou o fone no gancho e entregou o pedaço de papel a J. D. Silver.

— Este é o lugar para onde o Ekranoplan está indo — disse. — Há cálculos de velocidade, e essa palavra em código significa que leva armas nucleares. Vocês terão de se mexer rápido.

— Certo — disse Silver. — Esta linha é segura?

— Quem sabe? — disse Darius. — Mas é a única que temos, colega.

Silver curvou-se sobre o telefone.

— Me dêem um pouco de espaço aqui, rapazes. Há um ou dois códigos que tenho de usar quando fizer contato que nem mesmo vocês... Sem ofensa.

— Nao estamos ofendidos — disse Leiter. — Vamos apreciar a vista, Darius.

— Hamid — disse Darius —, você esperaria do lado de fora, no corredor?

Darius, alto e com jeito de urso, pôs o braço em torno dos ombros de Felix.

— É tudo destino — disse. — *Kismet*.

— Duplo quatro seis — dizia a voz de Silver. — Oito sete. Chame de volta. — Com o pé direito, pressionava levemente a linha do telefone onde ela entrava em uma caixa na parede sob a mesa de cabeceira.

Um por um os pequenos fios internos se desconectaram sob a pressão de seu pé. Finalmente, todo o cabo se desprendeu, e Silver empurrou com o pé, tranqüilamente, a extremidade arrancada que estava fora de vista, embaixo da cama.

— Você conseguiu, Langley! — disse Silver entusiasticamente. — Anote aí. Latitude 46.34944. Longitude 48.04917. Latitude 48.8047222. Longitude...

— Parece que vamos bem por aqui, Darius — disse Felix. — Agora, o avião.

17. A canção de Carmen

O VC-10 subiu a 10 mil metros de altitude em algum lugar a leste de Teerã e continuou seu avanço estável rumo ao norte, em direção ao Cazaquistão, sul da União Soviética. Em quaisquer outras circunstâncias, pensou Bond, enquanto olhava pela janela para os montes Elburz, seria um dia perfeito para voar. Segurando o pedaço de vidro na ponta dos dedos de sua mão direita, continuava a friccionar a corda em seu pulso esquerdo — delicadamente e, com um pouco de sorte, imperceptivelmente. Obrigado, Deus, pensou, pelo espaço entre as cadeiras da primeira classe. Se estivesse na econômica, a pequena vibração quase certamente seria transmitida para o guarda sentado na poltrona do corredor, à sua esquerda.

Bond torceu o corpo em direção ao corredor, baixou a cabeça e fechou os olhos, como se estivesse exausto da experiência difícil no deserto e tivesse se submetido ao fim ao qual fora destinado. Estimou a distância até Zlatoust-36 em aproximadamente 2.400 quilômetros, dependendo exatamente de onde o esconderijo de Gorner se localizava no deserto. Ele sabia que o VC-10 podia viajar a mais de 800 km/h — um número bem anunciado nas brigas políticas que cercaram a encomenda do avião para a BOAC pelo governo britânico.

Estavam no ar havia cerca de uma hora, imaginou Bond, e se Scarlett não aparecesse nos próximos 60 minutos, seria obrigado a tentar dominar quatro homens armados sozinho. A menos, naturalmente, que conseguisse ajuda de Ken Mitchell na cabine do comandante. Parecia improvável. Mitchell parecia ser o tipo de homem cuja idéia de ação era 18 buracos na medalha mensal de golfe em Woking.

Bond torceu o pulso direito dentro da abrasiva constrição da corda até poder sentir a extensão em que havia esfiapado a corda de náilon. Embora afiado, o vidro do pára-brisa do jipe tinha deixado pouca marca até então.

Ele não tinha idéia de quando o chamariam para assumir os controles. Presumivelmente, teriam de desatar seus pulsos em determinada hora para dar a impressão de que ele era o responsável pelo ataque a Zlatoust-36, mas quando chegasse à cabine de comando seria tarde demais. Teria de tomar a iniciativa antes deles.

Olhando de relance para o homem a seu lado, que olhava fixamente à frente, Bond aumentou a velocidade da fricção. Era sua última chance.

Quando recolocou o fone no aparelho, no quarto 234, J. D. Silver disse a Darius e Leiter que tinha de voltar a seu carro.

— Não serão mais de 5 minutos — disse —, mas, como esperamos um telefonema de volta de Langley, não usem o telefone enquanto eu não estiver aqui, certo? Precisamos manter a linha livre.

— Com certeza — disse Leiter.

— Sujeito bom — disse Silver quando saía. Fechou a porta atrás de si.

— Bem — disse Darius —, acho que podemos esperar uma grande onda no Cáspio em algum momento nos próximos 60 minutos.

— Certo. Silver está conectado com Langley. Eles vão ao Pentágono. A força aérea entra em ação... Adeus, Ekranoplan.

— Mas e o avião? — indagou Darius. — Acha que não existe nada que possamos fazer?

— Bem, sabemos que é provável que ataque ao mesmo tempo que o Ekranoplan. Então, já deve estar no ar. Também sabemos que todos os aviões da USAF estão farejando em torno do espaço aéreo soviético. Mais que isso, Darius...

— Nada?

Felix abriu bem os braços.

— Três dias atrás eu estava procurando pessoas desaparecidas em Los Angeles. Não posso fazer milagre. O que realmente preciso agora é de um café-da-manhã. Vocês fazem ovos em seu país, ou aqui só se comem frutas?

— Acho que posso conseguir que preparem um ovo — disse Darius —, mas não podemos usar o telefone agora porque devemos manter a linha livre. Para o telefonema de Langley.

— Bem, acho que eu poderia descer até a cozinha e pedir — disse Felix — ou poderia fritá-lo eu mesmo. Um texano não vai para o trabalho de estômago vazio.

— Isso é exasperador — disse Darius. — Eu devia telefonar para Babak para que ele mandasse um rádio para Londres. Eles têm de estar a par de tudo isso. Também precisamos de aviões da RAF para o caso de seus pilotos não conseguirem chegar a tempo. Tudo que pudermos reunir. — Darius sentou-se na beirada da cama, frustrado, sacudindo sua grande e bonita cabeça.

Poucos metros adiante, Felix estava sentado em uma cadeira pequena e dura e coçava a cabeça de cabelos curtos com a mão esquerda.

Três minutos se passaram enquanto os dois olhavam para o espaço, seus olhos encontrando-se ocasionalmente.

Finalmente, Leiter disse:

— Onde está Silver? Ele disse que seriam 5 minutos. Já se passaram 10 minutos.

Darius olhou firme para ele. Felix o encarou.

Outro minuto se passou com Darius olhando profundamente dentro dos olhos de Felix. Foi quase como se duas metades de um pensamento se juntassem para formar um só no espaço entre eles.

— Estou com um pressentimento — disse Felix.

— Sim — disse Darius. — E quando foi que Langley usou uma linha telefônica para chamar de volta?

— Oh, meu Deus.

No mesmo instante, os dois homens mergulharam sobre o telefone. Darius estava mais próximo, então foi a sua mão que levantou o fio desconectado.

Felix praguejou em voz alta.

Darius já estava na porta.

— Hamid! — berrou para o corredor. — Vamos!

Não havia tempo para esperar pelo elevador. Os três homens desceram os degraus o mais rápido que conseguiram, Felix mancando atrás, e foram direto para o Cadillac cinza de Hamid.

Darius gritou em persa quando ele e Felix se jogaram dentro do carro e Hamid engrenou a marcha. Quando a marcha entrou e os pneus deixaram uma comprida marca de borracha na avenida costeira de Noshahr, Darius voltou-se para Felix.

— Eu disse a Hamid para nos levar para fora da cidade, até uma cabine telefônica isolada que vi. Vou ligar para Teerã. Babak pode mandar um rádio para Londres por uma freqüência segura, e eles podem mandar qualquer coisa que a RAF tiver. Acho que não podemos confiar em Langley.

Felix praguejou novamente.

— Acho que esta é a única coisa segura a fazer por enquanto. Não sei se Carmen está fazendo o que Washington lhe disse ou se entrou em uma viagem só dele.

— No momento — disse Darius —, isso realmente não importa. Só sabemos que estamos sozinhos. De qualquer maneira, poderemos descobrir bem rápido sobre Silver. Há alguém nos seguindo.

Quando Hamid pisou no freio e virou a esquina em uma rua residencial de mansões brancas e palmeiras dos dois lados, Felix olhou pela janela traseira. Um empoeirado Pontiac preto estava em cima deles.

— É tudo de que precisamos — disse Felix. — E eu só tenho isto. — Tirou um Colt M-1911 de dentro da jaqueta. — Precisão total até 25 metros de distância, mas sentindo o peso da idade.

— Dê-lhe um aviso — disse Darius.

— Outra coisa — disse Felix, mostrando o gancho que tinha em lugar da mão. — Esta era a mão com que eu atirava.

Darius pegou o revólver, arrancou a janela traseira e disparou um tiro na direção do Pontiac preto, que ziguezagueou loucamente, subiu em cima da calçada, mas voltou para a rua.

— *Allahu Akbar!* — disse Hamid.

— Só dirija, colega — disse Felix abaixando-se atrás do buraco da janela traseira. — É Carmen?

— Não pude ver — respondeu Darius. — Mais depressa, Hamid. Vai, vai, vai!

O Cadillac entrou em uma rua estreita onde havia um mercado e sua roda dianteira colheu um carrinho de mão lotado.

lançando uma cascata de laranjas pela rua. Hamid afundou o pé direito e o grande carro rugiu, passando por cima de um portão de cruzamento de uma linha férrea e entrando nas colinas baixas atrás da cidade.

Darius levantou a cabeça e olhou para trás pela janela traseira. Segurando cuidadosamente o Colt com ambas as mãos, atirou novamente.

O projétil estilhaçou o pára-brisa do Pontiac, mas a coronha de uma arma bateu contra o vidro dianteiro do carro, revelando um rosto pálido e suado de terrier ansioso, com o cabelo vermelho colado na testa.

— É Carmen — disse Felix. — Manda bala.

Darius atirou novamente, e o projétil resvalou na capota do carro de Silver.

— Quantos tiros tem nesse revólver? — perguntou.

— Sete, mais um na câmara — respondeu Felix. — Faltam cinco.

— Temos de poupá-los — disse Darius. — Você me dará cobertura enquanto eu estiver dando aquele telefonema.

— Melhor tentar despistá-lo, então.

Darius berrou para Hamid, que puxou o volante, de modo que o carro, à toda e guinchando os pneus, fez uma curva à direita e deixou uma enorme nuvem de poeira atrás. Hamid berrou para Darius.

— Estamos perto da cabine telefônica — disse Darius para Felix. — Ele está tentando levantar mais poeira. Segure-se.

Saíram do asfalto para uma estrada de terra, onde Hamid jogou o carro de um lado para o outro violentamente, e eles podiam ouvir a carcaça de aço ranger sob a aceleração da gravidade e os pneus gritando enquanto tentavam agarrar-se à superfície. Mas o grande sedã fora construído para velocidade constante e normal, não para proezas, e enquanto Hamid tentava corrigir a forte derrapagem, o carro colidiu com uma pedra branca e virou sobre um dos lados, arrastando-se pela estrada sobre as portas.

Darius, com a cabeça cortada, saiu pela janela traseira e puxou Felix, que praguejou ao cair sobre a perna boa. Darius entregou-lhe o revólver e depois correu para onde a estrada de terra se juntava com o asfalto, de onde podiam ver a solitária cabine telefônica.

— Me dê cobertura — gritou para Felix.

Do redemoinho de poeira vinha o barulho de um motor de carro, e, então, o Pontiac preto apareceu. Felix, usando o Cadillac fumegante como escudo, atirou diretamente pelo pára-brisa quebrado. O Pontiac freou, rodou e parou. Silver, com o ombro esquerdo sangrando, atirou-se para fora do carro e rolou para trás dele.

Felix sabia que tinha de mantê-lo ali por tempo suficiente para Darius passar as coordenadas para Teerã. Mas quem sabia quanto tempo isso poderia levar? O sistema telefônico persa era bom?

Na cabine, Darius falava com Babak.

— Ouça com atenção. Entre em contato com Londres em 14 megaciclos. E há um avião...

Felix, segurando o revólver com a mão esquerda, estava atento a qualquer sinal de movimento no Pontiac. Tinha quatro tiros sobrando e não queria desperdiçar nenhum. Se Silver planejava algum jogo de gato e rato, tudo bem — embora isso fosse improvável, porque Silver podia ter imaginado que ele e Darius corriam para fazer contato com Londres.

Junto a seu pé, ouviu um gemido.

— Você está bem, Hamid?

— Acho que sim. Mãos cortadas. Mas estou bem.

— Fique abaixado.

Um projétil bateu no lado do Cadillac. Hamid começou a rezar em voz alta. O que alarmou Felix foi que ele veio de um ponto acima deles na estrada, onde estava a cabine telefônica. De alguma forma, Silver se esgueirara por trás do Pontiac e subira por trás dos arbustos que havia estrada acima.

Felix praguejou em voz alta e começou a correr o mais rápido que sua perna manca permitia.

— Pegou isso, Babak? — Darius falava no bocal do telefone. — E o VC-10. Você é bom, Babak. Agora, o mais rápido que puder, você...

Mas Darius Alizadeh não conseguiu terminar a frase porque dois disparos o atingiram no coração. Seu corpo grande caiu de joelhos para a frente, na poeira de sua terra natal.

Felix subiu a colina mancando, arrastando a perna. Não viu Silver recolocar o revólver na cintura enquanto se agachava atrás de um arbusto.

Felix deixou escapar um grito quando viu Darius e o receptor do telefone balançando na ponta do fio. Abaixou-se ao lado de Darius e encostou a cabeça em seu peito. Ele ainda respirava, e abriu os olhos.

— Consegui passar a mensagem — disse. — Para Babak. A coisa toda. Tudo que sabemos.

Darius fechou os olhos quando Felix levantou sua cabeça e a apoiou em seu braço bom.

— J. D. Silver — disse Darius fracamente, e a sombra de um sorriso passou por seu rosto. — Não é o que meu pai chamaria de "cidadão da eternidade".

— Não como você, meu amigo — disse Felix. — Não. JD é o que o *meu* pai chamaria de filho-da-puta.

Enquanto o corpo de Darius ficava mole, Felix ouviu uma pistola ser engatilhada.

— Não se mexa, Leiter.

Silver apareceu, ambas as mãos firmes na arma.

— Ponha as mãos para cima, você não precisa morrer. Pode voltar para suas brigas de casais e garotas desaparecidas. Apenas faça o que eu digo. Ponha as duas mãos acima da cabeça.

— Para quem está trabalhando?

— O mesmo que você. Apenas recebi novas ordens. Queremos os britânicos no Vietnã. Precisamos de alguma ajuda. Mesmo que seja necessário fazer isso. Uma pequena lembrança dos russos...

— Você não está regulando bem — disse Leiter.

— Cale-se — disse Silver, começando a revistá-lo e parando ao chegar ao Colt na cintura de Leiter.

— Essa coisa grande e velha — disse, colocando o revólver dentro do bolso de sua jaqueta. — Agora, deite-se no chão. O rosto virado para baixo.

Felix fez o que Silver disse.

— Você informou Langley sobre o maldito lugar? — perguntou. — O avião cheio de explosivos?

— Não sei se está cheio de explosivos — respondeu Silver. — Nem você.

— O que você acha que ele tem a bordo? Brinquedos infantis?

— Eu digo a eles tudo que sei — disse Silver —, e eles decidem o que fazer. Quando a situação é muito séria, Leiter, é o homem que está na Casa Branca que toma as decisões. Ele vê todo o cenário. A Rússia toma um golpe, ele pode viver com isso. Londres toma um golpe, isso não é bom. Mas se servir para levar os britânicos a dar meia-volta e ir para o Vietnã, e isso fizer com que eles levem essa guerra a sério, então, ei, isso é tático. De vez em quando se leva um soco. E se isso ajuda a ganhar o jogo, vale a pena.

Leiter levantou o corpo e se apoiou no cotovelo.

— Mas se você não está passando para eles todos os detalhes de que necessitam...

Enquanto falava, viu uma sombra no solo arenoso atrás dos mocassins pretos empoeirados de J.D. Silver. O treinamento de Felix na CIA, muitos anos atrás, mas profundamente entranhado em seus reflexos, impediu-o de mostrar qualquer reação.

Mas ele sabia que tinha de continuar a falar.

— Acho que você não está contando toda a verdade para mim, Carmen. Certo, queremos os britânicos no Vietnã, claro que aqueles caras lá no Departamento de Estado absorveriam um pequeno ataque se achassem que isso nos ajudaria a longo prazo. Mas não se trata disso. Esse ataque é dos grandes. Dos muito grandes. Sabe o que acho, Carmen? Acho que alguém contou histórias sobre você. Você e seus pilotos. Acho que você foi imprensado. Chantagem. Acho que alguém da União Soviética teve uma palavrinha com você, meu amigo, e...

Silver gritou de raiva e levantou a arma para atirar no coração de Felix, mas, antes que pudesse puxar o gatilho, parte do conteúdo de seu crânio espirrou por suas narinas, quando Hamid bateu em sua cabeça com uma pesada pedra branca, com um estalo que ecoou ao pé das colinas de Noshahr.

Felix levantou-se tremendo. Pôs o braço bom em torno do ombro de Hamid.

— Obrigado, Hamid.

— *Allahu Akbar*.

Felix levou 1 minuto para recuperar o fôlego.

— Sim, acho que é. Acho que você pode ter razão nisso, Hamid. Agora, vamos levar o Sr. Alizadeh para casa.

Bond calculou que estavam voando fazia quase três horas. Podia ver, à clara luz do sol, que estavam sobre os montes Urais.

— Posso falar com o piloto? — perguntou para o guarda sentado na poltrona do corredor. O homem sacudiu a cabeça. Ele provavelmente não fala inglês, pensou Bond.

— Chame Massoud — disse.

O homem sacudiu a cabeça novamente.

— Preciso saber como este avião funciona — disse Bond. — Poderia chamar Massoud?

O homem fez ruídos guturais para o guarda que estava na poltrona à frente deles, e este guarda, que usava um boné dos Chicago Bears, levantou-se relutantemente e foi até a frente do avião. Um minuto depois voltou — não com Massoud, mas com Ken Mitchell.

— Eles querem que você vá para a cabine de comando agora — disse Mitchell. — Não banque o engraçadinho.

— Quem está pilotando esta coisa neste momento? — disse Bond.

— Está no piloto automático. Você não tem de fazer nada. Não até que cheguemos perto. Então, teremos de perder altura.

— Você sabe por quê? — indagou Bond.

— Não. É interessante, mas quando tenho um revólver encostado na minha cabeça, faço exatamente o que me dizem.

— Acho que está na hora de você saber — disse Bond. — No compartimento de carga deste avião há uma grande carga de explosivos. Vamos deixá-la cair sobre Zlatoust-36, o maior estoque de armas nucleares da Rússia.

— Meu Deus do céu. — Mitchell encostou-se na poltrona em frente a ele.

— E agora, Ken — disse Bond —, você ainda quer que eu não banque o engraçadinho?

O guarda ao lado de Bond deu-lhe um tapa na boca com as costas da mão.

— Nada de conversa.

— O que está havendo? — Massoud veio pelo corredor da cabine de comando, agora vazia.

Tirou um Colt .45 da cintura. Grande poder de parada, mas perigoso a essa altitude, pensou Bond.

— Levante-se — disse Massoud, apontando o revólver para a cabeça de Bond.

— Não estou me mexendo — disse Bond.

— Levante-se! — gritou Massoud. Ele se inclinou sobre o guarda e agarrou Bond pela garganta. Bond podia entender como esse brutamontes havia controlado a "proteção" e a chantagem de um mercado inteiro. O guarda soltou o cinto de segurança de Bond, que manteve as mãos juntas nas costas, segurando a corda recém-cortada.

Bond permitiu que Massoud o puxasse por cima do guarda na poltrona do corredor, mas quando sua mão passou pelo pescoço do homem, Bond deixou cair as cordas e cortou, com toda a força, a jugular com a lasca de vidro. O sangue esguichou na poltrona dianteira enquanto o guarda gritava. Quando caiu para a frente, Bond agarrou o revólver em seu coldre e, virando-se rapidamente, deu com a coronha da arma no rosto de Massoud. Massoud caiu para trás sobre a fileira vazia de poltronas, momentaneamente surpreendido, enquanto Bond se jogava no chão do corredor.

No mesmo momento, ouviu-se a explosão ampliada do disparo de uma pistola soviética, e Bond viu o rosto do homem da poltrona em frente à dele ser dilacerado quando a bala entrou em sua cabeça abaixo da órbita ocular. O boné dos Chicago Bears foi atirado dez fileiras atrás.

Do chão, Bond olhou para trás, no corredor. A meio-caminho na classe econômica, os pés plantados no chão e uma Makarov 9mm semi-automática empunhada no ápice do triângulo formado pelas mãos juntas, o longo cabelo preto perfeitamente penteado por baixo do boné, estava uma mulher em um uniforme novo e passado a ferro de aeromoça da BOAC.

O guarda que estava na fileira atrás de Bond inclinou-se para o corredor e atirou em Scarlett. Quando fez esse movimento, tornou-se um alvo fácil para Bond, que atirou de onde estava, no chão, com a Luger que havia tomado de seu vizinho. O corpo do homem caiu para trás no assento.

Enquanto isso, Massoud se recompunha e lutava para se levantar. Scarlett viu quando ele vinha e atirou nele com a Makarov, enquanto Bond se jogava nos tornozelos de Massoud. Bond ficou em cima de Massoud no apertado espaço para as pernas na fileira oposta. Pôs as mãos em torno da garganta de Massoud, mas se viu jogado para trás no corredor quando o grande revólver de Massoud disparou mais uma vez.

A bala atravessou a janela de Perspex reforçado do lado do guarda em quem Bond acabara de atirar. A descompressão imediata sugou o cadáver do homem pelo pequeno buraco denteado, onde, naquele momento, seu corpo funcionava como um tampão eficiente.

Um grito partiu de Mitchell.

— Parem de atirar! Alguma coisa fodeu o maldito piloto automático!

O avião novo e grande, tão poderoso e macio em seu vôo até então, subitamente deu uma guinada e caiu cerca de 30 metros, parando, depois, como se tivesse encontrado chão sólido, e, estremecendo em cada rebite da fuselagem, roncou e iniciou um mergulho.

Bond, Massoud e Scarlett foram atirados ao piso.

— Vá para a cabine de comando, Ken — gritou Bond. — Pelo amor de Deus, estamos caindo.

O rosto de Bond estava ensopado do sangue da jugular do homem que ele golpeara, e, em torno deles, todas as poltronas da primeira classe estavam respingadas do vermelho do cérebro e da carne dos outros dois criminosos. Bond gritava e amaldiçoava Ken Mitchell, mas este parecia paralisado pelo pânico e agarrava-se à beirada de uma poltrona. Bond engatinhou até Mitchell e enfiou o cano de sua arma na orelha dele.

— Se você não for para a cabine de comando agora, vou estourar seus miolos. Vai! *Vai*!

Mitchell começou a deslizar e a escorregar pelo corredor ensangüentado e descendente. Bond podia ver seu rosto contorcido, marcado de lágrimas.

— Vá até lá! — rugiu Bond.

Massoud conseguiu encontrar um apoio suficientemente grande para atirar em Bond, mas a trepidação da turbulência enquanto o avião continuava a cair, fez com que o projétil fosse se alojar no teto.

Mais atrás no avião, Scarlett conseguira se agarrar ao pé de uma poltrona. Mas era evidente que não tinha uma visão clara de Massoud e suspendeu o fogo.

Mitchell cambaleava em direção à cabine de comando enquanto os outros três se seguravam na beirada dos assentos. Bond podia ver as pernas de Massoud a cerca de cinco fileiras atrás, mas hesitava em atirar, com medo de que a Luger, mesmo com seu pouco impacto, provocasse mais descompressão.

A próxima coisa que viu foi o avião ser vítima de outra gigantesca turbulência e cair ainda mais. Mitchell se chocou contra o anteparo, caindo no chão. Scarlett gritou, e Bond viu seu corpo escorregar pelo corredor. Massoud a agarrou quando ela passou, segurando-a pelo braço. Bond o observou puxá-la para dentro de sua fileira, com a mão em torno de sua garganta. Ela havia perdido o revólver.

De alguma forma, no avião que guinava e caía, Massoud conseguiu ajoelhar-se e começou a arrastar Scarlett junto com ele, usando-a como cobertura. A força dele é extraordinária, pensou Bond. Parecia um homem das cavernas puxando a mulher pelos cabelos, enquanto, com a mão livre, arrastava a si e a Scarlett em direção à frente do avião. Quando passou por Bond, seus olhos se encontraram, e Bond viu o cano da arma no ouvido de Scarlett. Não houve necessidade de palavras. Quando Massoud atingiu o trecho do corredor ensopado de sangue, escorregou para a cabine de comando — onde se sentou na poltrona vazia do piloto.

O avião se estabilizou, e Bond fez um balanço dos estragos. A janela esburacada continuava a provocar descompressão, e era difícil mover-se com a força de sucção. Algumas poltronas tinham sido arrancadas do piso, e Bond sabia que, quando o corpo do guarda finalmente sucumbisse à pressão e passasse pela janela, a situação pioraria dramaticamente.

Mitchell parecia inconsciente, seu corpo estava onde havia caído no corredor, a uma pequena distância da cabine do piloto.

Bond se dirigiu à cabine, passou por cima do corpo de Mitchell e abriu a porta. Scarlett estava sentada nos controles com o revólver de Massoud apontado para sua cabeça.

Massoud olhou calmamente para Bond.

— Largue arma. Ou eu vou matá-la.

— Você não se arriscaria a atirar de novo — disse Bond. — Não com essa coisa grande.

Massoud largou a arma e apertou a garganta de Scarlett.

— Isso é o que fazemos no mercado — disse — com comerciantes que não pagam. Não precisamos atirar.

— Está bem, está bem — disse Bond.

— Sente-se. — Massoud apontou para a poltrona do copiloto. — Me dê o revólver.

Bond viu os olhos amedrontados de Scarlett, que imploravam silenciosamente para ele, e fez o que Massoud mandou.

Massoud olhou rapidamente para um mapa que havia pegado no console central e, com mais cuidado, para a floresta de mostradores que estava em frente a Scarlett.

— Seis minutos — disse. — Leve avião para baixo. — E mostrou para Scarlett como, quando ele movia o braço do controle para a frente, o avião perdia altitude.

Ao lado dele, abaixo de sua mão esquerda, estava o botão que os engenheiros de Gorner haviam instalado. Ele se conectava com o compartimento da bomba e com o mecanismo que abriria a porta da área de carga adaptada. Massoud tamborilava os dedos impacientemente.

*

Naquele mesmo momento, o Ekranoplan estava sendo abastecido por um navio-tanque em uma escala previamente combinada fora de Fort Shevchenko, no ponto mais ocidental do Cazaquistão.

Dessa forma, o alvo estava estático para os pilotos de três Vulcans B-2 da RAF que se aproximavam a uma altitude de 5 mil pés e pouco menos que a velocidade do som — velocidade que vinham mantendo desde que partiram às pressas de sua localização secreta no Golfo Pérsico, obedecendo a uma ordem de emergência de Northolt, baseada em informação recebida de uma cabine telefônica em Noshahr, via Teerã e Regent's Park.

Um dos aviões estava equipado com um míssil Blue Steel, foguete acoplado a uma bomba com uma ogiva Red Snow de 1.1 megaton. Os outros carregavam 11 toneladas de bombas convencionais.

O avião com a bomba nuclear foi instruído a só atacar se os dois primeiros aviões falhassem e ficou a uma distância de cerca de 32 quilômetros. Quando os pilotos britânicos se aproximaram para atacar, as freqüências de rádio estalaram em antecipação. Iniciaram a operação com ambos conduzindo os Vulcans a um clássico ataque suicida, largando dez bombas cada um em uma linha longa e trêmula.

O mar em torno do Ekranoplan levantou-se em elevados lençóis de água salgada que ensoparam o navio-tanque e o próprio aparelho híbrido, que se sacudiu no limite de sua resistência ao estresse. Mas permaneceu intacto quando os bombardeiros subiram em direção ao sol, se inclinaram e reagruparam.

Nenhum dos pilotos era treinado para uma segunda passagem, pois a baixa velocidade necessária para soltar as bombas tornava os aviões vulneráveis à defesa antiaérea e aos mísseis terra-ar. "A limpeza completa é feita na primeira vez", era o lema dos pilotos, mas essas não eram circunstâncias comuns.

Após breve contato pelo rádio, ambos os aviões voltaram para uma segunda tentativa, mas, desta vez, o Ekranoplan estava pronto para eles e disparou um de seus mísseis na direção da rota dos Vulcans. Vendo a aproximação do rastro de vapor branco, o piloto do primeiro avião disparou chaffs para confundir o míssil e fez uma subida de emergência. O segundo avião foi lento para reagir, e o míssil, subindo como um fogo de artifício branco e letal, cortou um pedaço de sua asa direita. Incapaz de controlar o aparelho, o piloto foi forçado a subir o mais alto que pôde antes de se ejetar; o co-piloto saltou em seguida, seus pára-quedas abrindo a 1,6 quilômetro acima de Fort Shevchenko. O avião atingido espiralou de volta para o mar com três tripulantes ainda a bordo.

Enquanto isso, o primeiro Vulcan estabilizou-se e, após uma manobra profunda de inclinação, ficou a 300 metros de altitude para uma terceira passagem, aparentemente suicida. Desta vez, no entanto, o ângulo e a baixa altitude foram demasiados para as defesas imobilizadas do anfíbio, e o avião largou as bombas remanescentes com precisão geométrica. Quando elas atingiram o lado do navio-tanque, houve uma pausa calculada antes da detonação para permitir que o avião escapasse ao impacto.

O espantado piloto do Vulcan olhou para baixo enquanto subia e viu o Ekranoplan subir, saindo completamente da água, e desintegrar-se em um milhão de partículas enquanto a gigantesca explosão sacudia o leito do mar Cáspio.

18. Zlatoust-36

— Um minuto — disse Massoud.

Abaixo deles, os montes Urais se erguiam, cinzentos e escarpados. Podiam distinguir nos contrafortes das montanhas à direita os contornos esparramados da cidade de Chelyabinsk. À esquerda, mais distante, uma grande superfície de água se estendia até o horizonte. O sol brilhante e claro e o ar completamente limpo tornavam a navegação brincadeira de criança.

Sob as instruções de Massoud, Scarlett continuou a mover para a frente a alavanca de controle, de forma que a agulha do altímetro rodava no sentido anti-horário, e o grande avião se inclinava, acentuadamente, na direção da cidade nuclear de Zlatoust, deitada em seu berço nas dobras secretas de rocha.

A porta da cabine de comando se abriu subitamente, e uma pistola Luger foi apontada para a cabeça de Massoud. Foi o bastante para Bond. Quando Massoud desviou o revólver de Scarlett, Bond jogou-se pela cabine e segurou seu braço.

O rugido de um tiro reverberou na apertada área, e Ken Mitchell se inclinou bruscamente para a frente, a pistola Luger caindo de sua mão. Bond e Massoud estavam agora atracados em uma luta de vida ou morte, com Scarlett presa entre eles.

O peso combinado de seus corpos sobre a alavanca de controle lançou o avião em um mergulho de nariz, e o joelho de Bond ficou imprensado contra as alavancas que regulavam o fluxo de combustível, fazendo com que os motores Rolls-Royce Conway uivassem.

Bond sentiu os dedos de Massoud em seu pescoço, buscando as artérias. Pensou nos trabalhadores escravos da fábrica de Gorner e nas garotas desfilando para eles. Enfiou a testa no rosto de Massoud e, quando o capanga se desequilibrou e caiu para trás, contra o lado da cabine, Bond levantou o joelho contra a virilha desprotegida do adversário.

Scarlett conseguiu sair do assento e pegou a Luger do lugar para onde havia rolado, contra o assento do co-piloto. Estendeu a pistola para Bond, que golpeou as frontes de Massoud com ela. Massoud desferiu um chute em Bond, mas este havia previsto o movimento. Agarrou o tornozelo de Massoud com ambas as mãos, fincou um pé na virilha do oponente para ter apoio e fez um súbito movimento de torção. Ouviu o ruído dos ligamentos se rompendo e o grito.

— Segure os controles! — berrou para Scarlett, que os puxou com força para trás, tentando deter o mergulho.

Bond subiu em cima do incapacitado Massoud, virou seu rosto para baixo e bateu com sua cabeça, repetidamente, contra o piso do deque até o oponente parar de se mexer. Então, agarrou as alavancas de combustível e soltou-as, antes de tentar ajudar Scarlett a nivelar o avião. O homem que poderia fazer a manobra, Mitchell, estava morto aos pés deles.

— Não consigo! — berrou Scarlett. — É pesado demais. Ele não responde.

— Os controles não funcionam mais — gritou Bond, enxugando o sangue de Massoud do rosto. — E estamos perdendo pressão. O guarda deve ter saído pela janela. Vamos embora. Onde está o pára-quedas?

Ele abriu o armário da tripulação e encontrou o que queria.

— Ponha o pára-quedas — disse, estendendo-o para Scarlett.

— Mas e você?

— Ponha o pára-quedas! — berrou Bond.

Scarlett fez o que ele disse, amarrando as tiras em torno das pernas e em volta da cintura a fivela principal, deixando o pára-quedas dobrado pendurado e proeminente nas costas.

Bond subiu pelo corredor inclinado até a porta dos passageiros com Scarlett agarrada a ele.

— Ponha a porta no manual — disse ele.

Com mãos trêmulas, tentaram tirar fora a porta.

— Ainda estamos muito alto — disse Bond. — A pressão é grande demais.

Em seu uniforme rasgado, Scarlett olhou para ele com expressão desesperada.

— Precisamos cair na água — disse Bond. — Fique aqui.

De volta à cabine de vôo, reduziu o fluxo de combustível para o motor ao mínimo, pouco acima da velocidade zero. Pegou a Luger no assoalho, prendeu a trava de segurança e enfiou a pistola no cós das calças. Como se tivesse pensado melhor, Bond tirou os sapatos de Ken Mitchell e colocou-os dentro de sua própria camisa abotoada. Depois, levantou os controles pela última vez a fim de estabilizar o avião e colocá-lo na rota de uma grande superfície de água a oeste. O avião nivelou-se o suficiente para permitir que Bond subisse de volta para a porta, onde Scarlett estava pendurada.

— Tente de novo — gritou ele.

Lutaram para abrir a porta e, quando ela começou a ceder, Bond disse:

— Vou me segurar em você.

Ele passou os braços por entre os arreios do pára-quedas e cruzou as mãos debaixo dos seios de Scarlett.

— Não faça nada. Deixe que eu puxo a corda — disse Bond e, no mesmo momento, chutou a porta.

Scarlett foi imediatamente sugada para o vácuo, com Bond agarrado às suas costas. O avião estava em um ângulo tal que os motores e a cauda passaram acima de suas cabeças enquanto giravam no ar claro sobre a Rússia, Bond meio esmagando as costelas de Scarlett com a força de seu abraço, ela enfiando unhas e dedos nos pulsos dele para mantê-lo junto dela. O ar entrava como um foguete em seus pulmões enquanto se precipitavam em queda livre.

Bond esperou o máximo que ousou até que, agarrando Scarlett ainda mais firme com a mão esquerda, escorregou a direita até a corda do pára-quedas e puxou. Houve uma pequena pausa, uma pancada e um drapejar, e o corpo de Scarlett foi puxado para cima com tal violência que Bond quase foi lançado fora de suas costas. Ela gritou quando sentiu seu abraço afrouxando e agarrou seus pulsos. Mas os cotovelos dele ficaram presos nas cordas do pára-quedas e, enquanto este inflava e a velocidade deles diminuía, Bond pôde apertar os braços em torno de Scarlett novamente.

Bond tentou manobrar para levá-los para a água, que via 700 metros abaixo. O peso máximo permitido em um pára-quedas militar é algo em torno de 100 quilos. Ele calculou rapidamente que, embora Scarlett fosse uma garota esguia, os dois deviam pesar próximo de 150 quilos. Por um momento, houve uma espécie de paz enquanto desciam flutuando. Então, ouviram um barulho como o de um terremoto e se viraram para olhar para trás.

O Vickers VC-10 tinha se desviado para a direita enquanto descia e explodido contra a encosta de uma montanha.

— Os Urais perderam um pico — berrou Bond no ouvido de Scarlett.

Ele olhou para a água, agora a não mais que 165 metros abaixo.

— Bata com força na fivela do pára-quedas assim que cair na água, entendeu? Caso contrário, o pára-quedas puxará você para baixo.

— Certo — gritou Scarlett.

A água, Bond podia ver, não era um lago, mas parte de um grande rio. Não importa, pensou — desde que seja bem fundo.

A 18 metros da água, Bond desembaraçou as mãos dos arreios do pára-quedas e beijou Scarlett na orelha. A seis metros, jogou-se para trás, largando Scarlett.

Com as mãos protegendo a virilha, Bond cortou a superfície da água como um peso morto e afundou nas profundezas do Volga. Por alguns momentos, viu ervas aquáticas e a escuridão fria passarem rapidamente para cima. Depois, com um choque que reverberou em sua espinha, sentiu o leito do rio sob os pés, joelhos e mãos, quando se dobrou em dois com o impacto. Impulsionou-se com toda a força para cima e viu plantas, peixes e água passarem de novo por suas mãos e pés até ele irromper na superfície, de volta à luz do sol.

Primeiro viu apenas a parte de cima de um pára-quedas na superfície do rio. Depois, uma cabeça escura e molhada vindo pela água em sua direção.

Scarlett apoiou-se nos braços de Bond e cobriu de beijos seu rosto, que escorria água.

— Meu Deus — disse ela, enquanto ria, balbuciava e cuspia água. — Você é impressionante.

— Obrigado pela carona — disse Bond.

Na margem do rio, eles se sentaram para descansar e checar os ferimentos.

— Pobre Ken — disse Scarlett.

— Ele era um homem melhor do que eu pensava — disse Bond. — O que aconteceu com você desde a última vez que a vi?

— O código da porta funcionou bem. Havia alguns guardas, mas todos corriam para o escritório de Gorner.

— E do lado de fora?

— Nada demais. A toca de Gorner é apenas um calombo no deserto. Acho que não querem chamar atenção para ela, então não havia muitas luzes. Mas achei que devia me mexer rápido, enquanto eles estavam concentrados em você. Dei a volta no avião. As portas do compartimento de carga estavam abertas porque eles ainda não haviam terminado as modificações. Consegui entrar no avião por uma espécie de empilhadeira de bagagem que estava ao lado e, assim que entrei, vi um flap que levava à parte principal do avião. Eles tiveram de cortá-lo para passar os cabos elétricos necessários para soltar as bombas. O flap era grande o bastante para eu passar por ele. Saía logo atrás da cabine de vôo. Encontrei este uniforme no armário da tripulação, me troquei no banheiro entre a primeira classe e a econômica e esperei por você. Não foi uma noite confortável.

— Eles não procuraram dentro do avião?

— Ouvi alguém xeretar ali mais tarde. Mas acho que ficaram satisfeitos por encontrar as bombas na posição que haviam deixado e ficou por isso mesmo. Provavelmente esqueceram o flap ou acharam que era pequeno demais para permitir a passagem de alguém por ali. E não havia pegadas do lado de fora, então acho que pensaram que não havia ninguém dentro da parte principal do avião.

— Bem, você fez um bom trabalho — disse Bond. — Eu sabia que você tinha talento para isso.

— Sim — disse Scarlett. — Minha especialidade profissional.

— Eu estava apostando nisso.

— E agora, o que fazemos?

— Vamos tentar resgatar Poppy. Precisamos encontrar um telefone. Sugiro que você fale. Quando conseguirmos a ligação, falarei com meu pessoal em Londres. Vou passar toda a informação que temos.

— Está bem. E o que fazemos nesse meio-tempo?

— Vamos para casa — respondeu Bond.

— Como?

— Calculo que estejamos a leste de Moscou. Entre 1.200 e 1.300 quilômetros de distância. À vista do que vem acontecendo, é muito arriscado tomar um trem. Eles não vão esperar sobreviventes do avião, mas estarão nervosos. Vamos de automóvel. Você poderá ser o navegador. Estou certo de que seu russo é suficiente para perguntar o caminho.

— Tenho certeza que sim — disse Scarlett —, embora meu sotaque esteja um pouco fora de moda. Pré-revolucionário. Eu o aprendi com os russos brancos.

— Bem, acho que até os comunistas respeitam uma dama, não é? Primeiro você precisa de roupas, dinheiro e um carro. Talvez tenha de desviar os olhos nas próximas horas, Scarlett. Às vezes, um agente secreto tem de fazer coisas pouco dignas.

— Para falar a verdade, James, não me importo com o que você faça, desde que eu possa comer logo. Qualquer outra coisa que eu vir, esquecerei de imediato.

— Primeiro, você precisa de sapatos — disse ele, enquanto calçava os mocassins molhados de Ken.

— Sim. Não havia meias ou sapatos com o uniforme. As aeromoças têm os seus. Poppy me disse. E... outra coisa... não tenho roupa de baixo.

— Eu sei — disse Bond. — Vamos ver o que encontramos.

Ele estendeu a mão e ajudou a cansada garota a ficar de pé.

Andaram por uma planície até encontrar uma pequena estrada e, depois de mais meia hora de caminhada, uma aldeia. Em uma fazenda, Scarlett conseguiu para eles água, pão e alguma coisa entre manteiga e queijo.

A intrigada camponesa que os alimentou não conseguia tirar os olhos dos pés descalços de Scarlett. Ela os avisou que teriam de andar por mais meia hora até chegar a uma estrada. Ela lhes deu mais pão e duas maçãs enrugadas de um depósito.

Na estrada, Scarlett fez sinal para um caminhão de produtos agrícolas. Quando o chofer percebeu que havia um homem pedindo carona também, era tarde demais e eles estavam a caminho do oeste. Ele os levou a um mercado na cidade e indicou onde poderiam encontrar um cruzamento com a principal estrada leste-oeste para Kazan, a capital tártara, e depois ir para Gorky, a cidade industrial que ficava no centro da região do Volga-Vyatka. De Gorky, ele disse, seriam apenas cinco horas de carro até Moscou.

Quando o chofer os deixou, Bond ajudou Scarlett a se arrumar o melhor que pôde. As roupas dela haviam secado, mas o paletó da BOAC estava rasgado e, de qualquer maneira, parecia suspeito com seu escudo e insígnia, então eles o jogaram fora. Descalça, de saia azul, que prenderam com um grampo de cabelo para que parecesse mais curta e atraísse o olhar dos motoristas, e com o cabelo amarrado atrás o melhor possível, Scarlett parecia uma bonita professora, mas um pouco desarrumada, o tipo de mulher — lhe disse Bond — que os homens iriam querer parar e ajudar.

Mais de uma dúzia de veículos de vários tipos pararam e encostaram para ela, mas nenhum correspondeu às exigências de Bond. De seu esconderijo atrás de um abeto, ele sacudia a cabeça em resposta aos olhares interrogativos de Scarlett.

Bond estava começando a se perguntar se havia carros decentes naquele país totalitário quando, finalmente, ouviu o ruído de um motor de 2.5 e quatro cilindros e viu um Volga preto M21, a "Mercedes russa", aproximando-se pela avenida de bétulas. Era o veículo preferido da KGB e, assim, o carro que a maioria dos russos menos gostaria de ver do lado de fora de suas portas à noite. Melhor ainda para os meus propósitos, pensou Bond.

Scarlett ficou de pé na estrada, e o carro diminuiu a marcha. Só um homem estava ao volante e se inclinou para abrir a porta para Scarlett. Tinha cerca de 50 anos, cabelos grisalhos, era gordo e usava terno sem gravata. Não é KGB, pensou Bond, mas provavelmente um fornecedor ilegal de algum tipo. Ou isso ou um funcionário do partido com privilégios.

Quando Scarlett entrou na frente, Bond subiu no assento traseiro. Scarlett explicou para o desapontado chofer que ele era seu irmão e tinha o miolo meio mole e, por isso, nunca falava.

Durante uma hora, eles se dirigiram para o leste, na direção de Kazan, e, quando chegaram a um trecho desolado da estrada, distante de habitações, Bond puxou a Luger da cintura e colocou-a no ouvido do chofer.

— Diga-lhe para reduzir a marcha e parar.

Todos os três saíram do carro e andaram até um grupo de árvores para ficar fora de vista.

— Diga-lhe para tirar as roupas e ficar de cuecas.

Scarlett olhou para o outro lado enquanto Bond ficava nu e vestia as roupas do homem. Havia uma carteira dentro do bolso, de onde Bond tirou o dinheiro.

— Quanto é isso?

Scarlett contou.

— Suficiente para comer e beber.

— Gasolina?

— Sim. Mas não para roupas.

— Diga-lhe para esperar 10 minutos antes de sair daqui. Diga-lhe que deixaremos seu carro em Moscou. E diga a ele que peço desculpas.

Bond e Scarlett correram de volta para o Volga e arrancaram com um guincho dos pneus.

— Quando chegarmos a Moscou — perguntou Scarlett —, vamos para a embaixada britânica?

— Não — respondeu Bond. — No que diz respeito à embaixada, o Serviço não existe. Especialmente em Moscou. Não posso usar a proteção deles. Mas você pode.

— Mas sem o meu russo, você não vai conseguir.

— Pode ser que sim.

— Não vou deixá-lo, James. Não agora.

— Está bem, mas, então, é melhor dormir um pouco. Esse assento reclinável pode transformar-se em uma cama dupla. Os russos têm muito orgulho dele. Eles o exibem com freqüência no London Motor Show.

Uma hora depois, Bond acordou-a. Estavam em um posto de gasolina, onde um velho veio abrir a bomba.

Dentro do carro, Bond disse:

— Saia para esticar as pernas e diga a ele que vou entrar para pagar a gasolina.

O homem fez sinal afirmativo quando Scarlett falou com ele, e Bond entrou na casa. Uma mulher com um lenço na cabeça estava sentada atrás do balcão.

Bond pegou a Luger e apontou-a para a caixa registradora e, ao mesmo tempo, levou um dedo aos lábios. A aterrorizada mulher abriu a gaveta do caixa, e Bond encheu os bolsos com as cédulas que estavam ali e com algum troco para o telefone. Fez sinal para a mulher para que tirasse o lenço, o casaco e os sapatos e os entregasse a ele.

Depois, levando novamente o dedo aos lábios como advertência, correu de volta para o carro e disse a Scarlett que entrasse.

Quando ela fechou a porta, Bond engatou a marcha e partiu, deixando o velho segurando a mangueira, que ainda pingava.

Bond dirigiu rápido por mais duas horas, até começar a escurecer.

— Olhe! — disse Scarlett. — Uma cabine telefônica. Vamos tentar.

Bond observou de dentro do carro enquanto ela lutava com o primitivo sistema telefônico soviético. Depois de 10 minutos, ela voltou, desanimada e frustrada.

— Consegui falar com uma telefonista, mas fazer uma chamada internacional foi impossível. Ela sequer conseguia entender a idéia de fazer isso.

— No final das contas, você terá de ir à embaixada em Moscou. É o único caminho. Chegarei o mais próximo possível da embaixada. Não conseguiremos encontrar gasolina à noite, então teremos de parar em algum lugar e viajar novamente amanhã de manhã. Mas tentaremos encontrar algum lugar para comer depois que passarmos por Kazan.

Scarlett assentiu com ar infeliz e se acomodou junto a Bond no assento. Ele teve de acordá-la para que o ajudasse a compreender os avisos em cirílico, quando chegaram em Kazan, mas, assim que estavam na periferia da cidade a oeste, avistaram um restaurante de caminhoneiros afastado da estrada.

Sentaram-se sozinhos embaixo de uma luz crua, enquanto uma mulher gorda lhes trouxe sopa e pão preto com chá. Havia carne e vegetais cozidos depois, mas nenhum deles conseguiu comer muito.

— Posso ver por que não existem outros fregueses — disse Bond.

— Não é exatamente o jantar dos seus sonhos, não é? — disse Scarlett.

— Não exatamente.

— Você virá me visitar em Paris, James? Vou fazer para você o jantar que descreveu.

— Pensei que esse jantar fosse em um hotel.

— Está bem. Sabe que dia da semana é hoje?

— Não. Por quê?

— Vamos marcar um encontro para o primeiro sábado livre que tenhamos. Você telefona para o meu trabalho na sexta-feira e me diz em qual hotel.

— Trato feito. Olhe. Há dois caminhões parados do lado de fora. Hora de partir. — Bond jogou algumas notas na mesa quando saíam.

Quando anoiteceu, e eles estavam bem no interior da Rússia, a quilômetros de distância de qualquer cidade, Bond saiu da estrada principal para uma menor, por onde dirigiu por 2 quilômetros mais ou menos, e depois por uma trilha de automóvel. Parou e desligou o motor.

Pegou Scarlett pela mão e abriu a mala do carro. Dentro havia uma maleta pequena, com camisa limpa e cuecas. Havia também um aparelho de barba e um nécessaire com escova de dente e creme dental.

— Não quero arriscar ir a uma fazenda — disse Bond. — Com certeza haverá cachorros. Vamos tentar dormir no campo lá adiante. Não será tão ruim assim. Ponha aquele casaco se sentir frio. Se fizer realmente um frio de congelar, você poderá voltar para o carro e experimentar a famosa cama dupla.

Fazia uma bela noite de verão, e o céu acima deles estava cheio de estrelas. Bond ajeitou-se o mais confortavelmente que pôde na grama, usando o paletó do terno como travesseiro.

Arrumou o cabelo de Scarlett quando ela deitou a cabeça em seu ombro. Inclinou-se para beijá-la, mas ela já estava dormindo.

Que estranho, pensou Bond, encontrar-se, enfim, no país contra o qual passara grande parte de sua vida adulta conspirando e lutando. Agora que finalmente pusera os pés ali, ele parecia — com seus rostos europeus, estradas ermas e fazendas pobres — menos estrangeiro e, de alguma forma, mais normal que o país que havia pintado. Depois, bem nas profundezas do coração da União Soviética, James Bond pegou em um sono leve, mas reparador.

Quando se aproximavam de Moscou, por volta do meio-dia do dia seguinte, Bond sentiu um cheiro de queimado que saía do capô do Volga. Estava dirigindo havia horas, e o carro se ressentia. A lembrança obscura de um London Motor Show lhe veio à mente, com os homens no estande do Volga exaltando o vão livre do carro, o isqueiro, o rádio completo e... Sim, era isso: a lubrificação por pedal. Bond viu um pedal auxiliar no piso e bombeou-o com força, lubrificando não apenas a cabeça da biela como extensos trechos da principal estrada para Moscou.

— Quando chegarmos a Moscou — disse ele —, tomaremos um trem. Temos dinheiro suficiente para comprar passagens para Leningrado? Depois, pegaremos um barco para Helsinque.

Scarlett contou os rublos que havia no bolso de Bond.

— Talvez tenhamos de dar outra de Bonnie e Clyde no posto de gasolina — disse.

— Mais uma boa razão para deixar o carro em Moscou. A polícia provavelmente já tem o número da placa, a esta altura.

— Bom — disse Scarlett. — Tomaremos um bonde até o centro da cidade. Estes sapatos... Vamos ao GUM, a loja do departamento de Estado.

— Não é aquela que fica ao lado do Kremlin? — indagou Bond.

— Sim, mas não sei com certeza aonde mais poderia ir. Acho que a maior parte das outras lojas tem apenas prateleiras vazias. Você não precisa vir, James. Sei como os homens se sentem em relação a fazer compras.

— Não é o tédio, é...

— Eu sei.

— Veja se me consegue uma camisa limpa e roupa de baixo quando for lá. E comida. Não queremos nos arriscar a ir a um restaurante.

Deixaram o carro perto de um terminal de bonde no lado leste da cidade e foram para o centro. Bond carregava a maleta pequena que encontrara na mala do carro e esperava estar com a aparência de funcionário médio do partido. Scarlett vestia a saia e a blusa de aeromoça da BOAC, com o casaco e os sapatos da mulher do posto de gasolina. A maioria dos passageiros do bonde vestia-se de maneira similarmente improvisada e ninguém pareceu olhar para eles uma segunda vez.

Quando Scarlett desapareceu no labirinto do GUM — um monstro quase tão grande quanto o Louvre, de telhado verde e torres —, Bond ficou andando do lado de fora, sem querer parar e dar a chance de alguém vir falar com ele. Deu várias voltas grandes até que, finalmente, viu Scarlett emergir com duas bolsas cheias.

— Esta foi a meia hora mais longa de minha vida — disse ele.

— Espere só até ver o que consegui. Um pequeno chapéu de palha que vai fazê-lo parecer um professor de matemática de férias. Camisa de manga curta. Gostou, não é? Meias de que Ivan se orgulharia em sua fazenda coletiva.

— E para você? — perguntou Bond, enquanto empurrava Scarlett para fora da sombra do Kremlin em direção ao ponto de bonde.

— Dois pares de tênis babushka e um sutiã reforçado que poderia sustentar os domos em forma de cebola da Saint Basil. Uma blusa limpa. E um pouco de pão e queijo.

— Boa menina. Vamos embora.

Tomaram o trem para a praça Três Estações, no setor nordeste da cidade, e subiram os degraus da estação de Leningrado. Bond se sentiu mais seguro em meio às idas e vindas da multidão que quando estava matando tempo do lado de fora do GUM.

Scarlett comprou duas passagens no Krasnaya Strela, o trem noturno *Red Arrow* para Leningrado, que partia às 11h45. Depois, caminharam até um pequeno parque e vestiram as roupas novas em banheiros públicos.

— E agora — disse Scarlett — vou até a embaixada.

— Sabe onde é? — perguntou Bond. — Um grande edifício perto do rio, no Cais Sofievskaya, acho.

— Vou conseguir. O motorista de táxi saberá onde é. Você vai ficar aqui, no parque?

— Sim, é o mais discreto para mim. Gostaria de ir com você, mas acho que não serei bem-vindo. Você vai telefonar?

— Para o meu escritório em Paris, para começar. Vou falar com o chefe do meu departamento. Ele vai saber o que fazer.

— Tudo bem. Antes de ir, Scarlett, lembre-se de uma coisa. Gorner tem conexões com a SMERSH e a KGB. Deixamos um rastro de destruição pela União Soviética. Um avião destruído, roubos à mão armada, um carro seqüestrado. As comunicações soviéticas podem ser ruins, mas certamente estamos sendo vigiados. Observação é uma coisa em que eles são bons. Lembre-se também que, se Darius conseguiu obter detalhes da localização da fábrica de Gorner e passá-los para Londres, uma operação de resgate já deve estar a caminho.

Ele tomou as mãos dela entre as suas e olhou-a profundamente nos olhos.

— Quero lhe perguntar uma coisa, Scarlett. Vai fazer alguma diferença o telefonema que você vai dar? Ele realmente vale o risco?

Scarlett sustentou o olhar de Bond sem piscar.

— James, ela é minha irmã.

Bond soltou as mãos dela.

— Pelo amor de Deus, faça o favor de estar de volta até as 9 horas, o mais tardar. — Ele observou a figura esguia se afastar, vestindo a blusa nova e com passo decidido rumo à avenida.

Bond passou a tarde e o início da noite no parque, onde tentou dormir. Comeu um pouco de pão e queijo e bebeu água de uma fonte.

Quando a escuridão caiu, sentiu que respirava com mais facilidade. Pela manhã estariam em Leningrado, a uma pequena distância de barco da liberdade. Seu corpo ansiava pelo Ocidente: coquetéis gelados, chuveiros quentes, lençóis limpos, bom tabaco...

Sua cabeça começou a pesar enquanto descansava contra a grade que protegia a árvore atrás do banco do parque.

Enquanto isso, entre duas das colunas brancas e amarelas que sustentavam o grande saguão da estação de Leningrado, uma transação urgente acontecia.

Um robusto homem soviético, cujo rosto carnudo trazia as marcas de uma barba que havia muito passara de sua melhor forma, estendia a mão e fazia gestos de concordância com a cabeça. As mangas de um terno que mal lhe assentava subiram para mostrar punhos de camisa encardidos.

Em sua mão foram colocadas cinco notas americanas de 20 dólares, e seus olhos se abriram de incontrolável cobiça acima das bochechas barbudas e vermelhas.

Seu interlocutor falava um inglês ruim, assim como ele, mas era muito fácil entender o que queria. Havia duas fotos: uma de um homem de olhos duros e um cacho rebelde de cabelo sobre o olho direito, e outra de uma bonita jovem, russa talvez, mas mais atraente que qualquer garota que o russo já vira em Moscou.

Quanto ao homem que lhe deu o dinheiro, quem poderia dizer de onde vinha? Tinha olhos de tártaro ou mongol, mas a pele era amarela, e o pequeno chapéu que usava parecia espanhol ou francês.

Duas coisas ficaram claras. Uma foi um número de telefone, sublinhado em um pedaço de papel pressionado em sua mão, e outra, que mais dinheiro esperava um telefonema de boas notícias.

19. Pormenor vergonhoso

Scarlett voltou para o parque pouco antes das 20h. Disse a Bond que a embaixada suspeitou dela primeiro, mas, no final, um primeiro-secretário tinha ficado com pena dela, e, após averiguar sua *bona fides* por meio de uma série de telefonemas para Paris, permitiu que ela usasse o telefone. Ela, então, disse ao chefe, em Paris, tudo que pudesse ser de ajuda, e ele prometeu passar todas as informações para as autoridades. Bond sorriu. Não tinha dúvida de que Scarlett usara todo o seu charme feminino para persuadir o infeliz primeiro-secretário a concordar com o uso irregular do telefone. O importante era que ela voltara a salvo.

Às 22h, deixaram o parque rumo à estação. Quando subiram no trem, Bond, apesar de exausto, sentiu o excitamento da viagem noturna e do sempre presente romance da apressada multidão com suas boas-vindas esperançosas e despedidas lacrimosas.

— Como conseguiu nos colocar aqui? — perguntou ele, olhando para os leitos de madeira do compartimento privado, reservado aos membros graduados do partido.

— Dei ao guarda o equivalente a três meses de salário do dinheiro que você pegou no posto de gasolina — disse Scarlett. — Viu o rosto dele, não?

— Vi — disse Bond. — Inesquecível.

— O guarda disse que, se qualquer grandão do partido subir a bordo, terá de nos trocar de lugar, mas acho que isso não acontecerá agora. Se eles forem tomar o trem, isso acontecerá em Moscou, não em Klin ou Bologoye. Depois que tivermos viajado um pouco, ele trará vodca. Stolichnaya. E pedi comida. Ele disse que ia ver o que podia arranjar. Se não houver nada, só teremos os restos do queijo.

— Não importa — disse Bond. Sentiu um grande cansaço abatê-lo assim que o *Red Arrow* deixou a estação. Scarlett recostou a cabeça no ombro dele enquanto observavam os subúrbios cinzentos do norte de Moscou finalmente darem lugar aos campos abertos. Era certo que nada poderia dar errado agora, pensou Bond, enquanto voavam pela escuridão do verão em direção à velha capital, lar dos Romanov e seus grandes palácios.

Uma hora depois, um guarda bateu à porta e eles se sentaram culposamente, como se tivessem feito alguma coisa errada. Sem expressão de prazer ou preocupação, o guarda abriu uma edição do *Pravda* e estendeu-a na cama mais baixa, ao lado da deles. Depois, tirou de um embrulho de papel pardo metade de um pão preto, uma garrafa de Stolichnaya, um pacote de ameixas e dois filés de salmão defumado.

Bond observava Scarlett enquanto ela sorria e oferecia mais dinheiro. Era uma mulher extraordinária, pensou, conversando com esse homem que — claramente encantado com ela — recusou o dinheiro extra.

Quando o guarda se foi, ela comentou:

— Disse a ele que você era da Ucrânia, querido —. Seus olhos brilhavam de malícia inocente. — Espero que você não se incomode.

Bond sorriu e bebeu bastante da garrafa de Stolichnaya, oferecendo-a, depois, a Scarlett, que balançou a cabeça recusando. A refeição foi rapidamente consumida, e cada um acendeu um dos baratos cigarros soviéticos que Scarlett comprara na estação. Eles agora estavam sentados um em frente ao outro, então Bond pôde observá-la enquanto ela olhava pela janela.

Em sua mente, ele voltou ao quarto do hotel em Paris e a viu lá, sentada na poltrona dourada embaixo do espelho, as longas pernas cruzadas com recato e as mãos vazias dobradas em frente aos seios... "Desculpe-me assustá-lo, Sr. Bond... Não queria lhe dar a chance de me rejeitar novamente."

Agora, contra a fugidia paisagem russa, ela parecia cansada, mas não menos bonita. Seus grandes olhos castanhos piscavam e tornavam a abrir-se enquanto os campos passavam. Seus lábios estavam levemente abertos, e ele lembrou do trejeito do lábio superior quando ela ficava excitada. Ela puxou uma mecha de cabelo preto para trás da orelha. Saberia que ele a observava? Por que outra razão revelaria a forma perfeita e rosada de sua orelha, tão delicada e bonita que tudo que ele conseguia fazer era impedir-se de inclinar-se e beijá-la?

O matraquear das rodas nos trilhos quando a máquina ganhou velocidade, o balanço gentil do vagão e o estalido da madeira do compartimento quente, tudo parecia formar uma irresistível canção de ninar. Bond não bebia há dias, e a vodca lhe subiu à cabeça. Ele se lembrou de outras viagens — o Expresso Oriente com Tanya... Logo, pensou, se prepararia para dormir e subiria para a cama de cima, mas no momento...

Sonolentamente, lembrou-se do quarto no Jalal's Five Star e do abandono com que Scarlett o beijou, o movimento leve com que deu um passo por cima da saia e se sentou na beira da cama dele...

Eles estavam fundo, fundo na escuridão da noite soviética, e as imagens se tornaram desconexas em sua mente enquanto o barulho das rodas nos trilhos de ferro lhe trazia memórias de sua infância, um trem nas *Highlands*, a voz de sua mãe — depois, a passarela de vidro da fábrica de Gorner, os grandes contêineres de aço do sumo da papoula do sono, drogando-se, dormindo... Alguém que ele amava estava chamando seu nome... Depois, depois...

Ele olhava para um rosto de carne meio morta embaixo de um quepe da Legião Estrangeira, e Scarlett gritava:

— James, James, *James!*

As mãos gordas de Chagrin estavam em sua garganta, e Bond lutava pela vida. Seus mais profundos reflexos enfiaram seus dedos nos olhos de Chagrin, mas este meramente jogou a cabeça para trás. Bond levantou a perna com força e sentiu a canela bater na virilha de Chagrin, mas o veterano da selva não afrouxou o aperto. Presumivelmente, não trouxera revólver, porque queria fazer o trabalho em silêncio.

Bond não encontrava reservas de energia. Essa luta era demasiada para um corpo submetido à fome, espancado e torturado. No calcanhar de seus próprios sapatos havia uma lâmina que poderia ajudá-lo, mas ele estava com os inúteis mocassins de um piloto de avião morto. O ar acabava em seus pulmões.

Sentiu, então, uma mão magra que se movia em direção à parte de trás de sua cintura e um discreto empurrão quando a Luger foi retirada.

Com um rugido de raiva, Chagrin se virou e lançou o braço na direção do pulso de Scarlett, derrubando a arma no chão com um estalo. Isso deu tempo suficiente a Bond para movimentar-se. Arrancou o dedo mindinho da mão esquerda de Chagrin de sua garganta e, usando ambas as mãos e um súbito movimento para baixo, quebrou-o.

Chagrin deu um passo atrás, o ruído que fazia agora era tanto de dor quanto de raiva, e mandou um soco no rosto de Bond com a mão direita. Bond abaixou-se e o golpe passou por cima de seu ombro. Scarlett agarrou a Luger.

— Não atire — disse Bond, ofegante. — Vai chamar a atenção do guarda.

Enquanto os dois homens lutavam no chão do trem, que corria e balançava, Scarlett subiu no assento. Com a coronha da Luger, tirou o quepe de Chagrin e revelou o crânio raspado onde os cirurgiões-açougueiros de Omsk tinham trabalhado.

Ela descobriu o detalhe que o deixava envergonhado. Quando Chagrin pôs as mãos na cabeça para cobrir o calombo da presilha osteoplástica, Bond deu-lhe uma cabeçada no plexo solar. Chagrin dobrou-se em dois, e Bond aplicou-lhe uma joelhada no queixo, ouvindo a mandíbula estalar.

— Abaixe a janela, Scarlett — disse, sem fôlego. — Ajude-me a levantá-lo.

Bond pensou nos submissos missionários da selva vietnamita — padres e freiras do vale do Loire cujas línguas esse monstro havia arrancado com alicates porque estavam lendo histórias da Bíblia para as crianças — e pegou o revólver de Scarlett. Ele ficou de pé e enfiou o cano do revólver com toda a força no fundo da depressão côncava no crânio de Chagrin, sentindo-o perfurar o osso mal sedimentado e as membranas abaixo.

O torturador deu um gemido terrível e caiu contra a cama. Bond e Scarlett seguraram cada um uma perna e levantaram-no pouquinho a pouquinho, pondo-o para fora da janela aberta. Já haviam colocado metade do corpo de Chagrin para fora e seguravam seus tornozelos, que se movimentavam sem força, quando o trem entrou em um túnel estreito de tijolos. Quando a entrada do túnel ficou em frente ao compartimento deles, com apenas um pequeno espaço entre o trem e o túnel, a parede de tijolos cortou fora a cabeça de Chagrin, que bateu na parede de fora do túnel. Depois que saíram do túnel, Bond atirou para fora o resto do corpo despedaçado e caiu no assento.

Scarlett pôs as mãos no rosto e chorou.

Bond acordou com o dia claro e os braços de Scarlett em torno dele, deitado na cama de baixo. Ela cobrira os dois com um cobertor cinzento e o casaco da mulher do posto de gasolina.

O cabelo de Scarlett caiu sobre o rosto de Bond como um xale escuro enquanto ela dava tapinhas em suas costas doloridas e cochichava em seu ouvido:

— Estamos quase lá, estamos quase lá, meu querido. Café-da-manhã em Leningrado, no Literaturnaya Café, na Nevsky Prospekt. Meu pai costumava me falar sobre ele. Comeremos ovos com salmão defumado e café. Depois um barco. Helsinque. E, depois, Paris.

Bond sorriu, rolou de costas e beijou-a nos lábios. O sono fora parcialmente restaurador.

— Por que será que todas as vezes em que estou para fazer amor com você — perguntou ele — somos interrompidos? Ainda é o "destino"?

— Não — respondeu Scarlett. — É assim para que, quando finalmente aconteça, seja mais maravilhoso ainda.

Scarlett desapareceu no corredor com o nécessaire do dono do Volga e Bond preparou-se para mais um dia. Quando chegassem a Helsinque, telefonaria para M e descobriria o que acontecera com o Monstro do mar Cáspio. Sorriu para si mesmo diante da perspectiva. O velho nunca conseguia disfarçar o prazer que sentia ao ouvir a voz de Bond depois de um longo silêncio de rádio.

Depois que cada um deles tinha feito o melhor que podia com a pasta de dente e a água salobra soviética, eles se acomodaram para observar a chegada a Leningrado.

— Assim que chegarmos às docas — disse Bond —, você terá de encontrar um dono de barco aventureiro, Scarlett. Em algum lugar do Golfo da Finlândia há uma fronteira marítima entre os comunistas e o mundo livre. Acho que podemos estar razoavelmente certos de que deve ser vigiada por guardas de fronteira armados.

— Você quer que eu encontre um pirata — disse Scarlett.

— Sim — disse Bond. — Com um barco muito rápido.

— Vamos precisar de dinheiro.

— Você está me transformando em um ladrão barato.

— Você tem queda para isso, meu amor.

Bond suspirou e checou o carregador da Luger.

Foi uma caminhada curta da Estação Moscou até a Nevsky Prospekt e, após tomarem café, Bond foi levantar dinheiro, e Scarlett foi para as docas. Encontraram-se atrás do Teatro Pushkin às 13h. Bond, envergonhado, puxara da prateleira de um mercado uma balaclava, que usou depois para levar, à ponta de arma, o dinheiro de um carro-forte antes da abertura do banco em uma rua tranqüila, afastada da Moskovsky Prospekt. O guarda de segurança foi tomado de estupor à visão da Luger e não ofereceu resistência, e Bond conseguiu pôr uma boa distância entre ele e a cena do assalto antes de ouvir a sirene da polícia. Jogou o capuz em um latão de lixo, pôs o chapéu de palha de "professor de matemática" do GUM e se fez o mais discreto possível em um parque municipal perto do rio Neva.

Quando se reuniu a Scarlett, as novidades dela eram confusas. Parecia ansiosa.

— Encontrei um homem — disse. — Ele é finlandês, na verdade, e fala inglês, embora não muito bem. Está preparado para fazer o que queremos, mas não pode nos levar até Helsinque. É longe demais. Se carregar bastante combustível extra, poderá nos levar até a fronteira marítima. Depois, passaremos para um barco que pertence ao irmão dele. Ele disse que eles fazem essa viagem com bastante regularidade. O segundo barco nos levará a um porto chamado Hamina, que fica a cerca de 250 quilômetros daqui. É o melhor que ele pode fazer. Fora isso, existe uma boa estrada.

— Tudo bem — disse Bond. — Pelo menos é na Finlândia. Um país neutro.

— Há barcos da marinha russa e lanchas de patrulha, e uma parte do mar está minada, mas ele sabe como passar pelas minas. Faremos isso à noite. Partimos às onze. A viagem toda levará oito horas. Mas ele quer um dinheirão.

— É exatamente isso que tenho — disse Bond.

— Como você...

— Você disse que não perguntaria.

Às 10h45, Bond e Scarlett chegaram ao local combinado. As docas eram intensamente vigiadas pela Alfândega e pela polícia, que exigiam documentos e passaportes, então Scarlett fora direcionada para uma das pequenas ilhas que ficavam a oeste da cidade. No fim de uma rua estreita, havia um lance de degraus de tijolos velhos, usado por balseiros, que dava no mar.

Ao pé dos degraus, como havia prometido, estava Jaska, o homem com quem Scarlett fizera o trato. A embarcação era um velho barco de pesca adaptado, com um motor preguiçoso que já funcionava, o som era pesado e catarrento. Quando subiram a bordo, Bond ficou aliviado ao ver dois Evinrudes de 250 cavalos sob uma lona na popa. Havia uma cabine coberta na proa, e todo o espaço disponível no deque estava ocupado por tambores de combustível.

Jaska tinha uma barba de três dias e um boné azul. A maior parte de seus dentes se fora, e os que restavam eram amarelos ou marrons.

Bond entregou-lhe o dinheiro, que ele contou cuidadosamente.

— Ele não gosta dos russos — explicou Scarlett. — Seu pai morreu lutando quando eles invadiram a Finlândia, em 1939.

Jaska fez um sinal afirmativo para eles, desamarrou a única corda do mourão, engrenou a máquina e começou a movimentar o barco o mais silenciosamente que podia na direção do Golfo da Finlândia.

Bond e Scarlett sentaram-se juntos em um banco de madeira do lado esquerdo do barco.

— Há uma coisa em que não pensamos — disse Scarlett.

— Eu sei — disse Bond. — Sol da meia-noite. É a pior época do ano.

— Jaska disse que ficará um pouco escuro, como neblina. Ao menos o céu está encoberto.

Bond recostou-se no costado do barco.

— Há alguns momentos, Scarlett — disse —, em que você, simplesmente, tem de colocar sua vida nas mãos de outras pessoas. Confiar nelas.

— Eu sei. E gostei do jeito desse aí.

— Mercenário e ressentido — disse Bond. — Um bom homem para se ter ao lado em uma hora como esta.

Jaska conduzia o barco por onde havia sombras no arquipélago irregular, mas, após meia hora esgueirando-se ao abrigo das pequenas ilhas, era hora de entrar em mar aberto.

Scarlett tivera tempo de preparar uma cesta de comida, que agora desembrulhava. Havia pão, salsicha, queijo e vodca.

— Foi o melhor que encontrei — disse.

Jaska ajudou-os a acabar com a comida, mastigando esfomeadamente ao leme, os olhos nunca deixando o horizonte.

Uma hora se passou, depois outra, e a noite se tornou escura — a sombra de uma neblina de outono, como Jaska previra. Quando estavam afastados de Leningrado, mas ainda longe da fronteira, ele baixou os Evinrudes gêmeos por sobre a popa. Falou com Scarlett em russo.

— Ele diz que vai usar os motores de popa para ganhar tempo — traduziu ela. — Eles fazem barulho demais perto da terra ou da fronteira, mas agora podemos usá-los por uma hora ou próximo disso.

Bond sentiu uma onda de satisfação quando o velho barco de pesca começou a dividir a água com mais ímpeto. A distância até Hamina era de cerca de 250 quilômetros, e embora viajassem agora a mais ou menos 25 nós, a velocidade anterior era de menos da metade disso. Bond calculou que estavam a menos de duas horas da fronteira marítima.

Jaska pediu a Bond que segurasse o leme enquanto decantava combustível dos tambores em latas menores, com as quais enchia os tanques.

Quando Jaska retomou sua posição, Bond foi juntar-se a Scarlett no banco.

— Como se sente?

Ela sorriu.

— A salvo — respondeu. — E você?

— Estou gostando — disse Bond. Era verdade. — A luz estranha. O mar. A companhia.

Finalmente, Jaska desligou os motores de popa e puxou-os para dentro do barco novamente.

— Ele diz que passaremos para outro barco dentro de 45 minutos — disse Scarlett. — Temos de fazer pouco barulho novamente.

Jaska pegou o microfone de um rádio perto do leme e falou nele. Após uma curta pausa, houve uma resposta com estalidos.

O rosto do marinheiro permaneceu impassível enquanto recolocava o microfone. Falou novamente com Scarlett.

— Há barcos de patrulha soviéticos ao norte e ao sul — traduziu ela —, mas um deles foi desviado por um navio-tanque de Tallinn que saiu de curso.

Na neblina à frente, como um navio fantasma, Bond viu os contornos de um barco pesqueiro parecido com o deles. Ele apontou para o barco, e Jaska voltou-se. Pela primeira vez, o rosto enrugado e castigado pelo tempo se abriu em um sorriso.

— Sim — disse em inglês. — Meu irmão.

Os dois barcos se aproximaram vagarosamente na neblina leve que subia do mar. A noite esfriara, e Scarlett vestiu o casaco da mulher do posto de gasolina e deu o braço a Bond.

Jaska diminuiu a marcha, e os dois barcos ficaram lado a lado, a quilômetros de distância da terra e no meio de um grande mar vazio. Houve um solavanco quando os dois costados se tocaram e Jaska jogou uma corda para o outro lado.

Scarlett se levantou e foi para o lado direito do barco. Jaska estendeu a mão para firmá-la, e ela jogou seus braços em torno dele rapidamente.

— *Spasibo. Ochen spasibo.* Obrigada.

Bond apertou a mão dele.

— Obrigado, Jaska.

Jaska segurou as duas mãos de Bond entre as suas e, por um momento, os dois homens se olharam nos olhos.

Depois, Bond se foi, passou para o segundo barco, enquanto Jaska se afastava e começava a preparar as redes de pesca para ter um pretexto legítimo para a excursão noturna, se alguém o detivesse em seu caminho de volta para casa.

Scarlett e Bond acenaram brevemente na bruma, depois se acomodaram para a parte final da jornada. O irmão de Jaska se chamava Veli e parecia, no mínimo, dez anos mais jovem. Ele se movimentava vigorosamente em seu pequeno barco e sorria constantemente.

Esperou algum tempo para acionar os motores de popa, e, três horas depois, após numerosos reabastecimentos de combustível do suprimento que levava a bordo, eles avistaram o porto de Hamina, protegido por sua fortaleza em formato de estrela.

Às 8h estavam em solo finlandês e, por volta das 10h, estavam no trem expresso para Helsinque.

20. Floresta de espelhos

Era uma noite chuvosa em Paris, e René Mathis estava sentado à sua mesa, folheando alguns relatórios policiais que tinham sido entregues ao Deuxième. Rumores voavam em seu departamento sobre uma ação espetacular na batalha contra as drogas, mas os detalhes ainda não tinham sido confirmados.

O telefone verde tocou, com seu ruído agudo, incomodativo. Houve um barulho, um eco — e, depois, uma voz familiar.

— Onde está você, James?

— Estou em um aeroporto em Helsinque. Estou a caminho de Paris. Meu vôo sai em meia hora. Podemos marcar um jantar para amanhã à noite?

— Amanhã? Ahn... Sexta-feira? As sexta-feiras são... Sextas-feiras são sempre difíceis para mim, James. Há coisas demais para organizar no fim da semana. Quem sabe um drinque? Existe um bom bar que eu poderia mostrar a você. Ou almoço em outro dia? Você vai ficar aqui no fim de semana?

— Teremos de ver o que Londres dirá. René?

— Sim?

— Dê lembranças minhas a ela.

No aeroporto em Paris, Bond pôs Scarlett em um táxi com a promessa de que telefonaria para o trabalho dela no dia seguinte. Eles haviam decidido ficar um tempo afastados para se recuperar do que haviam passado, e Scarlett estava ansiosa para falar com seus empregadores e descobrir se havia notícias de Poppy. Bond não fez objeção ao pensamento de descansar e dormir: estava exausto, e a pobre garota parecia estar com as pernas bambas.

Quando se despediu dele com um beijo, ela lhe disse:

— Vou esperar seu telefonema. Não me desaponte, James.

— E eu fiz isso alguma vez?

Ela negou com a cabeça silenciosamente enquanto o táxi se afastava. Bond ficou olhando o carro distanciar-se na noite chuvosa, a garota acenando do banco de trás, seus grandes olhos castanhos fixos nele até ela ficar fora de vista.

Ele tomou o próximo táxi da fila e lhe disse que fosse para o Terminus Nord. Quando podia, ficava sempre nos hotéis das estradas de ferro, e o Nord era o menos pretensioso. Uma ligação telefônica feita antes, de Helsinque para o Regent's Park, havia assegurado uma transferência eletrônica de fundos para um banco na place Vendôme, que ele poderia retirar no dia seguinte. Moneypenny, incapaz de controlar o entusiasmo em sua voz quando ouviu a dele, também o agendou para uma conversa com M, na linha criptografada, no fim da manhã.

Ele se recostou nos travesseiros e deixou que os acontecimentos dos últimos dias passassem por sua mente. Levara alguns minutos para encontrar o rapaz do serviço de quarto em Helsinque. Ele era jovem, não parecia ter mais de 20 anos, mas, ao menos, apareceu com um par de passaportes razoavelmente aceitáveis durante a tarde. Bond lhe dera a Luger para que se desfizesse dela do jeito que quisesse. Conseguiria uma nova Walther PPK quando voltasse para Londres.

Amanhã, pensou, será um dia maravilhoso. Poderia passar uma manhã preguiçosa comprando roupas novas, dar o relatório a M, depois almoçar no Rotonde ou no Dôme e telefonar para Scarlett à tarde. Depois disso, dormir mais em seu anônimo quarto de hotel e, posteriormente, talvez um filme e um jantar em um dos grandes restaurantes, o Véfour ou o Caneton.

Quanto a hoje à noite, as cédulas finlandesas que trocara no aeroporto de Paris seriam suficientes para um bom jantar, mas não sentia disposição para isso. Telefonou para a recepção e pediu que trouxessem omelete *fines herbes* e o resto da garrafa de uísque.

Depois de consumir a omelete, rolou nu para baixo das cobertas e dormiu sem se mexer durante 12 horas.

Sexta-feira de manhã fazia um tempo brilhantemente claro e ensolarado, e Bond deixou o hotel e tomou um táxi para a place Vendôme. Na rue de Rivoli, comprou um terno cinza leve, uma gravata preta de tricô, três camisas, roupa de baixo de algodão, alguns pares de meias de lã cinza-escuro e mocassins pretos. Pediu ao vendedor da loja que se livrasse das roupas do chofer do Volga e dos sapatos de Ken Mitchell.

Era hora de dar o telefonema para M. Fez uma chamada a cobrar de uma cabine operada por moedas na rue l'Arbre Sec, depois esperou quando ouviu a mesa telefônica de Regent's Park, os laboriosos sons metálicos e o longo silêncio que os inexperientes interpretavam como queda da linha antes do estranho som oco da linha confidencial.

— Bond? Onde diabos você está?

— Paris, senhor. Eu disse a Moneypenny ontem.

— Sim, mas por quê?

— Vim trazer uma jovem para casa, senhor.

— Não importa. Falei com o primeiro-ministro por telefone.

— Como estava ele?

— Bem... Extremamente satisfeito, aliás.

— Pouco comum isso.

— Sem precedentes. A RAF derrubou aquele Ekranoplan. De alguma maneira, o VC-10 também não atingiu o alvo.

— Sim, senhor. Eu...

— Você poderá me contar quando voltar para Londres. Tire uns dias em Paris, se quiser. Enquanto estiver aí, gostaria que conhecesse o novo 004.

— O quê? — A voz de Bond esfriou.

— Não seja um maldito tolo, Bond. Eu disse a você quando estava em Londres que o último homem morreu na Alemanha Oriental.

— Onde devo encontrá-lo?

— Vá ao George V às 19h. Peça o quarto 586. Estarão esperando você. É apenas uma formalidade. Aperte a carne,* diga alô. Bond?

— Sim?

— Sabia que Felix Leiter participou do que aconteceu em Pistachio?

— Felix? Não. O que aconteceu?

— Uma capotagem. Houve problema com um homem chamado Silver.

— Não me surpreende.

— Ele tentou impedir Felix de fazer contato. Revelou-se uma espécie de agente duplo. E, Bond, temo que o próprio Pistachio...

---

* Aperte a mão. (*N. da T.*)

Bond ouviu o vazio da linha. Só podia significar uma coisa. Praguejou violentamente.

— Fique algum tempo em Paris — disse M. — Leiter vai passar por aí na segunda-feira, na viagem de volta para Washington. Acho que gostaria de ver você.

— Direi a Moneypenny onde me encontrar.

— É tudo, por enquanto.

— Obrigado, senhor.

Recolocou o fone no gancho e caminhou para o rio. Darius era um bom homem, mas, assim como Darko Kerim, em Istambul, e outros antes dele, sempre soubera dos riscos envolvidos.

Bond tentou afastar o pensamento da mente. Seus bolsos ainda estavam cheios de novos francos e ele passeava ao longo do cais, parando ocasionalmente para ver as pinturas baratas, os suvenires e livros de segunda mão exibidos em estandes ao lado do rio. Sempre o surpreendia a quantidade de coisas que os estandes de madeira verde, fechados com cadeado, podiam exibir quando eram abertos. Pegou uma miniatura da Torre Eiffel e rolou-a entre os dedos. Deveria comprar um presente para Scarlett?, perguntou-se. Tempo de sobra para fazer isso antes da noite do dia seguinte.

Contentou-se em comprar um cartão-postal apropriadamente picante para Moneypenny e foi a um pequeno café na calçada, na rue des Bourdonnais, para escrever no postal. Pediu um Americano — Campari, Cinzano, raspas de limão e água Perrier — não porque gostasse particularmente do drinque, mas porque um café francês não era, em sua opinião, um lugar para se beber a sério.

O drinque estava surpreendentemente bom, a acidez do limão cortando a doçura do vermute, e Bond sentia-se quase completamente recuperado ao deixar algumas moedas sobre a mesa de zinco e se levantar. Decidiu voltar sobre os próprios passos, cruzar o rio na Pont Neuf e andar tranqüilamente até o Dôme. Tinha tempo para matar.

Quando estava a meio caminho da ponte, notou, cerca de 30 metros rio acima, a barcaça a vapor do Mississippi, *Huckleberry Finn*, "emprestada à cidade de Paris por apenas um mês" — o mesmo barco que vira depois de seu primeiro almoço com Scarlett, na Île de St Louis. Turistas animados lotavam o deque, e uma banda de músicos ambulantes, em paletós listrados e calças brancas, tocava ruidosamente na proa. Bond olhou para o relógio. Não tinha mais nada a fazer.

Viu onde o barco atracava na Margem Esquerda e desceu as escadas até o rio. Comprou uma passagem e subiu na prancha. Havia lugares vazios na proa, e Bond sentou-se sozinho em um banco. Era um bonito dia de verão, e Paris estava *en fête*. Sentou-se o mais confortavelmente que o assento de madeira permitia, fechou os olhos e deixou que sua mente pintasse o que a noite poderia reservar-lhe. O barco seguia vagarosamente pelo rio.

Os sonhos de Bond foram interrompidos por uma sombra que bloqueou o sol. Abriu os olhos e viu um homem alto e barbudo olhando para ele. A barba era cheia e preta — preta demais para a pele clara. O rosto parecia estranho, não familiar, embora os olhos fossem inconfundíveis — ou sua expressão de fanática e ardente concentração, como se seu dono temesse que outras pessoas pudessem corromper a pureza de seu propósito.

Ao mesmo tempo, Bond sentiu algo duro e metálico sendo empurrado contra sua vértebra mais baixa pelo encosto aberto do banco.

— Incomoda-se se me juntar a você? — indagou Gorner. — Perdoe meu disfarce infantil. Neste momento, meu rosto é conhecido demais para o meu gosto. A imprensa pode ser tão intrometida...

— Como foi que me encontrou?

Gorner deixou escapar o ronco que era sua versão de uma gargalhada.

— O fato de uma de minhas fábricas ter sofrido um empecilho não significa que me tornei impotente do dia para a noite, Bond. Tenho equipes em Londres e Paris, assim como conexões em Moscou. Quando concluí que o avião não atingira Zlatoust-36, mandei Chagrin a Moscou para ficar de olhos abertos. Só para garantir. Chegou aos meus ouvidos a informação de que você e a garota estavam indo para Leningrado. O que mais você poderia fazer a não ser correr para casa? Encontramos cartões de visita na bolsa que meus homens tomaram dela em Noshahr, então sabíamos onde ela estava baseada e que você deveria se dirigir para Londres ou Paris. Homens meus vigiavam os dois aeroportos e seguiram vocês. Mas, em minha mente, não havia dúvida de que você seguiria o cheiro da vaca até Paris. Foi por isso que vim aqui primeiro.

— E o que você quer?

— Quero matá-lo, Bond. Só isso. A qualquer momento a banda começará a fazer barulho novamente e ninguém ouvirá o som de um disparo com silenciador.

Gorner olhou para trás dele, onde o atirador estava inclinado para a frente, o longo silenciador de sua arma escondido embaixo de uma capa de chuva dobrada.

— Este é o Sr. Hashim — disse Gorner. — Fiz negócios com o irmão dele uma vez. Mas isso é outra história.

— O que aconteceu com sua fábrica no deserto?

— Savak — disse Gorner. — Com as informações de seus "amiguinhos" americanos e britânicos, os idiotas persas finalmente a localizaram. O exército a ocupou e fechou.

— Houve derramamento de sangue?

— Não muito. Eu disse à minha equipe que cooperasse. Eu estava em Paris quando aconteceu.

— E as pessoas que estavam lá dentro, o que aconteceu com elas?

— Os viciados? Deus. Quem sabe? Quem se importa? De volta para suas sarjetas, imagino.

Bond viu o trombeteiro remover o cuspe do instrumento sobre o deque e o clarinetista virar as páginas da pauta na estante. O percussionista sentou-se em seu banco novamente.

Depois, Bond olhou para onde Gorner estava com a mão esquerda enluvada, junto com a direita, ambas no colo.

— Gosta de música, Bond? — perguntou Gorner. — Vai recomeçar a qualquer momento. Não sou daqueles idiotas que buscam uma morte prolongada ou pitoresca para o arquiinimigo. Uma simples bala é boa demais para um lixo britânico como você.

— Silver trabalhava para você? — indagou Bond.

— Quem?

— Carmen Silver. O homem da General Motors. Ouvi dizer que ele impediu a verdadeira CIA de agir.

— Talvez estivesse sendo chantageado pelos russos — disse Gorner. — Talvez tenha achado que compreendia o interesse nacional dos Estados Unidos melhor que seus chefes.

— Sim — disse Bond. — Ou talvez fosse apenas um homem sem qualidades.

— Haverá sempre essas pessoas no seu mundo, Bond. Fios soltos. Oh, veja agora. O maestro está voltando para a banda. O Sr. Hashim adora música negra.

Bond esperou até que o maestro, em seu paletó de listras, olhasse para os 12 homens da banda, fazendo gestos afirmativos com a cabeça e sorrindo. Gorner olhava com avidez, ansioso pelo entretenimento. Então, quando o maestro levantou a batuta para dar umas batidinhas no suporte da partitura, Bond se inclinou, agarrou a mão esquerda de Gorner e arrancou-lhe a luva.

Lembrou-se, do escritório vermelho no esconderijo do deserto, que a deformidade era a única coisa capaz de perturbar a concentração de Gorner.

Com uma das mãos, Bond atirou a luva o mais longe que pôde, quase aos pés do maestro, e com a outra mão levantou a pata de macaco à luz do sol para que todos os passageiros a vissem. Gorner atirou-se sobre Bond em uma tentativa desesperada de puxar sua mão de volta. Quando fez isso, Bond agarrou subitamente o braço de Gorner, trazendo todo o peso do homem para cima de si e deslocando, assim, por um momento, o revólver de suas costas. O assassino hesitou por um momento, com medo de acertar o homem que o pagava. Com o peso de Gorner em cima dele, Bond largou o antebraço no rosto de Hashim. Depois, com Gorner ainda em cima, agarrou o cabelo de Hashim, puxou sua cabeça para frente e deu com ela contra o encosto do banco com toda a força. Com a mão direita, Bond empurrou Gorner para o deque, onde este, de quatro, começou a procurar, freneticamente, pela luva. Com a mão esquerda, Bond mantinha o rosto de Hashim contra o banco. Ouviu um tiro disparado com silenciador, mas ele não foi atingido, a bala perdeu-se no deque, perto de seu pé. Depois,

Bond deu a volta por cima do banco e segurou o pulso direito de Hashim entre as duas mãos. O revólver disparou novamente, desta vez para cima, atravessando o toldo de lona listrada.

Os passageiros começaram a gritar quando viram o que acontecia. Dois homens da tripulação corriam na direção de Bond e de Hashim. Bond conseguiu colocar o braço de Hashim nas costas e o estava torcendo violentamente. Pôde ouvir o ombro se deslocando quando a tripulação se aproximou deles. O capitão soou o alarme, e a banda parou de tocar *Dixie*. Hashim proferiu um grito sombrio, medonho, e deixou cair a arma. Bond agarrou-a no chão do deque e correu para a frente.

O *Huckleberry Finn* se aproximava de uma ponte quando o capitão parou os motores. Gorner, com sua preciosa luva branca de volta à mão esquerda, subira sobre a pequena casa do leme, onde o capitão e o piloto ficavam. Havia degraus de ferro incrustados nos tijolos da ponte que se aproximavam deles. Quando Bond se deu conta do que acontecia, Gorner estava subindo pelo lado da ponte baixa. Bond conseguiu agarrar-se à última alça de ferro, quando o *Huckleberry Finn*, agora com o motor desligado e ao sabor da corrente, passava por baixo do arco da ponte.

Com a arma de Hashim na cintura, Bond subiu os 12 degraus e o parapeito da ponte. Gorner já havia cruzado quatro pistas de tráfego e rumava para a Margem Direita.

Desviando-se dos carros furiosos que soavam a buzina, Bond equilibrou-se na ilha central, firmou os pés e atirou. A indiferente tossida do silenciador foi seguida do grito de Gorner quando a bala se alojou em sua coxa.

Bond correu por entre o tráfego que fluía para o norte. Enquanto fazia isso, ouviu o estrondo do barco a vapor no rio, quando o capitão mandou ligar novamente os motores.

Bond correu para onde Gorner estava, mas, quando chegou lá, descobriu que Gorner, sangrando mas não incapacitado, saíra da rua e subira no parapeito da ponte. Bond parou e apontou a arma para o peito de Gorner.

— Não lhe darei esse prazer, inglês — ofegou Gorner. Metade da barba preta se desprendera.

Bond observava-o atentamente, esperando que aparecesse com uma segunda arma. Mas Gorner não disse nada, apenas se virou, saltou e desapareceu. Bond correu para a beirada do parapeito e olhou para baixo. Gorner ainda estava vivo, flutuando na água marrom.

O *Huckleberry Finn*, possivelmente dirigindo-se, à toda pressa, para um ponto onde o capitão pudesse desembarcar os passageiros e informar o acontecido à polícia, havia mudado de curso e agora vinha rio acima, passando embaixo da mesma ponte. Ferido, Gorner batia impotentemente com os braços na água, diretamente no caminho do barco.

Gorner pareceu ficar chocado, incapaz de mover-se, quando as grandes pás passaram por baixo dele, levantaram-no em seus dentes, e o levaram novamente para baixo da água. Bond observou fascinado quando Gorner foi levantado e circulou mais uma vez, deixando uma mancha de sangue vermelha como papoula no rio. Na terceira vez, o corpo preso à roda foi atirado para cima e revolvido pelas pás indiferentes, enquanto o capitão do barco, alheio ao que acontecia, seguia à frente o mais rápido possível.

A banda começou a tocar novamente enquanto as pás giravam — desta vez sem sinal de Gorner. Então, na superfície do rio surgiu, pairando como um lírio d'água, uma luva branca. Ela flutuou e se virou com a onda feita pelo barco por alguns segundos, depois se encheu de água e afundou...

*

Bond mal teve tempo de telefonar para o escritório de Scarlett, onde deixou uma mensagem — "Lobby Crillon às 6h30 de amanhã" — antes que a polícia entrasse em cena. Ele passou a maior parte da tarde explicando à polícia o que acontecera. Um suicídio, um acidente bizarro... Às 17h, ele os persuadiu a chamar René Mathis, que ficou contente por testemunhar pessoalmente pelo bom nome de Bond.

Eram 6h30 quando a papelada terminou de ser preenchida, e os dois já estavam no quai des Orfèvres.

— Eu adoraria... Mas... — disse Mathis, olhando para o relógio.

— Eu também — disse Bond. — Negócios.

— Almoço na segunda-feira — disse Mathis. — Naquele mesmo lugar. Rue du Cherche Midi.

— Eu o verei às 13h — disse Bond.

Apertaram as mãos e seguiram rumos diferentes. Bond pegou um táxi — um Citroën negro DS — que o levou suavemente pelo pesado tráfego da Champs-Élysées ao George V. Eram 18h55 quando cruzou o grande saguão com piso de mármore e mesas enfeitadas, gemendo sob o peso de gigantescos vasos de vidro de lírios.

— Quarto cinco oito seis, por favor — disse ao recepcionista.

Houve uma chamada telefônica muda.

— Sim, o senhor está sendo esperado. O elevador fica por ali à esquerda.

O George V era uma escolha bem-humorada para o encontro, refletiu Bond, enquanto apertava o botão nº 5 do elevador — o hotel que recebeu o nome do rei inglês instigador da Entente Cordiale. Seria este um encontro cordial? Bond conhecia a maioria dos outros duplos zeros de nome ou de vista, mas o contato entre eles era mínimo por razões de segurança.

Ah, tudo bem, pensou enquanto seguia pelo corredor atapetado para o quarto 586. Os primeiros meses no emprego podiam ser difíceis. Faria o melhor possível para ser educado. Bateu na porta. Não houve resposta.

Tentou a maçaneta, e a porta destrancada abriu-se para um quarto escuro. Tudo estava exatamente como tinha sido ensinado. A luz que deveria ofuscar os olhos de quem entrava, deixando o resto do quarto na sombra, mas, quando fechou a porta atrás de si, Bond sabia exatamente quem veria. Sem se virar, disse:

— Olá, Scarlett.

— Olá, James. Parece que nos encontramos um dia antes.

Ela se levantou da cadeira em que estava, no canto mais escuro do quarto, e afastou dele o foco da lâmpada. Foi até um interruptor no painel, e o quarto voltou a uma iluminação normal, indistinta.

Usava um vestido preto sem mangas, meias de náilon pretas e um modesto colar de prata. Estava com o batom vermelho que usara como Sra. Larissa Rossi quando Bond pôs os olhos nela pela primeira vez, em Roma. O cabelo brilhante e limpo caído nos ombros nus.

Mas ela parecia, pela primeira vez desde que a conhecera, pouco à vontade. Parecia assustada.

— Sinto muito, James. — Ela deu um passo hesitante na direção dele. — Não tinha a intenção de me apaixonar por você.

Bond sorriu.

— Está bem.

— Quando você soube? — A voz dela estava apertada de ansiedade: o medo de alguém que teme perder o amor.

Bond suspirou profundamente.

— No momento em que entrei neste quarto. Mas o tempo todo, na verdade.

— Qual dos dois?

— Ambos.

Bond começou a rir e não conseguia parar. A tensão dos dias anteriores parecia transbordar dele.

Então, com uma profunda inspiração, controlou-se.

— Acho que no momento em que você deu um tiro certeiro no cabo de energia no hangar em Noshahr... Foi quando suspeitei pela primeira vez.

Scarlett amuou-se.

— Estava muito perto.

— Nem tanto assim.

— Oh, meu amor, eu sinto tanto. Eu havia passado as duas semanas anteriores fazendo exercícios de tiro ao alvo com duas Walthers. Meu olho estava treinadíssimo. Pode me perdoar?

— Não sei ainda, Scarlett. — Bond sentou-se no sofá forrado de veludo e acendeu um cigarro. Pôs os pés em cima da mesa de café enquanto soprava a fumaça do cigarro. — Terei de desculpar a mim mesmo antes. Você me deu pistas suficientes. O jeito como se escondeu sem deixar sombra no edifício do estaleiro. O jeito como cheirava a lírio do vale fresco quando beijei você em Noshahr, embora devesse estar vindo direto do aeroporto de Teerã em um carro superaquecido.

Scarlett olhou para baixo.

— Eu queria estar bonita para você. Já estava em Noshahr há um dia. Oh, Deus, James, me sinto terrível. Odiei enganar você, eu simplesmente...

— Por que M mandou você?

— Era minha primeira missão como duplo zero. Ele pensou que eu poderia precisar de ajuda. Queria que meu início fosse mais fácil.

— E pensou que eu poderia precisar de ajuda também — disse Bond com ironia.

— Apenas porque era demais para uma pessoa só. E você teve... Você havia passado um mau pedaço. Tóquio e...

Scarlett deu outro passo. Bond sentiu o leve toque de sua mão na dele.

— E, afinal, James — disse ela —, nós fizemos um trabalho muito bom. Não fizemos?

— E o jeito como pôs o pára-quedas — disse Bond. — Sem treinamento, as pessoas se atrapalham todas.

— Sinto muito, James. Mas tinha de ser daquele jeito. Eram as minhas ordens. M sabia que você jamais consentiria que eu ficasse por perto se soubesse. Mas ele queria você de volta. Ele precisa de você.

— Não admira que o velho estivesse tão evasivo quando me passou as informações. E Poppy?

Scarlett balançou a cabeça.

— A fantasia de todo homem, James. Gêmeas.

— Como fez a marca de nascença?

— Chá e sumo de romã.

— E as cores diferentes dos olhos?

— Você notou! Não tinha certeza se os homens percebiam essas coisas. Lentes de contato coloridas.

— Não sabia que se podiam comprar essas coisas.

— E não é possível comprá-las. A seção Q fez para mim. Elas ajudaram à dar veracidade à história das gêmeas dizigóticas, porque gêmeos idênticos sempre têm os olhos da mesma cor.

— E o que fez naquela tarde em Moscou quando eu pensava que tinha ido à embaixada?

— Simplesmente fui a outro parque e fiquei fora de vista. Tinha de manter a história até o fim.

Bond sorriu.

— Você é uma tremenda de uma atriz. Parecia tão você mesma... E de algum modo, não. E a Sra. Rossi também. Larissa.

— Eu sei. Fiz dois anos de teatro quando tinha 21 anos. Foi uma das coisas que me fizeram arranjar esse emprego. Isso e o fato de falar russo.

— O jeito que você virou as costas para mim na cela quando eu disse que teríamos de deixar Poppy para trás, para poder fingir seus soluços sem que eu olhasse para seu rosto...

Scarlett estava tão perto que ele podia sentir o cheiro de sua pele, o fraco aroma de Guerlain. Seus olhos estavam voltados para ele, implorantes, brilhantes de lágrimas.

Rejeitando o impulso de ceder, Bond se levantou, apagou o cigarro e foi até a janela.

— Que diabos M estava pensando?

— Eu disse a você — explicou Scarlett, desesperadamente. — Ele queria você de volta. Meu antecessor estava morto, 009 tinha problemas... perto de um colapso, pensavam. M precisava da sua força e da sua experiência. Mas não tinha certeza de que você ainda tinha a vontade, o desejo.

— Isso é contrário à prática normal — disse Bond. — O quanto ele revelou a você? Você parecia saber mais sobre Gorner do que eu.

— A maior parte eu apenas inventei — disse Scarlett. — M me deu carta branca. Disse que ele não precisava saber. Apenas me disse para atrair você. Ele disse que eu acharia você... indispensável. E eu achei.

— E ele mencionou meu calcanhar-de-aquiles?

— Mulheres? Querido, todo mundo sabe disso. Foi a primeira coisa que Felix me disse. 'Mencione a jovem, e o racum subirá na árvore.' Mas que diabos ele quis dizer com isso, a propósito?

— É um guaxinim, acho. Alguma coisa do Davy Crockett.

— Me disseram que está até no seu dossiê da SMERSH, sob o título "fraquezas".

Bond olhou para o rosto ansioso de Scarlett.

— Quanto da coisa que você me contou entre Gorner e seu pai foi verdade?

— Alguma coisa. Por favor, James...

— Quanto?

— Meu pai era um professor muito respeitado em Oxford na época, mas nunca conheceu Gorner. Meu pai ensinava música. Não era uma especialidade de Gorner.

— E seu ódio à Grã-Bretanha?

— Não sei como isso começou. Mas, naturalmente, fiquei deliciada quando ele vomitou toda aquela coisa antibritânica.

Bond respirou profundamente e passeou o olhar pelo opulento quarto de hotel até a mulher no vestido de veludo negro, a força de sua beleza comprometida apenas pela angústia no olhar. Depois, pensou em todas as coisas que passaram juntos e em como ela nunca recuou ou o desapontou. Deu dois passos hesitantes na direção dela e viu seu lábio superior se erguer em um reflexo de excitação, como ele vira pela primeira vez em Larissa Rossi, em Roma.

E o que quer que fosse verdadeiro ou falso, sabia que essa garota realmente o amava. Estendeu os braços e enlaçou-a. Ela suspirou e colou os lábios à boca de Bond enquanto as mãos dele escorregavam por seu vestido e a puxavam contra si pelos quadris.

Depois que se beijaram, Bond disse:

— Agora, vamos pedir um jantar. Exatamente como descrevemos.

Scarlett foi até o telefone.

— Podemos pular os ovos beneditinos? — perguntou.

— Só desta vez. Mas eu gostaria de tomar um drinque de verdade antes. Uma jarra de martíni.

Scarlett fez o pedido rapidamente.

— Que safra você quer do Château Bataille?

— Quarenta e cinco está bom — disse Bond.

— Estão despachando alguém para buscar dessa safra. O jantar estará aqui em meia hora.

— Tempo suficiente — disse Bond. — Meu chefe me disse para "apertar a carne", e eu não gosto de desobedecer a ordens.

A mobília belle époque dos móveis do quarto incluía espelhos nas portas dos muitos guarda-roupas e um acima da lareira de mármore. Bond observou Scarlett despir-se, deslizando o vestido preto, as meias e a calcinha preta. Havia quatro, oito, dezesseis dela. Fora multiplicada pelo reflexo, estendida ao infinito à luz suave do cálido quarto de hotel.

— Nas palavras de um dos chefes de Felix Leiter — disse Bond, roucamente —, estamos em uma floresta de espelhos.

Depois, suas mãos correram pelo corpo nu de Scarlett, e ele a tomou bruscamente, rapidamente, com a urgência inibida de sua longa e casta associação.

Scarlett estava no banho quando o jantar chegou, e Bond levou um martíni para ela.

— Também lhe trouxe isto — disse, tirando do bolso um vidro de essência de gardênia Floris para banho.

— Então, é justamente como planejamos. — Scarlett sorriu de dentro da banheira e jogou na água algumas gotas da essência.

Bond virou um copo de martíni gelado pela garganta e suspirou de felicidade enquanto empurrava o carrinho do serviço de quarto até a cama. Tirou as roupas e pôs o robe branco de toalha que estava pendurado na porta do banheiro.

Reclinou-se nos travesseiros de plumas e tragou profundamente a fumaça de um Chesterfield, depois exalou um rastro feliz, enquanto Scarlett, nua como havia prometido, preparou o caviar e o linguado à meunière. Sentou-se de pernas cruzadas na beira da cama, olhando-o com seus grandes olhos castanhos, como se temesse que ele fosse desaparecer.

Bond sorveu o champanhe Bollinger.

— Tenho saudades de Poppy — disse. — Ela era tão... recatada. O que foi uma surpresa, em se tratando de uma garota tão selvagem.

— Enquanto Scarlett, por ser financista, você esperava que fosse mais controlada...

— Ela é tudo menos isso.

— E qual das duas — perguntou Scarlett — você gostaria que eu fosse esta noite?

— Acho que Poppy até meia-noite — respondeu Bond, puxando a rolha do Château Bataille —, mas, daí em diante, apenas a desinibida Scarlett.

Eles conversaram sobre os acontecimentos da semana durante o jantar. Bond contou-lhe seu encontro final com Gorner, enquanto ela retirava pratos e copos.

Scarlett tomou o resto de champanhe e pulou para baixo das cobertas, reclinando-se nos travesseiros perto de Bond.

— O que acontecerá comigo, James?

— O que quer dizer?

— Meu emprego. Quero dizer, logo na minha primeira missão cometi o terrível erro de ter um romance no escritório.

Bond saiu da cama, levantou-se e andou até a janela. Estava ciente do quanto seu corpo doía — a costela, o ombro, o quadril, quase todos os músculos.

Abaixo dele podia ver a Cidade Luz estendendo-se da distante place de la Concorde, continuando pelo Opéra e por Pigalle até as terríveis torres de apartamentos do *banlieue*, no norte.

Puxou as cortinas, fechando-as bem, pensou em M e em Julian Burton, o novo treinador de bem-estar psicológico, Loelia Ponsonby, Moneypenny e todos os outros.

— Que escritório — disse, voltando para a cama.

— Sim — disse Scarlett, sorrindo enquanto levantava as cobertas e revelava seu corpo nu, rosado do banho, limpo, suave e à espera dele. — E que romance.

Agradecimentos

Equipamentos: James Holland, Mark Lanyon, Rachel Organ, ten-cel John Starling, Rowland White. Para o Ekranoplan, ver autospeed.com e www.se-technology.com/wig

Suporte lógico: Atussa Cross, Hazel Orme.

Outros lugares: Andrew Burke/Lonely Planet; Patrice Hoffman.

Servidão: Rupert Chancellor, Zoe Watkins, Simon Winder.

Com minha gratidão,

SF
Londres, 28 de maio de 2008

Este livro foi composto na tipologia Minion-Regular,
em corpo 12/15, impresso em papel off-white 80g/m²,
no Sistema Cameron da Divisão Gráfica
da Distribuidora Record.